裸舞

蔡益懷小說選

蔡益懷 著

寫作治癒我的傷痛

——寫在前面的話

蔡益懷

如果每個作家都有一個夢魘的話，我想，這本書中的那些影像就是我的夢魘吧。在我的生命中，一直有一個揮之不去的陰影，蟄伏在我的心靈深處，讓我不得開懷，甚至時不時地咬噬我的心。

那早已逝去的歲月留下了許多創傷，如同宿疾般纏擾著我，總在伺機發作。我知道，只有寫作才能將那被囚禁在靈魂深處的夢魘驅逐出去，治癒我的傷痛。那個舊夢就是中國的文革時期，一個瘋狂的年代。當時，我正值少年，並沒有參與過那些滅絕人性的瘋狂行徑，但我看到了許多不該看到的人生畫面，讓我童稚的心感受到了不該在那個年齡感受到的不安與恐懼。

可是，在很長一段時間裡，我都沒法直接用文字來訴說我所經歷過的那個年代，以及那些故事。

事實上，在我的寫作生涯中，我也在有意無意地迴避書寫那段歷史。我想用時間來沉澱那些記憶，又讓時間來發酵那些經歷。

大概是在二〇〇六年的一個夜晚吧，當我寫下《裸舞》的第一行字，故事就自己開始了。這次的寫作跟過往的經驗完全不一樣，我完全不用編故事、構思情節，文字就自然而然地從心底裡流出來了，我只是充當一個記錄者的角色。我完全沉浸在一種從未有過的寫作享受中。過往寫作時的種種盤算，都不再出現，甚至連隱隱的浮躁和焦慮都不再出現。我只是聽任文字流溢出來，流溢出來……那實在是一種美妙無比的寫作經驗，我感受到了一種身心的自由。我把心底的鬱結都釋放出來了，人也輕鬆了。

完成了《裸舞》後，我又循著那意緒追索下去，以閒淡的心情寫下了一系列邊城故事。那座小城、那段歷史，以及那些人和事，給了我一個想像的空間，也給了我一種表達的自由和釋放情感的渠道。整個系列的小說記錄了一些畸零人在那瘋狂年代的噩運，也紀錄了我的種種人生感悟和思索。而創作的原動力，說到底也就是一個字：愛。是的，是愛讓我聽到一個個卑微靈魂的呼聲，也觸摸到了他們跳動的心。我想，當一個人的心中，長久蘊蓄了一段情感、一種暗戀、一腔衷情，無處排遣、無法言說，一旦透過筆端釋放出來，便是動人心弦的心靈藍調。

細心的讀者大概會發現這個系列的故事，在敘述時似乎隱伏著一個少年的視角。沒錯，那是少年時的我，在緊盯著那個歲月發生的一切，是他在旁觀和審視著那荒誕年代的荒誕人生。或者，他就是潛伏在我心底的那個永遠長不大的男孩吧。正是他透過超現實的視角，在審視著那個黑暗年代種種扭曲的人生與扭曲的情感。現在，他終於得以從我的靈魂深處釋放出來了。

這些來自心靈深處的故事，是我迄今最為珍視的文字，但願能夠撫慰那些受過傷害的靈魂，所以，我願把此書獻給那些受苦受難的人。

目次

裸舞

一

宴席還沒有開始便已經散去。

愛蓮坐在空蕩蕩的屋子裡，腦子一片空白。原本一屋子的客人都走了，只留下一桌佳餚。菜已冷了，碗筷都沒動過，還有一樽五糧液也原封不動地擺在桌上。

她不敢相信，丈夫被公安局的人帶走了。雖然她知道兒子不會說假話，但還是又問了一句，「你沒有搞錯吧？」

兒子說：「是公安局的兩個叔叔把他帶走了，他們還說要你帶上被蓋、衣物，和洗刷用品，送到公安局去。」

她的心「撲通」亂跳，雙腳發軟。她擔心的事情終於發生了。她知道遲早會發生這樣的事，早就做好了最壞的打算，可是，當事情真正發生時，還是難以置信。此時此刻，已不容許她再有僥倖心理，除了面對，還是面對。她還來不及想將來的日子怎樣過下去，但已經知道這一個家的嚴冬已經開始。

看著桌上一碟碟的好菜，她的心更涼了。她對三個兒子說：「你們都餓了吧，自己吃吧。」

三個兒子確實餓了，但是都沒有拿起碗筷。他們只是默默地注視著母親，似乎在等她拿起碗筷。

愛蓮看著三個兒子的神情，幾乎流下淚來。她假裝要收拾東西，將身子轉向一側，對大兒子心遠說：「心遠你和兩個弟弟吃飯吧，吃完飯，我們還要送東西給你爸。」

三個兒子都拿起了碗筷，但不像平素那樣吵吵嚷嚷。三個孩子都靜靜地扒飯，輕輕地咀嚼，像是在偷吃。

愛蓮暗自抹去了眼角的淚水。接下來的日子，三個孩子怎麼辦？一家人該如何面對將來的生活？完了，這個家完了。她不知道該怎樣辦。大兒子心遠才十三歲，二兒子心寧十一歲，小兒子心安則只有八歲，都是需要照顧的孩子，卻一下子要面對沒有父親的生活。她該如何向他們解釋？

「媽媽，你也吃一點飯吧。」心遠道，那語氣像是在詢問，又像是在乞求。

「你們吃吧，我不餓，一點東西都不想吃。」愛蓮回頭望著兒子，一臉哀傷。她確實一點食慾也沒有。

三個孩子草草扒完一碗飯，也都放下了碗筷。飯菜都涼了，縱是佳餚也難以下咽。

她都看在眼裡，知道三個孩子已感覺到劫難的來臨。

此時，她的心已略為鎮定，手不再像剛才那樣顫抖。三個孩子都看著她，所以，她不能讓他們感到畏懼。從現在開始，除了她自己，沒有誰可以保護他們，撫養他們。

她對三個孩子說：「我和心遠拿東西到公安局去，心寧和心安就在家裡，看著家，哪裡都別走。」

三個孩子都聽從吩咐。

家裡養的黑貓——大黑，在家裡到處走動，這萬物之靈似乎感覺到這個家發生了甚麼事，

「喵，喵——」一聲又一聲。最後，牠伏在屋子的一角，靜靜地看著家裡人的一舉一動。

她和心遠走出家門時，天已黑盡了。街燈幽幽暗暗，路上只有三兩個行人。小城的天黑得早，人們也睡得早，再說冬天時節，實在也沒有甚麼人願意在外面閒蕩。這個年頭，人們總是將自己關在家裡，一家人圍著火盆，閒話家常，自成一統，免得惹上麻煩。

愛蓮和心遠在坑坑洼洼的街上，高一腳低一腳地往公安局趕。風挾著雪花，抽打著他們的臉，一陣陣的寒意直透身軀。

她問：「冷嗎？」

心遠說：「不冷。」

經過冷風一吹，她的神智似乎回轉過來了。今天，是丈夫的生日，所以請來了幾個好朋友，弄了一桌的好菜，準備好好慶祝一下。這個年頭，雖然物質匱乏，基本的生活所需總是能夠保證供給的。再說丈夫楚原在鄉下有一些豬朋狗友，他們常常託人帶上一些土特產，有時還會帶來一些山珍，如野豬肉、麂子肉甚麼的。這不，今天鄉下的老查又帶來一些野味，楚原立即準備了一席佳餚宴請一班朋友。楚原就這德性，好吃、好飲、好交朋結友，在這小城裡也算是一個小有名氣的文人雅士。他是文工團裡的編劇，說來也算是筆桿子啦，能寫會畫，確也風光。可是，前些日子，他的一首詩給他惹來了麻煩，有人在詩中發現了反動思想，告到上面去了。他被停職審查已經有半年多了。他一直不承認自己寫的是反動詩詞，所以，在家接受審查的日子也逍遙快活，不當回事。今天，他還說要與一班朋友切磋詩藝呢。在文工團上班的她，為了排戲準備新年的演出，回家晚了，想不到回到家，噩運真的來了。公安局的人來帶走了他，而他的那一班朋友見到這情勢，也一個個溜走了，只遺下那一桌冷菜和三個受驚的孩子。

不一會，她和兒子終於來到公安局，這個一向給人森嚴感覺的地方。

母子倆壯著膽往裡面走。心遠的一隻手不自覺地拉著母親的衣角，似乎擔心在暗角隨時撲出一條大狗。

他們進入公安局的大樓。大樓空蕩幽深，走廊裡一個人也沒有。他們探頭探腦地來到一間亮著燈的辦公室，兩個穿制服的公安正在裡面等他們。心遠認出來，就是他們帶走了父親。兩個公安見到母子倆，態度頗和善，向他們露出微笑。楚原畢竟是這小地方有頭面的人，所以他們都對他有幾分尊重。母子倆進入辦公室，站在他們面前，等待著他們的指示。

一個高個子公安問：「東西都帶來了嗎？」

愛蓮放下被蓋捲，說：「都帶齊了，舖蓋、毛巾、牙刷，都在這裡了。」

胖子公安說：「我們要檢查一下，都放在枱上吧。」

高個子公安解開被蓋捲，仔細翻查，翻出一把剃鬚刀。他把它拿到一邊，說：「利器都不能帶，衣服也不用那麼多。」

經過一陣檢查，他們將撿出來的東西交還給她，並把楚原的手錶等物件一併交給她。

這時胖子公安拿出一份文件，向他們宣讀，意思是根據革命委員會的審查，決定對反革命嫌疑人楚原實行羈留。

聽完他們的宣示，愛蓮問：「我可以見見他嗎？」

「不行！」公安斬釘截鐵地回答，已沒有剛才的和善。胖子說：「他已經被拘留了，你們可以申請來探監，也可以給他帶一些書，如馬列著作。他要求你們給他帶《毛澤東選集》、《共產黨宣言》和《資本論》。除了馬列毛的書，其他的都不能帶，更不准夾帶其他物品。可以寫信，但要交給看守所轉交。」

聽到胖子這麼一說，愛蓮的心沉下去了，而且沉向一個無底的深淵。如果說，在來公安局之前，她還抱著一絲幻想的話，此時，她已經失望，徹底失望。她已經從公安冷冰冰的語氣中，感覺到事情的嚴重性，那似乎意味著一種無可改變的結局和深重的災難，是沒有人可以撼動的。那種冷像產生於一座冰山，除非冰山融化，否則不可能驅走那森寒。

她不再問甚麼，默默接受了事實。

短暫靜默之後，公安問：「你們還有甚麼問題嗎？」

心遠望著母親，愛蓮望望兒子。他們都無話可說，搖搖頭。

「你們可以走啦，有甚麼事，公安局會通知你們。」

他們離開了那座冰山，愛蓮的後背還涼浸浸的。在回家的路上，愛蓮緊緊拉著心遠的手，像怕他走丟了似的。她拽著他的手，愈來愈緊，心遠感到痛，卻不敢出聲。寒風呼呼地颳，像刀子割著他們的臉。夜空迴蕩著嗚嗚聲，像是野狼的嗥叫。這座小城一到入夜，便如一座死城，沒有了人的蹤跡。

他們剛一回到家，還沒喘過氣，即傳來拍門聲。

「砰砰砰……」聲音急促而粗暴。「誰呀，這麼晚了，會是誰呢？」

愛蓮疑惑地打開木門，見門外站著幾個公安，剛剛見到的兩個公安也在其中。高個子公安拿出一張紙，揚了揚，說：「我們奉命執行抄家任務。」

沒等愛蓮反應過來，他們已一擁而入。

三個孩子都被這陣勢嚇呆了，縮瑟在一角。愛蓮將他們拉到身邊，安撫他們不要害怕，但她的手卻在顫抖，聲音也是顫幽幽的。

公安開始翻箱倒櫃，不一會，一個原本整潔的家便零亂不堪。胖公安指著上了鎖的抽屜說：「打開這個。」

愛蓮這個時候鎮定了許多，她說：「這家裡有些東西是我的，你們不能搜。」

胖公安說：「你要合作，不然對你沒好處。這個抽屜要打開看看。」

愛蓮極不情願地打開了抽屜，讓他們翻查。

這時，他們又在門後發現三個上了鎖的大木箱。胖公安又要求打開檢查。

愛蓮說：「我可幫不了你，這不是我們家的東西，是朋友寄放在我們家的。」

「朋友的？哪一個朋友？叫他來打開。」

「地質隊的朋友，他回老家去了，我到哪裡找他？」她已不再像剛才那樣百依百順，說話也大聲了。三個孩子從母親的話語中聽到了一種勇氣，已不像剛才那樣畏懼，相反倒對公安翻出來的東西大感興趣，好奇地望望這樣，看看那樣。家裡一些原本放在箱匣裡的東西，他們也是第一次見。

胖公安半信半疑地說：「既然你說這是朋友的東西，那就先上封條，等他來取的時候，通知我們來解封檢查，才能拿走。」就這樣，三個沉甸甸的木箱被分別貼上了交叉形狀的封條，上面還蓋著公安局的紅印。

經過一兩個小時的折騰，這個家被翻了個轉，他們取走了一些書信和原稿，留下了一大堆亂七八糟的書籍和紙張。家，像被打劫一般，狼籍一片。

「唉！」面對這劫後的家，愛蓮長嘆了一口氣。她草草收拾了一下屋子，對孩子們說：「都上床睡覺吧，你們明天還要上學，我也要上班。」

大黑伏在高高的櫃頂，俯望著亂成一團的家，「喵——」一聲。這個萬物之靈把所有的經過都看在眼裡了。牠總是旁觀，從來不會表示一點意見。

這是一個無眠的夜晚。

二

一夜間，一切都變了。

愛蓮一夜沒合眼，早上起床，對著鏡子幾乎被自己的模樣嚇了一跳，眼皮腫了，眼圈也黑了一圈。她用熱水敷了一番，看上去總算好了些，這才走出家門上班去。小城小地方的好處就是滿街熟人，大家都是熟面孔，縱使叫不上名字，也都知道迎面走過的是何許人，所以誰家有甚麼事，半天時間就已滿城皆知。愛蓮是文工團的女演員，在這城裡也算是一個家喻戶曉的人物，平素誰見到她，都會主動與她打招呼，她也總是笑臉相迎。可是，今天，一切都變了，她一走出街，便發現人們都以異樣的目光望著她，好像見到陌生人似的。她知道這是怎麼回事，他們不是因為她的黑眼圈，而是因為她丈夫被拘留一事，而躲著她。最初，愛蓮仍像往常一樣對著熟人露出微笑，可她感到他們的反應都很不自然，有的人乾脆將臉轉向一邊，裝著看不見；有的則露出一副不屑的面孔，似乎心中在說你是甚麼人。她回到文工團，見到近來一起合作演《白毛女》的小椏，剛露出一絲淺笑，便感到小椏眼神中的一道寒光，那是她昨天晚上在公安局裡感受到的寒意。愛蓮的心收縮了，像被霜打過的花一樣，凋謝了。她埋下頭，像沒見到小椏一樣，走進了辦公室，埋頭做一天的準備工作。

機關裡上班，早上第一件事就是燒火爐，然後提上水瓶到鍋爐房打開水。她像往常一樣提著水瓶到鍋爐房打開水，剛走到門口，就聽到裡面在談論楚原被拘留的事，說他怎樣被公安押走了，怎樣銬上手銬。說話的人正是小椏，她說：「哼，一個反革命分子的老婆，還可以趾高氣揚地回來上班，不知道她還有甚麼資格做主角，白毛女【1】怎麼能夠讓一個反革命分子的老婆來演呢？階級立場哪裡去了？」

「對呀，對呀，可不能再讓她演白毛女了，這可是政治立場問題呀！」有人附和道。

她不想再在外面聽他們的議論，轉身要離去，卻撞在一個人身上，並踩了他一腳，那人「哎喲」一聲，她手中的水瓶跌落地上，「砰」一聲水瓶爆了。愛蓮連聲道歉，她本以為又會惹來一番惡言，對方卻向她露出一個笑臉，說沒事，是他自己不小心。這人叫夏奇，是團裡的一個鋼琴手，可是由於出身地主家庭，屬於黑五類【2】，平時在團裡只能負責打雜的工作。他的笑容是她今天見到的唯一一個善意的笑容，真實而溫煦，她從來沒有感受到一個笑容可以像冬日的陽光一樣，令人感到周身暖烘烘的。鍋爐房的人循聲探頭出來，一看是愛蓮和夏奇，立即走了出來，低聲交頭接耳，走遠了才發出一陣哄笑。愛蓮正要俯下身去，撿拾破水瓶。夏奇已蹲下身子，撿拾起水瓶外殼和一地的破碎瓶膽。愛蓮連聲說謝謝，夏奇只是笑笑說：「我來打掃吧。」他將他手上的水瓶交給她，說：「你先用著。」

愛蓮第一次發現這個平素不被人尊重的「黑五類」，原來比那些根正苗紅的人更懂得尊重人。

她感覺到自己一下子被人孤立，被排斥出一個大家庭了。除非楚原的冤案能夠得到平反，否則，她一世都要揹著反革命分子家屬的惡名。雖然還沒有經過審判，沒有正式將他定罪為反革命分子，但是大家都已認定他是反黨反社會主義的反革命分子了。這個年代，多少人不是這樣被定罪的，沒有審訊、沒有法庭的判決，便被人未審先判了，而且永世不得翻身。是誰給了他們那麼大的權力，是誰在主持正義，是誰在決定人的生死？

愛蓮畢業於省城的藝校，為了愛情，自願來到這個小城，與丈夫團聚。由於是科班出身，一直是文工團裡挑大樑的角色。這些年，夫妻倆可說是城裡引人羨慕的一對模範夫妻，誰知道一夜間，他們的生活和社會地位就來了一個一百八十度的逆轉。她，這個書香之家的後代，一生潔身自愛的業務骨幹，竟然因為丈夫被捕，也陷入被排斥的境地。她怎能不為這不可理喻的現實感到心寒？她感覺到小椏對她的威脅。小椏過往可不是這樣對待她的，總是稱她蓮姐，可親熱了。想不到平時極力討好她的小椏，也一夜間改變了對她的態度。這個世界真是現實呀。

她提著熱水瓶回到辦公室的時候，團長老魏已經坐在辦公桌前。愛蓮小心奕奕地向老魏打了一個招呼，不像平時那樣自然。她不知道老魏怎樣對待她，會給她甚麼反應。

老魏平淡地說：「哦，早呀。」

雖然是一句平淡的招呼，感覺不到任何的情感成份，愛蓮還是感到寬慰。至少他沒有向她表示任何的抗拒情緒。老魏這個人就是這樣的，對人對事都是無可無不可的態度，讓人摸不透他的心。有人說他老奸巨滑，有人說他八面玲瓏，有人說他沒有立場，不管人們怎麼說，他就這樣生活著。他對每個人都保持著一種態度，和和善善，像個土地公公，有求必應。此時的他，像平時一樣，讓人覺得他身邊甚麼事也沒發生過。但是，愛蓮知道，他已知道了很多事，他愈是冷靜，愈證明已經有事情發生了。她太了解老魏了。

老魏說：「九點鐘開會，討論《白毛女》的人選，你也參加吧。」

這句話讓她感覺到了其中的話外音。她是團裡最老資格的當家花旦，白毛女這個角色從來都是她擔演的，她是當然的人選，沒有誰會有異議，也沒有誰可取代她。小椏平時雖然也對這個角色表示興趣，但只要有她蓮姐擔大旗，她便不會站出來。今時不同往日了，她蓮姐的身份發生了變化，從一個深受敬重的當家花旦，變成了一個反革命分子的家屬，一下子比人矮了一大截。她想不參加，因為，她相信結果已經內定了。再說，大勢所趨，無產階級專政[3]，哪能容許反革命分子得勢？這樣的事，這些年見得太多了，難道還要人說嗎？認命吧，聽天由命吧！但是，轉念一想，我有甚麼罪，縱使楚原真犯了反革命罪，又與我何干，難道家人有罪，就要株連九族嗎？難道丈夫的罪就是妻子的罪，他的罪就成了我的原罪嗎？不，我不能退讓，一退讓，就等於我也有罪了。我也是共產黨員，我有權捍衛我的權利，履行我的職責，我不能自我放棄，就算要換主角，他們也該給我一個解釋，給我一個公道。小椏想演白毛女，這是正常的，人都有上進心，誰不想做主角呢，但是她今天表現得那麼迫不及待，似乎不只是她個人的過激，而應該是有人在唆擺。在這個世上生活了三十多年，見過的事已經不少，有甚麼事情不能想像到？再說，這個年頭，人們為了個人的生存而互相揭老底、置對方於死地的事情，已經多不勝數，見怪不怪；在這瘋狂的年代，哪裡還有溫良恭儉讓，哪裡還有禮儀廉恥，哪裡還有仁義道德？這些都成了封建糟粕了，成了要革命的破爛了，統統都要剷除。偉大領袖不是說了嗎，這是一場你死我活的鬥爭，是一場觸及靈魂的鬥爭。是的，這是一場觸及靈魂的鬥爭，僅僅一天的時間已經讓她的靈魂深受衝擊。戲還在後面呢。

九點正。會議正式開始了，首先是團長老魏讀報紙，宣讀偉大領袖的最高指示：「凡是反動的東西，你不打，它就不倒……」接著，他又講了一通國際國內形勢，「人民發動起來了，又有敵情，需要提高警惕，這就要我們團結起來，一致對敵……雖然有走資派，特務，美、蔣間諜，以及沒有改造好的地、富、反、壞、右——牛鬼蛇神存在，但是大局已定……所以，對形勢不能說不好。不能聽走資派，特務分子，壞人的挑撥……」這是每一次開會例行的程序，大家都習慣了，所以，沒有多少人認真地聽，往往都是左耳入右耳出，魂遊太虛幻境。但是，愛蓮今天聽得很認真，感覺到句句都是有所指的。

人人都想老魏快點切入正題，愛蓮也一樣。終於，老魏話鋒一轉，說：「理論聯繫實際，我們今天要解決的問題是，白毛女的人選問題……」

他一說到「白毛女」三個字，大家都回過神來了，打醒了精神。愛蓮也一樣。

老魏說：「白毛女是我們團的一個招牌節目，明年的匯演很重要，我們要用這個節目向黨代會獻禮，所以，這是一件政治大事，一定要保證質量，不能有任何的差錯。現在革命委員會要求我們把好關，一定要選政治覺悟高的、優秀的演員，讓黨放心，讓人民群眾滿意。現在，請大家發揚民主精神，進行討論。」

他的話音一落，會議室就像炸開了鍋，鬧哄哄的。但一說到白毛女的角色，大家都靜下來了。愛蓮低下了頭，她不敢看大家。她知道，人人都望著她。她心裡明白，在目前的情勢之下她已經沒有資格做女主角了，雖然，這個角色一向都是她做的，而團裡也只有她最有條件做好這個角色。

「小椏，小椏是合適人選。」有人提議。

「春華、東東……」一個個提議此起彼伏，各不相讓。顯然，沒有一個公認的人選，誰也說服不了誰。

「我是最合適的人選！」愛蓮說。

「你？！」大家都驚呆了。誰也沒想到她會自己提名自己。這太超乎大家的想像了。中國人就是這樣，自己想做的事，不能自己來說，一定要讓別人來提名，不然會被人抵制。怎麼能夠提名自己呢，縱然自己想演也不該自己提自己呀，這是哪門子的規矩？像話嗎？她真是太囂張了，哪有這麼不要臉的？

愛蓮一字一句地說：「我是共產黨員，政治合格；多次扮演這個角色，有經驗也有基本功！」

大家都不說話了。確實，她是最有資格的人選，但是，今天她已經不可能再成為當然人選了。然而，沒有一個人站出來，指名道姓地明說她不能做這個角色。這就是中國人的虛偽，不願自己出來做醜人，說她不能做。他們只會用另一種方式，即通過提名其他人選來代替對她的否定。而此時，她自己提名自己，誰來否定她呢？再說，也確實沒有理由否定她。是的，她的丈夫是反革命，被公安拘捕了，可是，她不是犯人，她唯一的污點是——反革命的老婆，這已經是一個罪過了。她做白毛女，政治不正確呀！可她是共產黨員呀，共產黨員怎能沒有資格做呢？大家犯愁了。

小椏不服氣地說：「共產黨員又怎麼樣，共產黨員的身份可不是用來做擋箭牌的。現在，你的身份是反革命的家屬，你跟反革命是一家人。」

愛蓮一股熱血往上湧，但她冷靜地說：「不錯，我的愛人是被公安局羈留了，但還沒有判他反革命罪，你不能一口咬定他是反革命。再說，我是我，他是他。中央有哪一條政策法令說丈夫犯罪，老婆也是罪人？」

小椏語塞，漲紅著臉答不上來，「你，你，你替反革命狡辯……」

愛蓮說：「我是一個忠誠的共產黨員，如果我的愛人真的犯了反革命罪，我也不能饒恕他。但現在，我們要先相信法律是公正的，等法律來裁決，在沒有裁定他有罪之前，你不能說他是反革命。不然，你這就是誹謗，誹謗也是罪，你知道嗎？」

大家都沒想到愛蓮突然變得能言善道，而且她說的話都有道理。所以，也就不說話了。

老革命遇到了新問題。老魏也不知道該怎麼說了。平時，他非常享受主持開會的快慰，可是今天這個會卻讓他感到沮喪。他心裡當然知道誰才是白毛女的最合適人選，但卻不能按自己的意志做出有影響力的裁決。會議陷入僵局。

愛蓮突然感到下體有一股暖流自體內一湧而出，糟糕，月事提前了。她本想起身到茅房清潔一下，但轉念一想，這是一個關鍵時刻，不能離開。她當年在省城藝校讀書時，適逢反右運動【4】，那一天也像今天一樣開會確定人選，向上級交名單，有人就是在這樣的情形下離開會場上洗手間，等他一回來已成了「右派」分子。在這樣的時候，誰一離場誰就倒楣，就會被當作祭品獻上去，所以，此時一定要在場，否則，一離場，他們就做出表決，將你當作犧牲品。

會議出現冷場，出奇的靜默。大家似乎都在等待一個人出來打破這僵局。這是暴風雨前夕的平靜，大家的心裡都憋得慌。

突然，一直蹲在會場一角的夏奇站起身來，說：「最合適的人選應該是愛蓮。」他這一發言，像捅了馬蜂窩，會場一下子又炸開了鍋。

他有甚麼資格發言，反了，簡直是反了，一個被專政對象不老老實實接受監督改造，竟然同反革命站在同一個陣線，這豈不是謀反嗎？一定是反革命陰謀集團在搞鬼。老魏找到了一個發言的良機，指斥夏奇膽大包天，出來搗鬼。小椏和她身邊的人也將矛頭指向夏奇，指斥他死不改悔，別有用心。會議一下子變成了批鬥會。

面對這一輪大批判，愛蓮的心涼透了。以前，人是與大自然搏鬥，與獅子、老虎、豺狼搏鬥；現在，人都變成了野獸，人與人自相殘殺，這是甚麼世界？她一下子意識到，這場文化革命其實是人與人瘋狂的自相殘殺，雖然大家手中都沒有槍，但卻是殘酷而血腥的。

她的意識遠離了會場，變得很遠很遠。下身，血流如注。她只能任血污沿著下體慢慢流淌，像她內心的傷口在流著殷紅的鮮血。

三

會議始終無法就白毛女的主角人選做出決定，老魏說留待下次會議表決，或交上級定奪。會議曲終人散。

愛蓮鬆了一口氣，但人也陷入虛脫狀態。她一直坐在椅上，等眾人都離開後，才起身離開。她拖著疲憊的身軀回到家時，三個兒子都在家裡。大兒子心遠臉上有一道傷痕，棉襖上破了一個洞，露出白花花的棉絮，衣服上還有些泥土的痕跡。

她問：「跟人打架了？」

三個兒子都不說話。老二心寧想說甚麼，被老大拉拉衣角，暗示他不能說。

愛蓮心中有數，三個傢伙一定是闖禍了。她憋在心頭的悶氣一下子爆發出來，拉過心遠的手，就狠狠地打，並罵道：「跟你們講過多少次，總是沒耳性，又到外面闖禍。」她打過、罵過，還不解氣，又拿起雞毛撣子，往心遠的屁股上狠狠地抽打。「看你還出不出去打架！你也不看看我們今天是什麼樣的處境，你還敢出去打架？真是太不爭氣了！」

她狠狠地抽打著兒子，似乎要將滿肚的冤屈都發泄在兒子身上。

心遠是個犟孩子，不管母親怎樣抽打，都不告一聲饒，也不哭一聲。他愈是倔犟，愛蓮就愈是打得狠。

站在一旁的老二心寧終於開腔了，「媽媽，別打了，不關哥哥的事。」

「那是甚麼事，你說！」愛蓮命令道。

「是王小范欺負我們，他說爸爸是反革命，哥哥就跟他打起來了。」心寧解釋。

愛蓮心軟下來，她放開了心遠的手，說：「從今以後，不准你們再在外面打架，不管別人說甚麼，都不能跟別人打架。你們沒有本錢跟別人鬥，知道嗎？」

三個孩子一樣滿肚子委屈，但他們不想讓母親失望，都點點頭。

小兒子心安問：「媽媽，為甚麼爸爸不能回家？」

愛蓮俯下身，將兒子摟在懷裡，半晌才說「孩子，爸爸會回來的。」

「可是小范說爸爸是反革命，回不來了。」心安問，「甚麼是反革命？」

甚麼是反革命，是啊，甚麼是反革命？寫了一首讓當權者不喜歡的詩就是反革命，說了一句讓當權者不喜歡的話也是反革命。愛蓮望著心安，不知道該怎樣向他解釋。她只能說：「等你長大就知道了。」她問：「安安，你愛你爸爸嗎？」

心安說：「愛。」

愛蓮說：「你爸爸是好人還是壞人？」

「是好人！」

愛蓮說：「你說得對，你爸爸是好人，他不是反革命。下次別人再這樣說，你就告訴他，爸爸是好人，知道嗎？」

心安點點頭。愛蓮說：「你玩吧，媽媽給你們做飯。」

三個兒子走出去了，心安蹦蹦跳跳地跟在後面。

她望著安安的背影，心底裡有說不出的滋味。孩子才八歲，不知道政治的險惡，他以後走的路不知要比別的孩子艱難多少倍。她來到後院，準備到灶房煮飯。

後院是自成一角的小天地，院子裡有一棵老槐樹，高大茂盛，充滿生機。這是他們一家的露天客廳兼飯廳，可以說，是他們一家的世外桃源，平時，孩子們在這裡玩耍、做功課，他和楚原總愛坐在樹下看書、話家常，這小後院給一家人帶來了無數的快樂，也為他們留下了許多美好的記憶。槐樹蔭庇著他們一家。

此時，她站在這後院裡，感覺多了幾分蕭瑟、幾分冷清，就連老槐樹也都顯得有幾分落寞。他們家現在所居住的大宅，以前是地主的莊園，現在是政府機關人員的宿舍。她家所住的房間，便是地主姨太太的閨房，而後院這棵老槐樹，據說是地主為姨太太栽種的，為了見證他們的愛情，以及蔭庇子孫後代。這棵大槐樹確實為這個家族帶來了好運，栽種的那一年，姨太太就為地主生下了一個兒子，後來又為地主帶來許多的財富。所以，當地人都說這是一棵神樹，有靈性，許多不孕的婦女都把它當著神樹來拜，據說也相當靈驗。後來，不信鬼神的共產黨來了，視此說法為荒誕無稽的封建迷信，明令禁止，之後便再也沒有人來拜這棵神樹了，但當地人還是說這是一棵風水樹，開的花特別香。

此時此刻，她望著高大的槐樹，不由得暗自祈禱：「老槐樹，如果你真像人們說的那麼靈驗，那就顯出你的靈性，庇護楚原，庇護三個孩子，庇護這個家，免受不公正的對待，免遭別人的欺辱，讓他們平平安安，健健康康。」她不由自主地雙手合什，對著老槐樹虔誠地作揖。雖然，她知道作為一個共產黨人，一個無神論者，不該這樣做，但她已感到無助。她感到已沒有人可以幫她、幫這個家渡過這場政治風暴，她怎能不祈求神靈的庇佑？

愛蓮深深地嘆了一口氣，卻沒有發出任何的聲音。也許，最深沉的悲哀、最無奈的人生，才會如此的喟嘆。

家，沒有一個男人，立即就像坍塌柱樑的屋子，變得搖搖欲墜。她看著堆在後院牆角下的一堆木柴，開始犯起愁來。以前，這劈柴的事都是楚原來做，現在唯有她自己動手了。她拿起斧頭，將一截截的原木劈成一條條的柴薪。她心中有恨，掄起斧頭來，比剛才打心遠還狠。「噼」，一截原木被劈成兩半，再「噼」的一聲，又一截木塊被劈開。這是一個甚麼世界？一個無辜的人就因為一首詩被關進監獄，一個女人就因為她的丈夫被關進大牢而要失去擔任主角的機會，三個孩子就要承受社會的白眼和冷嘲熱諷……這是一個甚麼世界，這「文化大革命」到底革的是甚麼命？是無辜的人，是無助的人，是善良的人？一首詩，可以令人變成「反革命」，到底甚麼是革命，甚麼是反革命。安安問得好，甚麼是「反革命」？一個八歲孩子的問題，不知會難倒多少大人。為甚麼沒有一個大人想一想這樣一個問題呢？怎麼沒有人想一想，一個熱愛生命、有滿腔理想的文化人，怎麼一夜間就變成了「反革命」呢？以前，她從來沒有想過這些問題，她以為這些都是常識問題，從來沒有更深地想過這些不證自明的問題。她像所有的人一樣，都沒有想過這些問題到底意味著甚麼。這個世界就是這樣的，我們天天掛在口邊的話語，以為大家都明白的口號，其實是最說不清、道不明的東西。愛蓮終於感到，這「革命」不過是一個幌子，是人整人、人吃人的一個堂皇的理由，而那些「反革命」卻未必真是十惡不赦的壞蛋，相反可能是一些最無辜的人。可是，這個世界的人往往只是迷惑於一些表面的概念，從來也不會探究實質，因而自我繳械，失去了自己的判斷，人云亦云，對事物完全沒有自己的分析，更不會去判斷是非黑白。別說其他人，就是她自己也一樣，如果不是自己深受其害，又何嘗會想到這「革命」與「反革命」的黑與白、是與非？這場革命到底是怎麼回事，怎麼有那麼多的好人受罪？難道一切都錯了？她不敢想。這個念頭已足以令她自己也變成「反革命」，這太可怕了。這是一場不容質疑的運動，是一場不容許你自我思考的運動。你只能將自己變成一個沒有頭腦的、隨大流的人，才能夠生存，一當你有了自己的想法，有了自己的判斷，就會遭受噩運。她不寒而慄，這真是一場驚天的騙局。

愛蓮為自己的這些想法而感到恐懼，就像面臨絕境、大難臨頭的人那樣，感到絕望。因為，她看清了這場運動的真相，看清了楚原被羈押的真正原因，也知道了事情的可怕結局。她停下手上的活，立即衝入房間，找出紙和筆。她要為楚原上訴，為他申辯，一刻也不能耽誤。她已經意識到他可怕的前景，那是不容有絲毫僥倖心理的可怕判決。現在，只有她能為他證清白，能為他做一點力所能力的事。她不能沒有他，三個孩子也不能沒有他。

現實將她逼上了一條沒有退路的路。

這時，門外傳來老魏的聲音。他在門外叫嚷，「有人在家嗎？」

她知道，老魏這個人無事不登三寶殿，他一定是有甚麼緊要的事要告訴她。

老魏徑直進門，面帶微笑，問：「還沒吃飯吧？」

愛蓮早已習慣了他的開場白，知道他愈是輕鬆，要談的事就愈是不輕鬆。她問：「有事嗎？」

老魏開門見山地說：「老楚的事，我都知道了，這是一件不幸的事，處境不太妙，所以，你的角色也惹起別人的一些想法。現在，唯一能夠為老楚和你帶來一線希望的是革委會的王見主任，我想你最好去找找他，親自向他作些解釋。你知道，他是當時得令的人，手操生殺大權，得罪不得，說話要盡量婉轉。我知道你這個人缺少一點心眼，說話直來直去，見到王主任可不能這樣，要盡量溫順一點，知道嗎？我可是在幫你。錯過了這次機會，可就沒下次了。」

「這是你個人的意見，還是上面的意思？」愛蓮問。

「這有甚麼關係嗎？」老魏說。

「當然有。如果是你個人的意見，我感謝你的指點；如果是上面的意思，我可要想想。」愛蓮說。

「那就當是我個人的意見吧。」老魏說。

「這樣說，是上面的意思囉？為甚麼要讓我這樣做，這有甚麼實質的意義？他們不是認定老楚是反革命了嗎？難道我去找王見，可以改變結局嗎？」愛蓮問。

「哎呀，愛蓮，你怎麼這麼死心眼？」老魏說，「你知道我這個人是最關心下屬的，任何時候總是替你們著想。這都甚麼時候了，你難道還要跟別人講原則？在這個年頭，你相信有法律，相信有公義？別太天真了！你們這些讀書人是最難搞的，永遠不懂得面對現實，怪不得毛主席都說『知識越多越反動』，要把知識分子打為『臭老九』【5】。問題就在於你們思想太複雜，想得太多，不懂轉彎。做人想那麼多做甚麼，有吃有住有穿就行了。人啊，越簡單越快活。你聽我的話，直接去找王主任，跟他疏通疏通，就可以大事化小，小事化無。你知道嗎，老楚的命運，有罪沒罪，全靠領導人一句話，你自己能不能繼續演白毛女，也全靠上面一句話。你想一想吧！」

老魏這個人是個沒有甚麼立場的人，像個無脊椎軟體動物，所以，經歷各種政治風暴都不曾倒下，大家都說他是個不倒翁。也許，在這個世上就要做一個沒有立場，隨風向而轉變的人才能苟活吧。但是，如果這樣做人，也太窩囊了吧？愛蓮太熟悉老魏這個人，知道這是他的生存之道。現在這個世界，只有將自己變成一個沒有脊樑的人，才能夠生存。也許，老魏是對的，雖然，他生存得太窩囊，但他能夠苟活下去。「老楚的命運，有罪沒罪，全靠領導人一句話」，這何嘗不是事實？愛蓮對自己能不能繼續扮演白毛女，看得很淡，她隨時可以放棄，她要跟別人爭，只是為了一口氣，而不是為了任何的名份。但楚原的事卻關乎他的生死，一家人的命運，她不能不認真考慮。現在，唯一的希望看來就在王見那裡了。她認識這個人，一個靠造反起家的政治新貴，人稱「魔頭」，一想到要去找這個人，她的心就收縮起來，不寒而慄。

沉默。屋子裡空氣凝滯，只有一座老式掛鐘在「嘀噠、嘀噠」響，鐘擺有節奏地來回擺動，永遠是一種無動於衷的擺動，讓人說不清這永不停歇的擺動是代表光陰的流逝，還是意味著時間的無情。時光，總是稍縱即逝的，時機也一樣，一去不復返。大黑在家裡走來走去，好像甚麼事都不管牠的事。事實上，人間的事也跟貓無關。

愛蓮遲遲不能回答。

老魏說：「你想想吧。你想想老楚，坐牢的滋味不好受，可以把人逼瘋。你再想想三個孩子，你總不能讓他們背著一個惡名，在學校裡受人欺負吧。再想想你自己，如果沒有老楚這件事，又何至於影響你的工作呢？總之，我認為你該去找找王見。現在，他就是我們這裡的土皇帝，甚麼事都是他說了算」。

「我是想找找上級，想為老楚申訴，證明他是無辜的，他絕對不會有反革命的動機和言行。」愛蓮說，「你看，我這不正準備寫申訴書。」

「哎呀！」老魏說，「你這樣做是捨近求遠呀，遠水解不了近渴，當然要先找當權派，俗語說『縣官不如現管』，就算是皇帝老兒也不會理一個九品芝麻官的事。你向上級申訴，人家還不是聽下面的。所以，最實際的做法還是你親自去找王見。」

她想對老魏說：「你不是不知道這『魔頭』的品性，誰人不知道他是一個吃人不吐骨頭的傢伙，我去找他會有好結果嗎？」但是想想老魏說的話，她又不能再顧忌那麼多。她的耳畔總是迴響著老魏的話「老楚的命運，有罪沒罪，全靠領導人一句話」。

夕陽西下，一束陽光從窗口射進昏暗的屋子。愛蓮原本紅潤的臉，看上去憔悴多了，缺少一點血色。她的呼吸變得有幾分急促。

終於，她說：「我去！」

四

這個傍晚，滿天紅霞，夕陽像一顆泣血的心，唱著一首哀怨而悲壯的歌，沉沉西落，將整個西天都染上了一層血色的憂鬱與悲傷。

愛蓮帶著兒子心遠，心遠帶著他的狗阿歡，來到革委會主任王見的寓所，這是一個有警衛的院落。

他們剛到院落的門口，愛蓮看到小椏從裡面走出來。她的臉上有幾分得意的欣喜之色，但是見到蓮姐後又有幾分躲避的神色，眼中更有一種幾乎難以察覺的羞愧與尷尬。她幾乎是倉皇而失魂地從他們身旁走過去，沒有打一聲招呼。以前，她見到蓮姐不知會多親熱，遠遠的就會打招呼，蓮姐長蓮姐短，熱乎得不得了。此情不再了，她與她擦肩而過，形同陌路。

愛蓮看著她走過，她掩著臉小跑幾步消失在柏樹掩映的小路上。愛蓮心想，她也來找王見。

她找他做甚麼？她的神色怎麼這般怪異，跟平時的她判若兩人，讓人感到有甚麼蹊蹺。

他們來到警崗，警衛說小孩不能進去。愛蓮只好讓心遠在外面等著。

心遠站在警崗前，望著母親走進院落的背影，直得她消失在樹蔭中。自從與母親去過一趟公安局後，他似乎一夜間長大了許多，對大人的世界所發生的事，多了一些疑問。他為母親走進這院落，懷有幾分憂慮。一個十三歲的孩子，過早地告別了少年人的快樂，不再無憂無慮。他和阿歡走上院落對面的小山丘，坐在一塊大石頭上，望著西天，也望院落的門口，等母親出來。

西天的雲朵像血污在流溢，在濡染著夜幕。他們靜靜地等著，看著晚照的奇異景象。

天上一定有一場殺戮，不然不會流那麼多血。他們靜靜地坐在石頭上，凝望著血色黃昏的奇異景象。遠遠的天邊，或者說地底，傳來一陣如怨如訴的聲音，那是一種難以言喻的曲調，是一種發自心靈的旋律，好像在訴說一種故事，在講述一段恩怨，在表達一種訴求。心遠和阿歡都聽得如了神。他說不清這聲音來自天際，還是來自遠山，只感到那是熟悉的旋律、熟悉的心曲，像母親的絮語。莫非，這真是母親的聲音，真是母親在訴說、在哀求？他的心「怦、怦」跳動，阿歡也在低聲地發出嗚嗚聲。天邊最後一抹夕陽映照著翻湧的雲彩，血污在流溢、在幻化，像一個靈魂在掙扎。他好像看到一個邪靈張開了他的魔爪，撲向一個弱小的女子；他看到魔鬼在獰笑、在咆哮，而那弱小的女子則在掙扎、在逃避……他聽到一聲刺耳的尖叫，於是對阿歡說，快，咱們去看看。他們剛衝下山丘，就看見母親從院落裡走出來，面色有幾分蒼白。

她吐出一塊異物，被狗兒一口吞下。

心遠說：「媽媽，你的嘴角有血。」

愛蓮用手帕抹抹嘴，說：「心遠，咱們回家去。」

心遠跟在母親身後，一言不發。夜幕已經籠罩整個小城。心遠聽到一個魔鬼的聲音在嚎叫。這是一段被消磁的歷史磁帶，我們再也無法還原這一個時辰的記憶。沒有人在場，誰也不知道愛蓮在裡面發生了甚麼事。

總之，從那以後，愛蓮被認為有神經病，而那革委會主任王見則少了一截舌頭，從此以後再也不能口若懸河地發表他的「革命」偉論。誰也不知道這魔頭遭了甚麼報應，只知道他一夜間少了一截舌頭。這真是大快人心的事。

愛蓮和心遠，還有狗兒阿歡，沿著死寂的小巷走回家。街燈昏黃而暗淡，在他們的身上灑下一層鬼魅的光，遠遠看去像孤魂在青石板路上遊蕩，「鐸、鐸」的聲音在夜巷中迴鳴。

回到家裡，愛蓮將心遠摟在懷裡，她的整個身子都在發抖。心遠說：「媽媽，你別怕。」

愛蓮說：「心遠，你已經長大了，你是大人了，爸爸回不來了，你就是我們家裡的男子漢了，你要看好兩個弟弟，為媽媽分一點憂，知道嗎？」

孩子點點頭。

母子倆都再沒有言語。母親緊緊摟著心遠，像怕他被人奪去似的。

這個夜晚出奇的靜，連一聲狗吠也沒有，好像甚麼事也沒發生過一樣。但母子倆都知道，在這死寂中有著更危險的災難。他們都不知道明天會是甚麼樣的，會發生甚麼事。

小城的夜太深太沉，不知掩沒了多少罪惡和冤孽。這個年代，有太多的不幸和屈辱，也有太多的血腥和暴力。人們都早早睡去了，在噩夢中假寐，在死寂中等待另一個白天的來臨。

這一夜，小城下了一場大雪，等人們都從睡夢中醒來時，發現一個銀妝素裹的潔白世界，大地白茫茫一片，真乾淨，人們都沉浸於莫名的欣喜中。這是冬天的第一場雪。

五

這是一個全民「思覺失調」的年代，人人疑神疑鬼，共同製造了種種荒誕不經的傳言、故事和冤案。

這個年代，冤魂特別多。

愛蓮被人們說成神經有毛病，白毛女上身。

但從這天開始，她已經不能再演白毛女了。她失去了主角的身份，淪為一個管理道具、跑龍套的角色。大家說她的精神狀態不適合再上舞台。

一個被逐離舞台的人，在現實生活的舞台上卻依然是主角，許多是非纏繞著她，像一張網那樣將她套住，脫身不得。她成了牛鬼蛇神【6】之一。

道具房像是很多年都不曾開啟過了，木門緊緊關閉，鐵鎖已經生鏽，像一道封閉了千年萬載的時光之門。愛蓮費了很大的勁才打開了那把鎖，她使勁推開木門，一陣刺鼻的氣味令她連打幾個噴嚏，眼水直流。裡面的枱椅、箱櫃都積滿了厚厚的灰塵。這就是她將來工作的地方，從此以後，她就只能在這裡繼續她的演藝職業了。對此，她並沒有感到太多的委屈，這樣的懲罰見得太多了。別說這小地方，京城裡的名伶、大師遭受不公正待遇的不知有多少。奴才、庸才管治人才，這就是中國的國情；將有才華的人投閒置散、冰凍雪藏，這就是中國人的社會扼殺賢良的特有方式。臭老九們都習慣了這種受奴役的人生，只能像畜牲一樣默默承受，這也是中國知識分子的又一種悲哀吧？

她剛進入道具房，老魏也來了，他站在門外，掩著鼻，像牙痛般連聲叫道：「哎喲喲，蓮姐呀蓮姐，你這次真把我害慘了，你怎麼把王見給得罪了。他可是能得罪的人嗎？我們的命根子都在他手上。你這不是令我左右不是人嗎？」

愛蓮盯著他，半晌才連聲反問：「我把你害慘了？我把你害慘了？哈哈哈，你真會說笑。老魏呀老魏，虧你說得出口，你呀你，連簡單的是非黑白都分不清。你也太怕事了。我跟你說，不是我害你，是你自己害自己。就是像你這樣的人太多，縱容了王見這樣的魔頭為所欲為。」

「你怎麼愈說愈離譜了？你真是不想活了？你也不看看自己現在的處境，就像砧板上的肉任人宰割，還嘴硬，沒個遮攔。怎麼兩口子都一個脾性。這都啥時候了，還不向現實低頭？好心你別再給我添麻煩了，好不好？」老魏跟愛蓮相識十多年了，可以說是文工團裡的老搭檔，彼此都了解對方的性格。可是，他卻不欣賞她的剛烈。

「放心，我不會害你。我知道你是怕事的人。好，你走你的陽關道，我過我的獨木橋。我要讓那無恥的魔頭知道，他可以奪去我的角色，可以任意踐踏我，但改變不了我的心志。我就算是賤如泥土，也不會向他屈服。他遲早要受到法律制裁的。你瞧著吧。」愛蓮說。

老魏搖搖頭。無可奈何地離去。

愛蓮繫上圍腰、套上袖套，埋頭清理起道具房。這個不向命運低頭、更不向惡勢力屈服的女人，選擇了一條艱辛的道路，一條聰明人不會走的路。此時，她想起了受到眾神懲罰的薛西佛斯【7】，一次次將石頭推上山頂，石頭一次次滾下來，陷於萬劫不復的懲罰，幹著毫無意義的工作。如果人生注定就是這麼荒誕，那就讓我面對，命運也許不能改變，卻可以用自己堅韌的意志，展示自己的力量，讓那懲罰你的人蒙羞。

她清掃著屋子裡的積塵，不一會，自己也變成了一個滿身塵垢的人，像剛從煤礦井洞中出來的煤黑子，完全無法分辨是男是女，是人還是鬼。

在紛紛揚揚的烟塵中忙這忙那，她情不自禁地唱起《白毛女》中的「北風吹」唱段：「北風那個吹，雪花那個飄。雪花那個飄飄，年來到！爹出門去躲債，整七那個天！三十那個晚上還沒回還……」唱著唱著，她在道具房裡跳起舞來，好像真的變成白毛女了。

這時，夏奇從道具房門口經過，看見愛蓮的神態，不由得搖頭嘆了口氣。她一身塵垢的模樣，讓他產生難以言喻的悲憫之情。一個從來都高貴典雅的女子，就這樣淪落到鬼魅一般的形容。他站在門外，說：「讓我來幫你吧。」

愛蓮對他已不像過往那樣抗拒。他給她的那個微笑，以及他在會上因她而遭到批鬥，都令她對他另眼相看。她說：「有你幫忙，當然好。」

他們認識很多年了，但是從來沒有正面交談過。由於他一直是以被監督改造的身份進入文工團，所以，一直沒有人將他當作文工團裡的一分子，他像是一個透明人，沒有人正眼看他，也沒有甚麼人跟他有私下的交往。這個年代，跟一個專政對象交往是很危險的事，分分鐘惹禍上身。說來，這類人就像奴隸一樣，除了做事，就是幹活，沒有發言權，更沒有任何的政治地位。無產階級專政嘛，要統治的就是他們這類人，所以，對他們進行奴役是天經地義的。他們唯一的出路，就是接受思想改造，將自己變成新人。

從前，愛蓮做夢也想不到，自己會淪為像他一樣被踐踏的人，更想不到會跟他在一起做沒有人願意做的工作。儘管她的處境跟他不一樣，她不是被專政對象，相反是一個不折不扣的共產黨員，但她已深深地感到世道的險惡，命運已將她推到了他的行列，從此，她就要像他一樣成為一個被邊緣化的透明人，一個可有可無的人。這樣的人與其說是「人」，不如說是「鬼」。今天，她終於發現，過往不曾進入人們視線範圍的這個「鬼」，其實也是一個活生生的人。他是怎樣熬過這二十多年的非人生活的呢？

愛蓮詢問起他的身世。原來，這個四十多歲的男人，還是單身一人。

她問：「你為甚麼不結婚？」

「我這樣的人，哪有愛與被愛的條件。」他說。「我是一個不被允許有愛的人。」

「愛」字，在這個年代是一個很刺耳的字。人們都很怕提到「愛」字，怕被人認為是資產階級的意識。他知道，她會懂得這個字的真義，所以，他不怕在她面前說這個字。愛蓮理解他的言語，也理解他的心。「一個不被允許有愛的人」，是啊，這個時代有太多的人失去了愛人與被愛的權力。

「一個人生活真不容易呀！」她說。

「習慣了，習慣了，無欲無求，沒有將來，也沒有明天，自然就不存甚麼期望了。」他說，「再說，如果有一個家，那不是連累人？現在多好，一個人吃飽，全家人不餓。一個人的罪，一個人受。」

沒有明天，沒有將來?愛蓮暗想，沒有希望的人生是多麼可悲的人生呀！她說：「你真不容易。你這些年受了很多苦、遭了很多罪吧？」

「怎麼說呢？在外人看來，我這種生活真是生不如死。就因為我出身於地主家庭，所以，就該受到這與生俱來的懲罰。這是天生的罪，原罪呀！」他笑笑，說：「當一個人接受了命運的安排時，就不會怨天尤人了，也不會將自己所承受的生活視為一種『苦』或『難』了，像薛西佛斯那樣，就將人生看著是在推石頭上山吧，一次又一次，永無止境。」

愛蓮聽他提到薛西佛斯，知道他一定受過良好的教育。她問：「你讀過大學嗎？」

他說：「解放前，父親將我送到上海，在一間教會大學讀了兩年書，沒畢業便解放了。等我回到家時，父親已經死了。」

愛蓮知道，他父親是本地最有名的大地主，解放後，因為「罪大惡極」被處決了。現在，文工團所在的這個大院，就是他家的舊庭園。她本能地意識到，他有很多的故事，也有很多的思想和豐富的情感。但是，平時的他卻是一個只能挾著尾巴做人的鬼。可是，誰知道他所遭受的罪呢？一個年輕可為的人，就因為父親的地主身份，而淪為「黑五類」，帶著與生俱來的原罪，承受著非人的生活。這就是革命的無情。

他無意中發現屋子角落，擺放了一座鋼琴，興奮地打開那積滿塵埃的琴蓋，隨手在琴鍵上彈了一下，「咚」一個響亮的聲音在屋子裡回蕩。

他說：「這是我小時候用過的鋼琴。」

他興奮地隨手在琴鍵上彈奏起一段莫扎特的《魔笛》。鋼琴已經五音不全，但是幾個雄渾的音符，已經令他們驚喜不已。聲音在這破敗的屋子裡迴蕩，像一個沉睡千年的靈魂甦醒了一般，紛揚的塵埃中似乎有一個精靈在起舞。兩個鬼魅般的活人，如同通靈一般，一下子進入一個被封閉已久的精神空間，打開了一道通向遠古世界的門。這是一個多麼奇妙的空間啊，想不到在這間積塵覆蓋的屋子裡，竟躺著一個沉睡的靈魂。

這實在是他們意想不到的收穫。但是，這卻是一個不能開啟的魔盒。這是一個不許聽古典音樂的年代，除了革命歌曲之外，任何傳統的音樂都被封存進歷史的塵埃中了。在這個連聽古典音樂都有罪的年代，他們像偷開糖果盒的孩子一樣打開了這魔盒，當然既興奮又害怕。這畢竟是犯禁的，他們只能偷偷淺嚐即止。但是，糖果盒被打開，便很難再合上了，糖果會被一粒一粒地偷取。

這是屬於他們的秘密。兩人都像吃了一顆糖果般，心中甜滋滋的。

屋內的兩個「鬼」，都高興得手舞足蹈。

六

他是一個活在暗角的人，但他的心裡卻陽光燦爛。是甚麼令他生活得如此平靜，又如此不卑不亢呢？看得出來，他心底裡還有一團火。生活的折磨並沒有熄滅他心中的生活熱情。

夏奇離開道具房後，愛蓮望著他離去的背影，心中在想，這個隱形人原來是一個活生生的人，僅僅是因為出身地主，便失去了所有的機會，也失去了做人的權力和尊嚴。過去，她從來沒有想過這些人的生存境況，只是相信偉大領袖的指引，相信他老人家做的事情都是正確的。但眼前的這個人卻讓她產生了不一樣的想法，這個階級敵人【8】並不可怕呀，他怎麼看也不是一個壞人。莫非他真是一個披著羊皮的狼，外表老實，而實質上是一個惡魔？不可能，他怎樣看都不是壞人。那個整天高叫革命口號的革委會主任王見，才是真正的壞人呢！這個世界一定發生了甚麼問題，好變成壞、黑變成白、是變成非。誰能告訴我，這個國家到底發生了甚麼事？

愛蓮帶著一大堆疑問回到家裡。她從夏奇的處境，想到楚原的遭遇，她相信自己的判斷，這個國家出了亂子，這場革命是大錯特錯。一想到這裡，她的心就緊緊地縮在一起。這個想法一旦宣之於口，她自己也足以被打為反革命。這是一種多麼可怕的背叛呀！

她不敢再想下去。

還是做一個沒有思想的人吧！

她再一次拿出紙和筆，為楚原寫申訴書。小城的電力不足，家家戶戶用的白熾燈通常只有三十瓦，她家的燈泡瓦數比別人家的還小，亮度好比一盞煤油燈。她用一張白紙捲成一個燈罩，讓光束集中在枱面上。孩子們都睡了。她披著厚實的棉襖，伏在案頭奮筆直書。申訴書要寄到省及中央的有關部門，所以，唯有不停地抄寫。

大黑蹲在屋子裡的暗角，睜著眼睛注視著她的動靜。

夜闌人靜。偶爾聽到遠遠的一兩聲狗吠。這時，她聽到一陣若有若無的琴聲，那像是來自天際的聲音，如怨如訴，時而低迴、低而哀怨、時而纏綿、時而悱惻、時而呢喃……讓她憶起與楚原在一起時的種種情景，好像又看到了他年輕時的模樣。可惜，不管有多少繾綣之情，終需面對這無情的分離。她才三十多歲，而他則年近不惑，正是年富力強、精力旺盛的歲月，卻要彼此承受孤枕獨眠之苦。在往後的歲月裡，他都要在鐵窗中度過無數個日與夜，而她也只能獨守這殘破的家，度過無數不眠的夜晚。這個日子該怎樣過下去，何時才能熬出頭？她不敢再想下去，繼續謄抄那一份份的申訴書。她唯有用這種機械而重覆的抄寫，來打發這長夜的寂寥，像受到懲罰的薛西佛斯推著石頭上山一樣，以一種毫無作用的勞作來抵禦更為荒誕的懲罰。

她累了、倦了，手中的筆漸漸遲緩。她伏在桌上，小作休息。

眼前，卻出現春光明媚的景象。後院的槐樹開花了，倏然間滿樹繁花，一串串白色的小花懸掛在樹梢上，為這小小的庭院帶來無限的生機，而帶來無限的樂趣。這是她和他的世外桃源，他們終於又在一起了，像初戀時一樣，他為她摘下一串串的白色槐花，編成一個大花環，掛在她的頸上。槐花淡淡的香味，清甜而甘醇，直沁心脾，讓她如癡如醉。真是花不醉人人自醉，她整個人都酥軟了，依偎在他的懷裡，閉目享受著五月的溫存。整個人都像那綻放的白色花朵一樣，輕盈如夢，飄飄欲仙，她自己恍若幻化成一個花仙子，將花瓣灑向人間，形成紛紛灑灑的花雨，孩子們就在這花雨下追逐、嬉戲，整個天地都流溢著花的馨香……這是多麼愜意的季節啊，那就讓我長醉，不要醒來，讓我緊緊地摟著你，與你沐浴在這花雨中。他摟著她在樹下起舞，將她高高托起，好像要讓她飛起來，她笑啊笑，像回到了兒時父親的懷中，回到無邪的少女時代、回到初戀的歲月……她伏在他的懷裡，望著他的臉，突然發現他不是楚原。楚原呢？楚原，你在哪裡？你在哪裡……她醒過來，才知道自己做了一個夢。屋子裡燈光昏暗，火盆裡的炭火也熄了，一陣寒意襲上心頭。

她細細回想剛才的夢，不由得暗自吃驚，她看到的那個臉，那個熟悉的面孔竟是夏奇！她的心跳變得有幾分急促。怎麼會做一個這樣稀奇古怪的夢呢？不會的，不會的。她揉揉雙眼，推開後院，一陣寒氣撲面而來。她站在槐樹下，望著它的樹冠，似乎想印證一番它是否剛剛開過花。夢，一場美夢。楚原在牢房裡，而她也只能伴著孤枕而眠……

今晚的夜色真好，沒有狂風，月亮又圓又大，天空蔚藍，引人無限遐思。夜深了，寒氣逼人，空氣卻清冽甘甜，她深深地吸了一口氣，似乎想驅散心中的鬱悶。只有這樣的時候，她的心才真正得到了安寧，思想的空間也像夜空一樣變得開闊而深遠。

她想忘掉剛才的夢，但這個夢卻像寒夜裡的星光，讓她感到些許的溫暖和快慰。她在回味，但又怕太迷醉。她告誡自己，忘掉這個夢，這是一個危險的徵兆，讓人心驚膽戰，還是快快忘掉的好。

這時，那似有若無的音樂又在夜空中響起。這一次，她聽得很真切，那不是來自天宇，而是來自院牆後邊。她想起牆那邊是一間破爛的小屋，以前是地主的僕人居住的地方，現在是地主的兒子，也就是夏奇居住的地方。真是諷刺啊，地主住進了下人的房子，地主家的奴僕則住進了以前主子的大屋。這個世界就是這樣的無常。如果，當年的地主知道這個世界會來一次徹底的顛覆，他定然不會讓自己的兒子出生，也不會積累那麼多的財富。他哪裡知道，他積聚起來的財富到頭來不僅一一失去，還斷送了自己的性命。她聽清楚了那聲音，是由口琴吹奏出來的，太美妙了。在這萬籟俱寂的夜晚，這口琴聲像一道由哀怨的內心唱出的心靈小調，像在含淚傾訴一段衷情，又像是寂寞的心在自我撫慰，這聲音太幽微，以至於讓人感覺那是來自夜空的天籟之音。

又一個不眠的人，又一顆寂寞的心。

她回到屋裡。三個兒子已經睡熟了。自從楚原被抓走後，為了節省木炭，彼此取暖，她讓三個兒子都跟她睡一張大床。心遠、心寧睡一頭，心安和她睡另一頭。現在，他們就是一個生命的共同體，只有緊緊地依偎在一起、彼此取暖，才能驅走這漫長冬夜的嚴寒。她躺下床，將心安摟在懷裡，聽著那似有若無的旋律入睡。

她跌進了一個黑暗的空間，一個深不見底的黑洞。這是一個鬼魅的世界。一個個猙獰的面孔在注視著她，向她發出惡毒的詛咒。她孤身一人，想擺脫他們的糾纏，可是這些如影隨形的魔怪卻得寸進尺，他們圍著她狂歡亂跳，發出陣陣得意的笑聲：「看啊，你這個反革命分子的老婆，你終於淪落到這個地步，你還想跳白毛女，那就跳吧，現在就跳來看看。」她真的變成了白毛女，長長的頭髮一下子都變成了白色。她實在無路可逃，終於跳起來，她好像又聽到了喜兒的吶喊「我不死，我要活」。她跳，她舞，又唱起喜兒的歌：「他們要殺我，他們要害我，我逃出虎口，我逃出狼窩……我有冤哪，我有仇，他們害死了我的爹，又害我，爛了骨頭我也記住這冤仇。耳聽得流水嘩啦啦的響，眼前一條大河閃星光。大河流水向東去，看不見路，我走向哪裡？想要逼死我，瞎了你眼窩，舀不幹的水，撲不滅的火，我不死，我要活，我要報仇，我要活！」「為什麼把人逼成鬼，問天問地都不應。鬼！鬼……好……我就是鬼，我是屈死的鬼，我是冤死的鬼，我是不死的鬼。我要撕你們！我要咬你們！我要掐你們哪！」她看到那些圍著她張牙舞爪的魔怪都紛紛逃遁。終於，她又一次戰勝了邪惡。但她卻走不出那深不見底的黑洞。就在她徬徨的時候，一道光射向她，一個身影向她走來，他像一團火照亮了黑暗的山洞。他對她說，再長的隧道也有盡頭，走吧，繼續往前走，走到盡頭就是光明。

她繼續往前走，看到了一個明亮的世界，一個光燦燦的世界。她睜開眼，已經又是一天的開始。

七

她整理好昨晚寫好的封，又一封封查看了一番，省革委會、中共中央……加上本地的相關部門，一共有七封，拿在手上，厚厚的一大疊。從這一天開始，她每隔一段時間就會寄上這樣一疊的信，多少年都沒有間斷過。別人都說她神經有毛病，像祥林嫂一樣。

她叫上心遠一塊出門，孩子大了，許多事都要靠他幫手。十三歲的孩子，確實一下子成了大人，再也不扎進小孩子的圈子，放學回家就待在家裡，幫手做家務、拖地、劈柴，再不就是替母親做一些跑腿的活。都說窮人家的孩子早當家，可不是，心遠早早就成了這家裡的小小支柱。

自從楚原坐牢後，家裡的經濟已日漸拮据，三個孩子要讀書，全靠愛蓮一個人幾十元的收入，實在捉襟見肘。這日子愈來愈難過，但不管怎樣難，首先要滿足孩子們的衣食。孩子正在長身體，怎樣也要讓他們吃飽穿暖呀。她決定趁大白菜當造，買上一大車回來，儲存過冬，再買了一大塊豬肉，製成臘肉。

兩人沒吃早飯，就出門了。

這是融雪的日子，天氣特別凍。路上結了一層冰，人走在上面一不小心就會摔跟斗。風，颳在人的臉上，像刀子在割。母子倆穿上厚厚的棉襖，一前一後出了門。

小城裡的人習慣曬太陽，所以，一大早就懶洋洋地雙手交叉揣在袖管裡，站在屋檐下，享受陽光的溫暖。這個時候，也是人們東家長西家短的時候，誰家發生了甚麼事，立即就會成為他們的談資。

母子倆剛一出現在街頭，站在屋檐下曬太陽的人就注視著他們了。有人說：「喲，白毛女瘦了，面色也不好，黃黃的，看來沒有男人的滋潤是不行呢。」又一個說：「真是可憐呀，這麼年紀輕輕的，就要守活寡……」

母子倆加快腳步，想快快避開這些人。愛蓮突然打了個趔趄，幾乎摔倒，眾人哄笑。心遠恨恨地望著這些市井人物。愛蓮拉著心遠的手，說：「別理他們。」

「喂，白毛女，別走呀，跟我們擺擺龍門陣呀！」又一個人丟下一句話，「晚上睡不著就來找我，我在山洞裡等你。」一時間，眾人陰陽怪氣地哄笑。

突然，這些人轉了態度，對一個正迎面走來的婦人連聲問好，語氣極盡巴結。愛蓮認得這個女人，那是革委會主任王見的老婆。

愛蓮對心遠說：「孩子，以後長大了，無論見到甚麼事，遇到甚麼人，都不要像這些人，見低踩、見高拜，做人要有同情心，對弱者不能冷嘲熱諷，這不是做人的樣子；對有權勢的人，又不能低三下四、失去自尊，巴結權貴也不是做人的樣子。做人就要堂堂正正，就算變成叫花子，也要有尊嚴。記住我的話。」

心遠點頭。沒說一句話。

他們來到柵子口。今天是趕集天，這柵子口倒也頗為熱鬧。四面八方的鄉下人都趕上一大早，揹著他們的農副產品或山裡的野味，到城裡來出售，換回幾塊小錢，買一些油鹽或日用品回家。市集上人頭攢動、熙熙攘攘，母子倆在柵子口來回走了一趟，在一個賣白菜的攤檔前停下來，愛蓮跟那鄉下人討價還價，買下一大背簍的大白菜。

一個鄉下的婦人見到愛蓮，問：「你是白毛女嗎？」

「是呀。」愛蓮答。

「我看過你演的戲，你演得太好了。」婦人高興地說。

「謝謝你的鼓勵。」愛蓮說。

「你知道嗎，我看一次，流一次眼淚，越流淚就越愛看。」婦人說。

愛蓮不敢跟她說，自己已不能再演白毛女了。她說：「是白毛女的故事太感人了，我做得太不夠了。」婦人在她的地攤上捧起一大堆杏子，往心遠的背簍裡放。愛蓮不斷推卻，婦人執意要給。

愛蓮說：「那就讓我給買下一些吧。」

婦人說：「不用你買，不用你買。」

愛蓮無奈，只好接受，又叫心遠說謝謝。

別過婦人後，心遠問：「媽媽，你不是說不能拿別人的東西嗎？」

愛蓮說：「這個鄉下的阿嫂是真心要給我們的，如果我們不接受，她會很傷心，以為我們看不起她，我們接受她的禮物，她相反會很高興的。你看，這天底下總有真心實意的好人。」

心遠想著母親的話，又回頭看看那阿嫂，感到有一種難以言說的快意。他好像又明白了一些做人的道理。他們又在柵子口轉悠了一圈，到肉檔買下兩大塊豬腩肉，這才滿載而歸。他們一家人就要靠這些菜和肉，度過一個冬天。

愛蓮讓心遠將菜和肉揹回家去，自己則到郵局寄信，然後到公安局找革委會的人，申請探監。

愛蓮坐在公安局的辦公室裡，等那個高個子公安為她辦理探監手續。高個子公安將她引入另一間空蕩蕩的屋子。她坐在一張長櫈上，細詳打量了一下這間屋子的環境，房間跟其他機關單位的辦公室陳設一樣，老舊的木桌木椅木櫃，牆上正中貼著毛主席像，另外三面牆上則貼有毛主席語錄：「千萬不要忘記階級鬥爭，階級鬥爭要年年講、月月講、天天講」、「革命不是請客吃飯，不是做文章，不是繪畫繡花，不能那樣雅致，那樣從容不迫，文質彬彬，那樣溫良恭儉讓。革命是暴動，是一個階級推翻另一個階級的暴烈的行動」、「什麼人站在革命人民方面，他就是革命派，什麼人站在帝國主義封建主義官僚資本主義方面，他就是反革命派。什麼人只是口頭上站在革命人民方面而在行動上則是另一樣，他就是一個口頭革命派，如果不但在口頭上而且在行動上也站在革命人民方面，他就是一個完全的革命派。」平時，她常常看到這些毛語錄，但是，從來也不上心，可以說，不太注意這些語錄的微言大義，而此時此刻，她似乎一下子理解了這些話的殺氣。這是不講情面的整肅，是你死我活的決鬥，如一股寒氣直透人的脊背。她明白了這場革命的性質和殘酷性。

這時，高個子公安帶著科長走進屋子。科長開門見山地向她說：

「你丈夫楚原的案情很嚴重，現在我們正在對他進行審問和調查，我們暫時也不能批准家屬探監。但是，你今天來得正好，我們希望你充分配合，檢舉揭發他的反革命罪行，跟他劃清界線。」

她聽得很清楚，但還是再問了一句：

「你說甚麼，要我跟他劃清界線，檢舉他、揭發他？」

愛蓮沒想到公安會要求她這樣做，這實在太令人不可思議了。雖然，這些年，夫妻互相告發、兒子跟父親劃清界線、學生打老師等等「革命」行為時有發生，但她還是想不到這樣的事會發生在她的身上。

「不，不，我不會跟他劃清界線，他是我的丈夫，我相信他是清白的，我不相信他是反革命分子。」

科長遞給她一張紙，上面是一首詩。她認出來，那是楚原的字跡。這是一首題為《斷碑》的詩：

殘缺的石碑／囚禁了一個個的靈魂／長滿青苔的碑壁／滲出殷紅的血液／我聽到一聲聲的哀鳴／如冬夜的狼嗥／大海的怒號／很多年了，很多年了／再也沒有人／踏足這死寂之地／只有我，為你／帶來一束鮮花一杯酒／血腥的一頁已經撕去／廢墟外是一個明媚的世界／可是，為甚麼就沒有陽光／照進這被遺忘的角落／釋放那一顆顆跳動的心靈／啊，健忘的人們／別忘了，在你們的歡笑聲中／有這些亡靈的哭泣／祖國啊，如果／如果你沒有忘記一段歷史／那就將這塊殘碑／嵌進共和國的殿堂。

「這是你丈夫的詩吧？」科長問。

「是，這是他的詩。」愛蓮說。

「就憑這首詩，他已經足以被打為反革命。」科長說。

「就憑這首詩，你們說他是反革命？」愛蓮不敢相信。

「你看甚麼『囚禁了一個個的靈魂』、『沒有陽光照進這被遺忘的角落』、『釋放那一顆顆跳動的心靈』，這都是一些甚麼意思？這不是在誣蔑我們偉大的祖國嗎？這不是公然在向我們的黨挑戰嗎？」科長義正辭嚴地說。

「天！這不是文字獄嗎？」愛蓮幾乎叫出來。她知道這首詩的寫作時間，那是年初，她和丈夫及小城裡的幾個同道，到烈士陵園遊玩，楚原看到陵園的破敗景象，一時感觸，以一截殘碑為題寫成的，完全沒有反黨反國家反革命的意思，怎麼就被人上綱上線【9】呢？

「你們還是不是共產黨，還講不講道理、講不講實事求是？如果這也是反詩，那天底下會有多少反詩？有多少反革命？」愛蓮一口氣做出連串反駁。

「愛蓮同志！你還有沒有階級立場？你知道你這是在替反革命分子喊冤嗎？」科長厲言制止了她。他繼續說：「我知道你是共產黨員，共產黨員就要站在革命的這一邊。如果你還有黨性，就應該站在黨的這一邊。如果你頑固地替他說話，甚至開脫罪名，可要想想後果。那恐怕不是開除黨籍，而是以共犯同謀治罪。你不為你自己作想，也要為你的三個孩子想想。」

愛蓮語塞。她想不明白這是怎麼回事。我怎麼也會成為他的共犯呢？這不是政治恐嚇嗎？這還有沒有人說話的地方？共產黨不是講實事求是嗎？怎麼搞起「欲加之罪」來了？她實在想不明白。她要抗辯，但她不能不想想孩子的處境。孩子需要她，她不能成為反革命。

今天，她才知道了，這場革命的荒誕、無稽，與慘無人道。冤案啊冤案。

這是一場無情的洪流，你想置身事外也不可能，一不小心就被浪頭捲進去，遭受滅頂之災。

她又一次感到那一道寒意，心涼透了。

八

愛蓮病了。早晨醒來，她就感到一陣眩暈，但是，三個孩子的生活，還有工作，都不允許她病倒。

她掙扎著起身，坐在床邊，稍稍定定神，便下了床。她在衣櫃前的鏡子前站定，呆望著自己，雙眼深陷，面色無華，這是我嗎，這是我嗎？她不願再看自己的模樣，也不敢再想自己的身體狀態。她已沒有精力去理會自己的形象了。她匆匆洗漱一番，便繫上圍腰到灶房裡替孩子們準備早餐。

這個年頭，糧食都靠配給，三個孩子都在長身體，正餐沒甚麼葷菜，加上平時沒甚麼零食，都特別能吃，每人一頓能吃半斤米，所以，一家人的定額早早就用光了，只能靠雜糧維持。以前，楚原在家時，時有鄉下的朋友送大米來，一家人的糧食還算豐足，但自從他坐牢後，沒有人敢再給他們送米來，糧食就一下子短缺了。她只好買些雜糧，如玉米、糙米，來摻雜著煮。今天早上，她端上桌的是玉米粥和一碟鹹菜，小兒子心安一看又是玉米粥，便嚷嚷起來：「又是玉米粥，不要吃。」二兒子心寧也坐在那裡，一動不動；大兒子端起了飯碗，但卻吃得很勉強，一粒一粒地往嘴裡送。愛蓮看著三個孩子的神情，知道他們都不願吃雜糧。她有甚麼辦法呢？這已是她所能提供給他們的最好食物了。她說：

「咱們家現在已不能同以前比了，能吃到玉米粥已經很好了，往後的日子可能連玉米粥都吃不上呢！鄉下的孩子哪一個不是吃玉米粥大的？吃吧，每人都要吃，不好吃也要吃！哪能那麼嬌生慣養？」

孩子們都聽出這話的份量，也知道家中現在的處境，所以，都不情願地端起碗來。母子四人靜靜地吃著玉米粥，誰也沒有打破沉默。過了一陣子，大兒子心遠大口大口地吃著粥，發出「呼嚕」、「呼嚕」的聲響，好像在喝著好味的雞湯，兩個弟弟也大口大口地喝著，不一會，一鍋粥還是一掃而光了。

孩子們都上學去了，愛蓮在灶房裡洗碗，一行眼淚順著臉頰往下流。

她用衣角擦擦眼角，整理一下衣服，又忙起別的事情來。

做完灶房裡的事，她又揹上一大袋玉米粒和大豆，出門到碾房研磨。碾房在小河邊，離他們的住所有半里地，途中經過夏奇的破屋。夏奇正好出門，他看到愛蓮揹著東西往碾房去，忙走上前，向她問好，並說要幫她揹一段路。

愛蓮看到夏奇，不像往日那樣自然，顯得有幾分迴避。

「不用了，謝謝，我能行。」愛蓮說。

「你的臉色不太好，是不是病了？」夏奇說

「沒甚麼，一點點傷風而已，過些天自己就好了。」

「讓我幫你揹吧？」

「你還是忙你自己的事吧，我自己能行。」

夏奇不語，徑直把她背上的一袋糧食接了過去。

「還挺沉的，怕有五十斤。你別這樣硬撐著，會累壞的。」她想將袋子搶回去，但那一袋糧食貼在了夏奇背上，動也不動。

她說：「這樣不好。」

夏奇說：「你是怕別人說你跟黑五類來往，是吧？我懂。我不該幫你，但是現在這個時候，我不能袖手旁觀。你放心，我不會拖累你的。」

愛蓮聽他這麼說，反倒無言以對。她不是擔憂被人看見自己跟一個黑五類在一起，而是……這時，她看到一個人在後面跟著。這個人從她出門那一刻起，就跟上她了。這是甚麼人？

夏奇說：「你不舒服，應該去看看醫生，不要自己硬挺著，病向淺中醫。」

愛蓮問：「我的臉色真的很差嗎？」

他說：「是的。你這樣會拖垮自己的。我介紹一個中醫給你吧，你去看看。那人的醫術可了得呢！解放前，我們家看病都找他，現在他已經不能公開行醫了，但還是私下幫人診治。你去找他看看吧，讓他幫你開幾付藥，調理調理。我這就寫個地址給你，過一會你就去找他看一看，把把脈，診斷一下。」

愛蓮看他那麼熱心介紹，也就應承了。

說話間，他們已經來到碾房。碾房裡空無一人，夏奇放下糧袋，準備幫她研磨玉米和大豆。愛蓮說：「不行，這已經夠麻煩你的了，你還是忙你的事吧。」

「那好吧，你自己來吧。」他拿出筆，在一張紙條上寫下幾行字，遞給她，說：「你去找找他吧，他能幫到你。」

愛蓮接過紙條，向他道謝。她還想問他幾句話，突然看見一個人影從碾房門口閃過。她走出門，只看見一個男人在外面閒蕩，一副若無其事的神態。

「這是甚麼人？」愛蓮心中頓起疑竇。她對夏奇說：「你還是走吧。」

她望著夏奇遠去的背影，感覺他身上有一種小城裡的人所沒有的優雅氣質。他一點也不像其他的牛鬼蛇神【10】，沒有他們身上那種倒霉的氣息，他活得有朝氣、有陽光氣息。是甚麼力量在支持著他呢？可惜，小城裡的人並不欣賞他的氣質，人們都只是將他當著透明的人，或戴著有色眼鏡看他，只是把他看著一個階級敵人。人生的原罪令他成為時代的階下囚，永世不得翻身。若不是因為小城裡找不到一個像他一樣琴藝精湛的人，他伴奏角色的資格也會被剝奪。她自己和他一樣，都失去了人生的本來角色。

其實，在這個年代有多少人能活得自在、活得灑脫，真正活在自己應有的角色中呢？人，誰不是處在一種受奴役的處境，在不自由中掙扎求存？

石磨房，不知道在風雨中支撐了多少年，像一個勞碌一生的老人，為子孫奉獻了一生的精力，如今只剩下一副殘軀，已十分的破落，顯得空蕩寂寥。她養育了小城裡一代代的子民，如今已韶光不再，漸漸的被人們所遺忘、離棄。但是，老一輩的人還是喜歡到這裡磨米、磨麥粉之類的，這石磨所磨出來的豆花，經過石鹵一點製，宛若凝脂、淡雅清香，一吃進口，嫩滑的一道甘流直透肺腑，讓人回味無窮。

愛蓮買不起甚麼好的東西給孩子們，只好將這些粗糧精研細磨，變換花樣，讓孩子們吃得滋味一些。

兩扇沉沉的石磨，滿佈歲月的痕跡，像是在昭示人生的艱辛。是啊，誰人心中沒有兩扇沉沉的石磨呢？情與慾、靈與肉、愛情與婚姻、人性與道德、理想與現實、生存與死亡……無時無刻不在人的心底對抗、互相研磨。從這種靈魂的石磨中流出來的是血和淚，也是人生的智慧結晶。

在愛蓮的心底，一樣壓著兩扇沉沉的石磨，這是生活的重負與精神的折磨。她感到疲累，一種喘不過氣來的疲累。她想躺下，想放棄，但是好像又看到一雙雙的眼睛在注視著她。楚原的眼睛在看著她，三個孩子的眼睛也在看著她，夏奇、老魏、小椏、王見，還有街頭的那些人，都在盯著她。她不能放棄，不能倒下。她只能掙扎著繼續走，像這不停旋轉的石磨一樣，一圈又一圈地旋轉，直到生命的最後一刻。石磨旋轉，好像無始無終，其實有始有終，當失去了外力，它也就停止了運作；人心中的這個石磨呢，甚麼時候才會停下來？是誰在推動這石磨旋轉？命運之手在哪裡，為甚麼將我推進這樣一個境地？我的前世造了甚麼孽，要在今生遭受這個罪？命運？誰在掌握人的命運。不是說，人是自己的主人嗎？不是說，人的命運是掌握在自己手裡的嗎？為甚麼我們都沒法掌握自己的命運，而是要受到時代的播弄，受到命運的嘲弄？我們的心是這樣的沉重，但是我們的生命卻又是那樣的脆弱，像一隻蘆葦隨時可以被折斷；我們更像一隻隨風飄浮的風箏，完全不能把握住自己！是誰在控制這條無形的線，讓我們不能脫離這塊苦難的土地，讓我們無法自由地飛翔，過自己的生活，過無憂無慮的生活？難道，生命就意味著吃苦，就意味著遭罪？如果是這樣，人生還有甚麼意義，生命還有甚麼價值？她機械地將玉米放入石磨上，機械地收集著磨細的粉末。她想不明白這命運的種種安排。二十年來，她像所有的熱血青年一樣，憑著一股激情，投身於革命的事業，從來沒有想過自己的將來，沒有想過個人的前途，好像只要把自己整個交給國家、交給集體，這就是個人的最大目標和價值。她為了愛情，放棄了大城市的工作，到這個小地方來與情郎一起生活。多少年來，她從來沒有喊過一聲苦、叫過一聲累，相反滿懷生活的信心和激情，以為自己成為集體的一員，就是黨的人、國家的人，完全不會擔心個人的命運與前途。而如今，她才驚覺自己已經不屬於黨、不屬於國家、不屬於集體，成了一個無家可歸的人，一個被遺棄的人。

她對國家的赤誠之心沒有變，但是她不禁要問：我愛國家，國家愛我嗎？國家愛我嗎？她終於醒悟到，多少年來的一腔熱血，換來的是一場無情的清算。她和楚原都沒有背叛自己的國家，但是卻背上了背叛國家的罪名。這是我們的錯嗎？她終於更清晰地意識到：這場革命太荒誕，像兩扇空轉的石磨一般，令國家陷於空轉，自我內耗，甚麼也流不出來，除了千千萬萬無辜生靈的血和淚。

在這樣的境況下，人有何尊嚴，生命有何價值？她不敢再想下去，只能做一個沒有思想的人，只面對眼前的生活，吃飯、穿衣、冷暖、生死。看不見的事，不能想，也沒辦法想。愛蓮將磨好的玉米末和豆漿分類裝好，離開碾房回家去。在路上，她又發現一個人狗一樣跟在身後。她意識到有人在跟蹤。

九

愛蓮刻意走一條僻靜的後巷，想擺脫後面的跟尾狗。

這條平時極少人跡的小巷，叫和歌巷，據說解放前屬於花街柳梧，是依紅偎翠的浮華之地，不過，解放後隨著這小小鹽都的沒落，這條不知留下多少蝶怨蜂愁故事的柳巷也蕭條了，這些年更是人跡罕至。這條小巷似乎殘留著舊時歲月的歷史胭脂，給人一種「芳春無處尋、愁怨處處是」的時空錯亂之感。

愛蓮跟前些日子的她判若二人，她變得獨來獨往，像一個遊魂般生存著。她怕見到那些市井人物的面孔，更怕在人前露面，一出門就專走僻靜的小街小巷。楚原的被捕一夜間改變了一個家庭的命運，她的心緒也隨之發生了一百八十度的逆轉，再也沒有一刻感到快樂和輕鬆。她感到自己的情緒就要崩潰，自己的身體就要垮下來，整個人像行屍走肉一般，沒有了魂魄，也沒有了生命的動力。她感到自己像個洩了氣的皮球，再也拍不起來。她按夏奇寫的地址來找中醫江老先生，讓醫師開幾帖藥，將身體調理調理。

她來到江老先生的門前，赫然發現那個悄悄地跟在她的身後的男人，又出現在巷子的一頭，遠遠地看著她。那人站在遠處，像狗，更像一匹狼。她停下腳，他也駐足；她繼續走，他也起步；她站在江先生的門前，那人則在遠遠的地方盯著她。愛蓮的心一下子沉了下來，這是甚麼人，為甚麼老是跟著我？是革委會派來的人嗎？他們為甚麼這樣做，難道我也成了嫌疑犯不成？呵，這是甚麼世道，這些狗東西，為甚麼就不能給我一點安寧，難道要將我逼進一條死路，他們才安心？她的心跳加速，精神也變得恍惚起來。她的心亂極了，不知道該往哪裡走。這些狗雜種像擺不脫的影子，讓她更感到心煩、不安、焦慮，她突然感到一陣噁心，想嘔吐。她倚著墻身，伏下身子，努力想將堵在心口上的異物吐出來，卻只能一陣乾嘔，最終嘔出的只是膽汁。她倚著牆，喘著氣，整個人像虛脫般，四肢痠軟無力。

她望著江老先生家的那扇厚實的木門，感覺它像很多年沒開啟過了。木門的朱漆已經褪盡，露出灰白色的木紋，顯然已歷盡風雨的洗刷、陽光的暴曬。這扇門想必已很久無人叩響。她輕輕拍打著木門，久久沒有人應門。過了好一陣子，木門才緩緩打開，走出一個童髮鶴顏的老人。

「是江老先生嗎？」愛蓮問。

「你是……」老人家疑慮地問。

「是夏奇介紹我來的。」她說。

「哦，是夏奇。」老人家問：「夏少爺他好嗎？」

「他還好。」愛蓮面對這個和善的老人，安心了許多。

「進來坐坐吧。」老人家說。

愛蓮跟著老人家進到院子裡。這個院落整潔而有序，一看就知道主人家是井井有條的人。她喜歡這裡的寧靜和安適。

「你的臉色不太好，想必是來找我看病的。我本來已經不給人看病了，但既然是夏少爺介紹來的，我也不推卻了。」老人家將她引入廳房，讓她坐下，說：「來，讓我給你把把脈，再看看你的舌。」

「你的脈象很弱，肝氣鬱結，胃腸功能失調。」老人摸著她的脈，問：「可有胸脇脹痛或胸悶？」

「這段時間都有這個徵狀，茶飯不思，還有經痛，剛才在外面嘔出苦水。」她說。

「想必遇到不順心的事吧？人生在世，總難免會有不如意，所以，凡事要看開一些。」老人家展開紙、拿起筆來寫藥方，邊寫邊說：「我給你開一些疏肝理氣的藥，如柴胡、鬱金、青皮，先調理調理。除了藥物之外，你還是要讓自己放寬心，多往好的地方想。擴大心量，則處處自在，這才是身心安泰的根本。」

她聽著老先生的話，像聆聽著家父的教誨，心裡感到舒泰受用。她想，多好的老人呀，夏奇真沒介紹錯。她接過處方，要付診金。

老人家說：「我不收錢。」

愛蓮為難地說：「這怎麼行呢？」

老人家笑咪咪地說：「你來到寒舍，已經令蓬蓽生輝，若是要講錢，該怎麼計算呢？別見外了。」

愛蓮感慨地說：「你真是大好人。」

老人說：「你先服下我開的藥，看看效果，我再給你另開一個藥方。」

愛蓮連聲道謝。

「記住我的話，愁也一天喜也一天，心無掛礙，則人也舒泰。雖然現在這個世道，人人都今日不知明日事，好多事都不由得自己作主，但人卻可以在苦中作樂。快樂不是在外面，而是在人的心裡。」老人指指自己的心口。

愛蓮從老人這裡得到的不僅是口服的藥，還有一道心藥。她離開江老先生的家，心情輕鬆了許多，已不再理會那個死死跟在後面的狗雜種。一路上，她一直想著老人的話：「快樂不是在外面，而是在人的心裡。」

愛蓮到中藥店配好藥，又看到那個緊跟著她的男人。

「這人到底是誰？難道我真的有甚麼跟蹤的價值嗎？派這條狗來跟蹤我的人把我當成了甚麼人，國民黨特務、破壞分子？這太抬舉我了吧，也太滑稽了吧？」她不動聲色，走入橫街的一個茅房。她知道這個茅房有一個出口通到和歌巷。她想，只要一到和歌巷就可以擺脫這跟尾狗。

她又回到和歌巷，像孤魂野鬼一般，在小巷裡徘徊。小巷破敗而悠長，似一道穿越時空的隧道，讓她進入到一個玄妙的空間。她流連在這昔日的花街柳巷，細賞著每一扇窗、每一道門、每一面牆，似乎感受到時光的痕跡中所留下來的舊時風情，那可憶不可尋的繁勝和浮華。這座小小的鹽都早已失去了她當年的風華，但這和歌巷的一窗一門、一磚一瓦卻能勾起人無限的遐想。

她剛要穿過小巷，卻看見那個男人出現在小巷的一頭，像喪家犬在遠遠的一邊逡巡。她的腦子「轟」的一下，人幾乎暈過去。這是甚麼人，到底想幹甚麼？她想跑，但知道自己跑不出這魔鬼的視線。以前，她只是在電影中看過跟蹤的勾當，那都是壞人所幹的事，見不得光。今天，竟然也有人跟蹤她，這怎不叫她困擾？

「我做了甚麼事，為甚麼要跟蹤我？」她相信一定是革委會的人指使下面的嘍囉幹的。真是想不到那些滿口革命大道理的人，竟以革命的名義幹著這種見不得光的勾當，以達到他們不可告人的目的。這不是在紅色旗幟下實行的白色恐怖嗎？

她在小巷裡徘徊，徘徊又徬徨。她無路可走，無處可逃，每一處都是他們的人，到處都是他們的罪惡眼睛。她不知道這小巷的哪一扇窗戶後面、哪一道門的後面，有甚麼人在盯著她。她感到不寒而慄，感到恐懼，像陷入了一個沒有去路的死胡同。她站在小巷中間，身子在發抖，心在緊縮，好像聽到一個聲音在問：你害怕甚麼，你害怕甚麼？那是密室中的審問，是刑具前的拷問。她的呼吸急促起來，胸口堵得慌，身上冒出冷汗。

「他們想幹甚麼？」她口裡不停地喃喃自問。

她依著冷冰冰的殘垣斷壁，仰望悠悠小巷的一線天空。藍色的天宇藍得不真實，讓她感到隱隱的不安。一隻小鳥停在屋脊上，張望著這寂靜的小巷，又望望高遠的天空，似要飛下小巷覓食石板路上的幾粒草籽，又似乎在等待同伴到屋檐上嬉戲。小鳥啊小鳥，請你告訴我，怎樣離開這死胡同？讓我擺脫魔鬼的追蹤。可是，小鳥怎會懂得這孤獨無援的女人的困境。人要是能夠像小鳥一樣，自由地飛翔，該多好？此時，她比那隻小鳥更卑微、更弱小。

愛蓮索性坐在斷牆下，仰望天空。

在這沒有私隱的國度，人就是一隻被無形的籠子囚禁的鳥，失去了飛翔的自由，也失去了自我的覺醒，成了一隻再也飛不起來的雞。就好像此時此刻的她，陷入的豈止是一條死胡同，她陷入的是人生的死胡同，前無去路，後無退路。到處是他們的人，整個小城都在他們的鐵幕之下，這裡已經沒有她存在的空間。此時，她才感覺到自己有多麼傻。過往，她像所有的人一樣，生活在失去自我的境地，將自己當作國家的人，甘願做一塊磚、一片瓦，成為一顆螺絲釘，沒有小我，只有大我，是一個沒有個性、沒有自我的人。同樣，在家庭，她像所有的女人一樣，扮演著賢妻良母的角色，充當丈夫的賢內助，全心全意地將自己奉獻出去，就是沒有一刻感悟自己的存在、真我的面目。所以，當她失去了自己的社會角色，失去了丈夫，整個人便失去了賴以支持精神的支柱，變成了行屍走肉。江老先生的那句話，倒是讓她感悟到了一種從前沒有想過的人生。快樂不是在外面，而是在人的心裡。

是呀，人總是在追求幸福與快樂，總是向外在的世界索取，人們爭奪的是權利、地位，他們革命的全部動機就是「權」，以獲得權利與地位為最大的幸福和快樂。正是因為這個目的，他們製造了多少冤案？但是，你看夏奇和江老先生，他們從家財萬貫、地位崇高，淪落為一無所有的人，過著一種階下囚的生活，或隱居於僻巷陋室，卻活得自在、坦然。他們也一樣是失去角色、失去地位的人，但是他們卻沒有倒下。雖然，他們在現實中是失敗的人，但是他們沒有淪落，靈魂沒有被囚禁，這是因為他們活在自我中，活得那麼真實，不像時下那些千人一面的人，被種種慾望所囚禁，都是慾望的囚徒。那些活在革命的面孔之下的人，哪一個不是面目模糊，哪一個不是木偶，被一條無形的線操控著？在這個革命的年代，人人都隨著一隻無形的指揮棒起舞，跳的是忠字舞【11】，喊的是一聲聲空洞的口號，誰說出了一句自己的話？你說出一句真實的話，就會成為反革命。多麼可悲呀，這個集體失語的時代！

她明白了今日的處境給她帶來的啟示，好像清楚了路該怎麼走，如何擺脫今日的困境。她抑著頭，向小巷的出口走去。

十

少一分黨性，就多一分人性。

愛蓮的信仰已經動搖。殘酷的現實令她醒悟，這個所謂的革命黨，所做所為已背離了他們的宗旨。

她像脫掉了一層束縛身心的軀殼，有一種靈魂得到舒展的快意。服過兩劑中藥後，她的氣色好了很多，身心都有了一種舒適安泰的感覺，不再像之前那麼魂不守舍。跟蹤她的人還在繼續跟蹤，但她已不在乎他們的存在。在這個荒唐的年代，那些荒唐的人除了幹荒唐的事，還能做出甚麼好事？她在大街上漫遊、自我流放、自我放逐，以不屑的姿態表現她對權貴的藐視。

今天，她又孤身一人來到和歌巷。她總覺得這幽靜的空間裡，囚禁了一個苦命女子的靈魂，在等待著她去傾聽她幽微的泣訴。她萌生了一個願望，要為這孤苦的孤魂野鬼創作一個獨舞。作為一個舞者，她雖然失去了舞台，失去了主角的角色，但她沒有失去舞者的能力和理想，她要為這個不得安寧的靈魂展示出她的經歷，表達出她的心聲。

她想好了，就讓夏奇為她伴奏。他在暗夜裡吹奏的那個曲子，太適合用來表現這個幽靈的心曲了，那是一首靈魂的小夜曲。

她帶著一種激動的心情回家，剛一到家門外已聽到後院有劈柴的聲音。那「呯、呯、蓬、蓬」的聲音，節奏緊促而有力，不太像心遠劈柴時的聲響。是誰在劈柴呢？

她到後院一看，是夏奇。他脫去了外衣，大汗淋漓地揮著斧頭，手起斧落，一下一下，一截截的原木被劈開，分成幾瓣。地上已劈好的柴薪，堆得像一座小山。原來，夏奇一早已經來到她家的後院劈起柴來。

小城的人家都不鎖門，人出門只是將門虛掩著，鄰居朋友往往可以自出自入。愛蓮家一窮二白，平素從來不鎖門，總是任由別人自出自入。自從楚原坐牢後，便鮮有人登門了。

夏奇發現愛蓮回到家，停下手來。他說：「我看見你們家的柴薪快用光了，趁今天有空閒，幫你們劈一些，好過冬。」他一邊說話，一直擦起背心擦汗。

愛蓮望著這個健碩的男人，心裡有一種異樣的感覺。她問：「你累了吧？我給你做些吃的。」

她沒有向他道一聲謝謝。似乎不太領受他的殷勤。

夏奇說：「我劈完這些木頭就回家，你不用麻煩了。」

愛蓮想叫他以後別再過來，但又說不出口。她沒法開口說：「你以後別再來了。」

她走進灶房，拿出幾個雞蛋，為他煎荷包蛋。

夏奇在外面說：「你別做甚麼吃的，我喝點水就行了。」

愛蓮從心底裡喜歡看見這個男人，但她不能讓他經常在她家裡出現。寡婦門前是非多。她雖然是有丈夫的人，但現在與守活寡無異。她不想因為他的出現而惹來更多的閒言閒語。她從灶房的小窗口望出去，看見他揮動的雙臂，結實有力，手臂上的肌肉積蓄著一種男性的力量，讓人感到有一種怦然心動的陽剛美。此時此刻，她不太敢直視他的身軀，這讓她有一種難以言喻的心靈震顫，像是肉體裡的一根隱秘的弦被拔動了。

她坐在灶前，往裡添加了幾塊乾柴，火焰騰躍而起。她望著灶裡的熊熊烈火，好像看到一個古銅色的雄性軀體，在跳躍在奔騰，在幻化著千百種姿態，展示一種野性的美；這火焰與夏奇的軀體交替閃現，她好像看到他變作了一團熊熊烈火，在他眼前騰躍、起舞，她甚至把他當成了《白毛女》中的大春，好像他正在與她共舞。

她看著火焰入了神，臉被烈火炙烤得紅彤彤的。

鍋裡的水溢了出來，淌入火中發出滋滋聲，此時，她才驚覺自己的失態。

她把煎好的荷包蛋端到院中，對夏奇說：「吃一點東西，休息一下吧，你應該累了。」

「雞蛋留給孩子們吃吧，我就喝一點水。」夏奇掀起背心擦著汗，順手拿起一個軍用水壺，「咕嚕咕嚕」喝了個痛快。

兩人都沒有多的話，氣氛有些尷尬。一時，顯得有幾分怪異。兩人都想說點甚麼，卻又找不到話題。明明彼此心中都有很多話想說，卻又都欲言又止。

一直蹲在牆上的黑貓，似乎嗅到一種不安份的氣息，靜靜地伏在牆頭，不再慢條斯理地踱著牠的方步。牠張著似闔非闔的眼，看著這一對孤男寡女。貓，這個地上的萬物之靈，似乎對甚麼事都漫不經心，其實，世間的所以秘密都逃不過牠的眼睛。牠看到這對靜默的男女，彼此都心潮起伏。

這時，心安放學回來了，跟著心寧、心遠也回來了。家裡一下子活躍起來，三個孩子都禮貌地叫夏叔叔。

夏奇看到三個孩子，說：「有好東西吃了，你們的媽媽煎了荷包蛋，快趁熱吃吧。」

三個孩子很久沒吃過荷包蛋了，望著碗裡的幾個白中帶黃的蛋，眼睛睜得大大的，說不清是饞，還是驚奇。

三個孩子的到來，為兩個大人打開話題。愛蓮問夏奇：「你夜裡吹奏的曲子是甚麼歌？」

夏奇說：「你聽到了？」

愛蓮說：「一首很動人的歌，是誰創作的？」

「是我作的。」夏奇說。

「你作的？」愛蓮感到意外又欣喜，問：「叫甚麼歌名？」

夏奇說：「《槐樹下的慾望》。」

「為甚麼叫《槐樹下的慾望》？」愛蓮不解。

「這首歌是紀念我母親的。」夏奇指著身邊的槐樹，說：「她的一生就在這棵樹下度過，也死在這個樹下。」

愛蓮說：「她有一段不平常的經歷吧？」

「是的，有一段不平常的經歷，一個令人難忘的故事。」夏奇說，「有機會再講給你聽，我該走了。」

愛蓮沒有留他，但說改天要聽聽他的故事。

愛蓮看著夏奇離去。遠遠的傳來三個孩子向夏叔叔說再見的聲音。

她感到如釋重負。這是一個讓人難以抗拒的男人，渾身散發出一種獐子般誘人的氣息，那是足以令女人為之迷醉的氣息。她的心防好像裂開了一條縫，稍一不慎就會徹底決堤。她知道那是一種一發不可收拾的泛濫。

她極力不去想那個軀體。她不能想。這是思想在犯罪，太可怕了。

這時候，老魏來了。

他每一次來都一本正經，總是代表上頭來向她傳達指示，或做思想工作。今天，他又為甚麼事而來？

愛蓮招呼他在後院樹蔭下就坐，又端了一杯水給他。

老魏接過水杯，說：「劈柴呢？夠一個冬天用呢。我說呢，這個家裡沒有一個男人還真不行，這劈柴、擔水之類的事，還真是只有男人才幹得了。」

愛蓮不知道他在賣甚麼關子，問：「你不是為這些事來找我的吧？」

「當然不是。」老魏慢吞吞地說，「最近，夏奇跟你的聯繫好像多起來了，這些柴都是他幫你劈的吧？當然啦，劈柴是沒甚麼的，我理解。」

「你不會是聽到甚麼閒話吧？」愛蓮問。

「哦，沒有沒有，只是群眾有一點反映，覺得你跟階級敵人走得太近了，這樣不好。不管怎麼說，你還是共產黨員，還是要注意一下影響嘛。階級鬥爭這根弦可不能鬆喲，要始終跟他們劃清界線，保持階級立場，堅持黨性原則。」老魏語重心長地說。

愛蓮說：「你放心吧，我心中有分寸，你不用擔心。我懂你的意思，我可不是隨隨便便的人，放心。」

「我了解你。」老魏說，「我還不了解你嗎？我對大家都說，蓮姐可是好樣的，一個人帶三個孩子，把這個家打理得井井有條，實在不容易呀。我相信你。」

愛蓮說：「你相信我就好。」

「那好，就不打擾你了。」老魏說，「還沒吃飯吧？你做飯吧。我該告辭了。」

愛蓮說：「讓你這樣跑一趟，也真是勞煩你了。」

老魏走了。愛蓮心裡卻還想著他說的話。是啊，確實需要有一個界線。她心裡想的倒不是甚麼黨性原則、甚麼階級立場。對她來說，自己已經沒有資格再講這些堂而皇之的大原則了。她自己早已變成了被排斥的對象，還有甚麼權利講這些冠冕堂皇的話？再說，這些甚麼黨性原則、階級立場，都是騙人的鬼話，是用來打壓異己的幌子而已，毫無意義。她感到需要警惕的是，自己的意志和道德防線。她是一個有夫之婦，這個身份不容許她行差踏錯；同時，她是一個有道德的人，不能做出傷風敗俗的事。僅是這兩點，已經不容許她有任何不安份的慾念，更不允許她有任何的越軌行為。想到這些，她的心堅定了許多。她想：「一定不能有兒女私情的事發生，那是魔鬼，是懸在頭上的一把刀，不管是誰都一定不能越過界線。這就是劃清界線吧？我願意劃清這個界線！但是，夏奇絕不是壞人，我不會跟他斷絕所有的關係，只需要保持距離。」她想通了。

她想，如果夏奇是個女人該多好，這樣就可以無所顧忌地交往。短短時間的接觸，令她對他產生了一種無可否認的情愫，她欣賞他的才情、他的為人、他的雄性魅力。然而，她不能與他有更深一層的關係，他們甚至不能有一般的友誼，因為這是階級立場的問題；同樣，他們不能有私下的友情，因為這是黨性的問題；他們不能有超友誼的關係，因為這是道德的問題……總之禁忌太多，他們甚至連做一個普通朋友都不能。

跟他在一起，就像飛蛾撲火，太危險了。

是的，是該跟他保持距離。

但是，為甚麼，為甚麼她就不能與他有一種純粹的友誼呢？不，這太不合理，太不公平。

人與人之間的關係不該是這樣的，她和他都該有權利成為對方的朋友，都該有權利無所顧忌地交往，成為真正的朋友。我們為甚麼不能交往，不能保持友誼，不能成為知心的朋友？為甚麼？

這是甚麼世界，將人分為不同的階級、分為不同等級的社會，將人們相互交往的權利都剝奪了，這合理嗎？為甚麼這是一個只能有大我、有階級立場、有黨性原則，卻不能有小我、不能有七情六慾、不能有兒女私情的社會，難道我們不需要朋友、不需要友誼、不需要關愛嗎？這個社會將人都囚禁在一個沒有個人思想、沒有個人面目、沒有人性的盒子裡了，這是一個令人窒息的靈魂監獄呀！

我們都失去了交朋結友的權利，都失去了愛戀的權利，都不能跟人有友誼和關愛。因為我們都不屬於自己，我們的命運都不掌握在自己的手裡。這是多麼可悲的人生呀！

愛蓮在想，也許夏奇也會這樣想吧？大家的處境都一樣。

十一

楚原坐牢，轉眼間三個月過去了。愛蓮和三個孩子終於獲准探監。

這是一個陰冷的早晨，沒有陽光，寒霜還沒有化去，石板路濕漉漉的，街上冷冷清清。愛蓮和三個孩子都穿上厚厚的棉襖，帶上簡單的行囊走在空蕩的街巷，像幾個落難的天涯客，不知道去到何方。

寒風刺骨，他們縮瑟著走在陰冷的天空下，向孤懸城郊的大牢走去。這是一座老舊的監獄，高牆上盤著鐵絲網，牆身烏黑，顯出歷史的久遠。他們來到警衛森嚴的大牢前，向衛兵展示出探監紙，厚厚的大鐵柵開啟了一扇小門，讓他們進去，隨後「呯」一聲鐵門又合上，讓人膽戰心驚。愛蓮緊緊拉著小兒子心安的手，二兒子則拉著她的衣角，大兒子心遠跟在他們的身後，在一個獄卒的帶領下，穿行在一條陰暗而窄小的過道。這是一條沒有人氣的甬道，死寂而空洞，給人一種通向地獄之感。他們來到一個小房間，坐在裡面等。

不一會，房間的另一道門打開了，一個剃光了頭的削瘦男人進入房間。愛蓮和三個孩子都大吃一驚，這就是他要見的人嗎？是的，他確實是楚原，他們的親人，但他的模樣完全變了，光頭、瘦削、目光呆滯，雖然在看見他們時展現一絲笑容，但那並非活人的笑容。他們在獄卒的看管下會面，大家都只能審慎地說話。

愛蓮拉著丈夫的手，說：「你瘦了。」

楚原說：「你也瘦了，三個孩子也瘦了。」

這個過往神采飛揚、充滿自信的男人，說話變得完全沒有底氣。從他的眼神可以知道，他有很多話要對他們說，但是卻無從說起。

愛蓮說：「你要多吃一點東西，身體要緊。」

她也有很多話要對丈夫說，但也一樣說不出甚麼話。要說的話都說不出來，大家只能說上幾句無關痛癢的話語。

楚原問起三個孩子上學的事，他問心安考試了嗎，心安說他考試得了一百分，楚原高興地說好。他對三個孩子說，要好好讀書，要聽媽媽的話，不能淘氣。三個孩子都點頭。

愛蓮說：「家裡都好，三個孩子都很聽話，不用擔心家裡的事。」

「你也要注意自己的身體。」楚原望著妻子問：「家裡的糧食夠吃嗎？」

愛蓮說：「還能應付過去。」

彼此都好像沒有甚麼話好說。在這樣的空間、這樣的時間，在別人的監視下，有甚麼話好說呢？時間在一分一秒地過去，愛蓮緊緊拉著楚原的手，用手傳遞著千言萬語；用她同樣瘦削的手緊緊握著他的手，給他一點溫煦的感覺，也給他一點力量。她的手好像在告訴他：「你要挺住，家裡的人都在支持著你，都像以往一樣深愛著你，在等待你回來。」

楚原從妻子緊握著的手中感受到了家人不離不棄的支持，感受到了一點寒夜陽光的溫暖。身陷黑牢三個月的他，整個人的意志都垮掉了，像跌進了一個深不見底的黑洞，一直不停地往下沉。這是一個沒有光的空間，除了死寂、空洞，便是恐懼和絕望，而此時，他從妻子的手上感受到一點人間的溫暖，感受到一點陽光的氣息。一個人在陽光下的時候，從來也不會感受到陽光的可貴，從來也不會對陽光心存感激，而此時此刻，他感受到了陽光的璀璨、愛的溫煦、自由的美妙。這是一隻多麼神奇的手啊，讓他看到了光明，看到了陽光，看到了愛和自由。這是他妻子的手，也是一隻聖母般的手，他好像那垂死的聖子躺在她的懷裡，軀體在復活、靈魂在復活，他重新體會到了生命的存在。是的，這是他們曾經緊緊握在一起的手，是他們初戀時相握的那一雙手，是一種愛的契合、愛的相許、愛的迷醉。

在這一緊握的時刻，她將生命中曾經擁有的愛和自由，重新注入了他的血脈，讓他重新恢復生命的體溫，感受到生命的價值。他的手恢復了力度，恢復了體溫，他也緊緊握著她的手，給她一種安慰，好像在告訴她，他會挺下去，會堅持到自由的一刻，他不會倒下，也不會失去信念。他們都從這緊握的手中感受到愛的力量，感受到生命共同體的力量，他和她都不是孤立的，他們的心仍緊緊貼在一起。他們用彼此相握的手，實現了一次愛的結合，讓彼此的身上都流溢一道生命的暖流。

時間在一分一秒過去，他和她的手一直緊緊相握，好像希望一直相握下去，再不分開。但是，時限已到，獄卒告訴他們：「時間到了！」

愛蓮對他說：「好好保重。」

楚原說：「我會的，你們也要好好保重。」

他們戀戀不捨地分手。這難捨難分的一刻，像撕裂了兩顆緊緊相依的心。楚原在離去的一刻回頭悵望，愛蓮向他揮手，三個孩子也向他揮手，他眼含淚光。在這一刻，愛蓮的淚水終於像決堤的水流，一瀉而下……

愛蓮看著楚原被帶回監牢，心像被刀割一樣，一陣劇痛。她的心碎了，流下一滴滴沒有人看得見的血。她不知道甚麼時候才能夠再見他一面。有傳言說，楚原的案子就快結案了，已經判定為反革命罪，看來不久就會宣判，而且會重判。

獄卒將愛蓮他們帶到監獄長辦公室，監獄長交給她一封楚原給她的信。

愛蓮拆開信封，手抖得厲害。她好像預感到信的內容，深呼吸了一口氣，才展開信紙往下看。

蓮，我的愛！

分離三個月了，無時無刻不在想念您和三個孩子。我讓你們受苦了，這是我的罪孽啊！我就算一世做牛做馬，也無法補償給你們帶來的傷害。我有罪，我不配做一個丈夫，也不配做一個父親。

我已經想清楚了，為了彌補自己所犯下的過失，為了減少你們所受的傷害，我決定與您結束十五年的夫妻關係。我已經向革命委員會正式提出申請。請您原諒我這個無情無義的罪人。我已經不配再成為您的丈夫，和三個孩子的父親。為了您的前程、三個孩子的前程，請接受我的請求。

您今年才三十八歲，沒有理由為我這個罪人苦守下去。您該有您的幸福生活，過上一個正常人的生活。您和三個孩子不該再受我的罪孽牽連。所以，無論從哪個角度來說，我都應該從此在您的生命中消失。

我深深地感謝您在過去的歲月裡給我帶來無窮的幸福，這給我的生命帶來了莫大的意義，使我卑微的生命變得有價值，我永遠都會感激您，感激您給了我無私的愛，給了我無窮的快樂。但是，現在我已無法給您任何的回報，相反會給您和三個孩子帶來無盡的傷害和苦難。我怎能再自私地將你綁在這生命的沉船上呢？答應我，答應我的請求，我已經想得很清楚了。請您為孩子們的將來著想，為您自己的幸福著想，接受我這個請求。

不要再有任何的猶豫，也不要再有任何的留戀。我是一個再不值得您愛的罪人。也許，這會加劇您的傷痛，但這只是一時的，相對於未來漫漫的長路來說，這只是一時的痛楚。時間會證明我這樣做是對的，請您務必答應我的要求。

好好照顧三個孩子，讓他們健康成長；也好好照顧您自己，追求您個人的幸福。只有這樣，我才會好受一些，也會減輕一點自己的愧疚。

我有罪啊！別再為我苦守了，放棄吧，縱使有千百般恩情，也請放棄，放棄，除此之外，別無選擇。

再見，我的愛！

罪人楚原

愛蓮流著淚將信看了一遍又一遍。她不相信這是楚原的真心話，如果不是受了革委會的施壓，就是他已經知道了自己的悲慘結局。不，我不會跟他離婚，就算一輩子背著反革命分子家屬的惡名，我也會繼續等待下去，直到他沉冤得雪。我不相信，天不會再開，水不會再清。天會還給他一個清白，地會還給他一個公道。現在，他最需要的正是家庭的支持、親人的理解，我怎能離他而去？為了個人的幸福，而背棄一個同甘共苦十五年的丈夫，這不是她。

她對監獄長說：「請你們轉告楚原，就說我堅決不同意離婚。就算他被判無期徒刑，我也會等他。我過去是他的人，今天和將來都是他的人。」

監獄長以一種疑惑不解又肅然起敬的神情看著她，說一定轉告。

愛蓮帶著三個孩子走出大牢。背後的鐵門又「砰」地一聲關上。

天還是那麼陰沉，路還是那麼孤寂而悠長。

心遠問母親：「爸爸在信裡都說了些甚麼？」

「要你們好好讀書，將來成為一個有用的人，正直的人。」愛蓮說。

心遠問：「爸爸要跟你離婚？」

「他是擔心我們受他牽連。」愛蓮說，「不管將來的結局怎麼樣，我們都是一家人，他永遠都是你們的父親。他沒有罪，有罪的是這個社會！」

這是數九天，正是冬季裡最寒冷的日子。北風料峭，草木都枯萎了。路旁的樹木只剩下一些枝幹，像伸向天空的手，在向上蒼申訴著人間的不平和冤屈；山頭都是光禿禿的，沒有一絲綠色，也沒有一點生機，舉目望去，一派荒蕪景象，似乎要告訴人們這是一塊沒有希望的大地。愛蓮和三個孩子走在山道上，以他們弱小的身軀承受著寒風的鞭打，卻又像無懼風寒的野草堅韌而頑強地挺立著。

三兩隻寒鴉在天空中盤旋，發出一聲聲悽厲的尖叫，停在光禿的樹枝上，看曠野的荒蕪和世間的蕭瑟。

望斷天涯路，愛蓮心想，寒冬來了，春天還會遠嗎？

十二

楚原被判處十五年有期徒刑。

在小城的萬人公判大會上，他與十多個犯人一道被五花大綁，胸前掛著寫上罪行與姓名的紙牌，低頭面對萬千群眾的指罵。他的頭髮被剃光了，身上穿著黑色的棉襖。看不清他的臉。

愛蓮站在遠遠的一角，停留了幾分鐘便離去。她沒法面對這個場面，看見丈夫在自己的面前接受判決。她悄悄沿著僻靜的和歌巷往家裡走，聽著高懸街頭巷尾的高音喇叭直播公判會的情況。過往，她參加過無數次這樣的公審大會、公判大會，總是像在看一場街頭劇，並不會有甚麼特別的感覺。畢竟，那些被推上審判台的人都與己無關，他們犯的罪也一樣與她沒有關係，所以她從來不會太上心。但今天不一樣，那被推上審判台的是她的丈夫，他正在受著千萬人的言語羞辱和目光審訊。雖然受侮辱的是她的丈夫，但她在那個地方一樣抬不起頭，她一樣在承受著他所受的苦難。她怎能撐得下去？

廣播裡傳來大會主持慷慨激昂的講話，那都是一些煽動性的口號式言辭。那聲音在小城的上空喧囂，久久迴蕩。整個小城的人都集中到那大操場去了，街巷冷冷清清，只有偶爾幾個踽踽而行的路人。愛蓮像一個虛脫的人，跌跌碰碰地走著。十五年，一個人一生有多少個十五年。如果一個人只有六十歲，那就是等於四分之一的人生。楚原就要在那可怕的勞改農場度過十五年不見天日的人生。到時候，他五十五歲，而她也五十三歲了，他們的整個中年都要在這孤苦的煎熬中捱過。等他們再團圓的一天，他們都已經是兩鬢斑白的人。就是為了一首所謂的「反詩」，兩個人，不，是一家人，都要為這荒謬的罪名而承受無盡的折磨和摧殘。從此，家不是家，人不是人，一家人都要過上連牛馬都不如的生活。是誰給了那些坐在台上的人至高無上的權力，讓他們假借革命的名義，幹著禽獸不如的勾當，對無辜的人濫施刑罰？這就是革命嗎？這場所謂的文化革命到底令多少人妻離子散、多少人家破人亡？

她回到家裡，在槐樹下呆呆地站著，聽著高音喇叭傳來的聲音。那聲音似乎很近，卻又讓她感到很遠，像是一個瘋狂年代久久不會散去的回音。這個時代已經沒有一個寧靜的角落，讓人享受片刻的寧靜，那些喧嘩的聲音總是令人不得安寧。她希望這場審判會快些結束，希望這場噩夢快一點結束。她好像看到了楚原低頭接受審判時的神情，他張著惶惑的眼在人群中搜尋著親人的影子，在麻木中任人指罵。他的眼已經深陷下去了，眼神是那樣的迷茫與絕望。他的心被徹底摧毀了，變成了一個精神殘廢的人。他已經不懂得笑，不懂得快樂，也不懂得悲與哀。他的心已經死了。這場「觸及人靈魂」的革命，終於達到了目的，又將一個活生生的人變成了鬼。

審判會結束後，街頭一陣騷動。犯人們照例被押上敞篷貨車，遊街示眾。小城是一個沒有甚麼娛樂的市鎮，人們素來把批鬥會、審判大會的舉行，視為看熱鬧的機會。今天，這場審判大會又是一次難得的政治狂歡節，讓人們盡情地發泄他們的集體施虐、集體強暴慾望。人們在審判大會結束後，無不興致勃勃地追逐著囚車，一路指指點點。愛蓮在後院裡聽著囚車經過時所引起的騷動。她好像又看到楚原被五花大綁的身影，他由遠而近，已經到了院牆的後面，她的心在狂跳，感覺到他與她只隔著一堵牆，她幾乎快叫出聲，但卻只是無聲的吶喊、無聲的尖叫。她用手捂著自己的嘴，似乎怕真正高叫出他的名字。騷動的人群漸漸遠去，她的心也隨著囚車而去。

這時候，三個兒子都回來了。愛蓮問：「看到你們的爸爸了嗎？」

三個孩子都點頭。

「他看見你們了嗎？」

「看見了。」心遠說，「他沒聽到我們叫他。」

「他不會聽到的。」愛蓮心想，在囚車上站著的只是他的軀殼。

這一天，不僅是楚原的受難日，也是一家人的受難日。愛蓮和三個孩子將他們自己困在自家的後院裡，再也沒有出門。小城已沒有一個處所是他們願意去的地方，整個小城都沒有他們的空間，除了這小小的後院，一個遠離凡囂的角落。三個孩子圍著母親，像受了驚的弱小孤雛守在母親身傍。他們靜靜地坐在槐樹下，等待著一場風暴過去。

現實是無情的，政治是殘酷的。

愛蓮看著三個少不更事的孩子，陷入無以自拔的哀愁。在往後的日子，她一個人如何將他們撫養成人？在這個「龍生龍、鳳生鳳」、「耗子生兒會打洞」、「老子英雄兒好漢、老子反動兒混蛋」的年代，講的是階級鬥爭，唯成份論、唯血統論，一個人的際遇已因他的家庭成份而先天命定了。所以，他們將背負「反革命分子」之子的罪名，而存活在沒有出路的境地。升學、就業，乃至將來結婚生子，都會受到許許多多的限制，他們與生俱來的種種權利將被剝奪，他們會活得比別人苦，比別人累，最終成為一個無立錐之地的人。眼看著心遠就要升高中了，誰知道他能否順利升上去？如果沒有書讀，他能夠做甚麼？他們漸漸就會發現，他們與其他的孩子不一樣，喪失了許多人生的機會。而這一切正因為他們不像其他的孩子一樣，有一個有權有勢的好爸爸。他們將面對一個炎涼的社會。她該怎樣向孩子們交代？

她好像又看到了楚原的眼睛，聽到他的聲音：「為了三個孩子的前途，咱們離婚吧！」

她懂得楚原的心情，他不想連累妻兒。也許，他是對的。三個孩子是無辜的，他們不該因為一個「反革命」父親而喪失生存的起碼權利，他們應該像其他的孩子一樣有正常的生存空間。該怎麼辦、怎麼辦？她陷入難以抉擇的困境。

在這樣的境況下，太多人選擇離婚。她明白別人的想法，這是無可奈何的選擇，沒有人會因此責怪你無情無義。相反，維持著這樣一段婚姻，往往被指為死守反革命頑固勢力，只會被釘死在冥頑不靈的恥辱柱上。在這種時候，聰明人都會選擇自保，不會死守著這種無法維持的婚姻關係，除非，這個人既癡又傻，完全不懂世態的炎涼。

愛蓮不傻也不癡，但她卻決心維持著這段婚姻。她有一個信念，楚原是清白的，他沒有罪，而且他需要她。如果她在這個時候選擇離開他，他將喪失所有的人生希望，將他推進一個徹底絕望的黑暗世界。她不能這樣做。雖然，她與一個「反革命分子」維持一段婚姻，將會為她自己以及三個孩子帶來難以承受的痛苦和災難。她覺得自己只能這樣做。

在聰明的世俗人看來，她真是傻透了。也許，她真的很傻吧！

她想清楚了，她不會離棄他。同時，她要讓三個孩子知道，路是自己走出來的，他們可以沒有一個好爸爸，可以沒有優越的生存條件，但是他們有一雙手，有做人的意志，縱使一窮二白、沉淪社會的最底層，也不要去依附乾爹乾娘，不要去做奴顏卑膝的軟骨頭，更不要去做向權貴搖尾乞憐的可憐蟲。他們的父親沒有向權貴屈服，雖然他已失去了自由；他們的母親也不會向命運低頭，雖然她一無所有；他們也應該像父母一樣，接受命運的安排，接受生存的考驗，雖然他們的人生路會比別人的坎坷，但他們將成為不會輕易向惡勢力低頭的人，他們將成為真正的血性男兒。我不能給他們財富，不能給他們安逸的生活，但我要讓他們在崎嶇的人生道路上煉成鋼鐵般的意志，鑄就鋼鐵般的脊梁，打拚出闖蕩天下的能力。

愛蓮想清楚了。

她對心遠說：「孩子，走，咱們跟著你父親去。」

楚原和其他的政治犯在審判會後，已被送到勞改農場。愛蓮決心到勞改農場去一趟，為他送去一點食物和禦寒的衣物。

愛蓮和心遠將家裡醃製的兩塊用來過冬的臘肉，放在背簍裡，出門去了。心寧和心安則留在家裡看門。

由小城到勞改農場，要走三十多公里的路。

他們迎著冬季的風沙，走在看不到盡頭的黃土路上。愛蓮刻意要帶上心遠，讓他一起走這段崎嶇的路。孩子就要自己走他的路了，她要讓他領受到這條道路的艱辛，要讓他靠自己的力量去克服路途上的困難，磨練出毅力。他怎麼走自己的路，將會直接影響兩個弟弟。她要讓他成為一個榜樣。

路，漫長而坎坷。母子倆輪換著揹著背簍，走過了一個又一個山崗，涉過了一道又一道溪流，像是在以他們的雙腳丈量那荒無而寂寥的大地。他們走得愈遠，路愈漫長，前路就愈遙遠，好像沒有盡頭。漸漸的，他們的步履變得愈來愈沉重拖沓，雙腳像拖著沉沉的鉛袋，每一步都是對意志的考驗。這路就像他們所面對的人生路一樣，愈走愈難，但他們都不吭一聲，默默地往前走，因為他們堅信，他們每走一步就是一個小小的勝利，離目的地就愈近。終於，他們爬上一個山椏口，看到了遠處的土牆。

心遠指著遠方說：「媽媽，你看。」

愛蓮望著土牆，幽幽地說：「我們到了。」

他們繼續趕路，來到勞改農場的地界。眼前所看到的景象，簡直令他們難以想像。一隊囚犯在著制服的公安監視下，幹著田地上的農活。一個囚犯拖著沉重的腳鐐，嘩喳嘩喳，緩慢地、一步一步地從他們身旁走過，他的腳踝被鐵鐐磨出血。心遠拉著母親的手，走進場部。他一直回頭望著那拖著腳鐐的囚犯。

愛蓮和心遠來到場部，向負責人說明了來意，但場部的人告訴他們，楚原被關進到高度設防的勞改營，不允許家屬探視。

母子倆無奈地站在勞改農場的大門外。這是一座巨大的監獄，高大的圍牆，足有兩三人高，牆上還有鐵絲網；圍牆的四角是碉堡，上面站立著持槍的士兵。母子倆將臘肉和衣物交給監獄的頭目，託他們轉交給楚原。這座大監獄名為「農場」，其實是勞改營，每個囚犯都是沒有薪水的苦力。愛蓮和心遠沿途看見的那些苦工，正是接受勞改的囚犯。愛蓮擔心楚原經不住這種苦役的摧殘，他畢竟是書生，怎吃得消那繁重的體力勞作？她想好了，以後時時給他送一點食物來，以補充監獄裡的不足。

母子倆白走了一趟，只好黯然地往回走。一路上，心遠都想著那個拖著腳鐐的囚犯。爸爸也會這樣拖著腳鐐嗎？愛蓮一路上都想著楚原，好像看到他拖著腳鐐在路上艱難地走著。

十三

母子倆從勞改農場回到家時，已經是夜晚，小城已復歸寂靜，再沒有一點政治狂歡的痕跡。小城的夜晚，寧謐而溫馨，讓愛蓮感到片刻安寧。她喜歡這小城之夜，喜歡她沒有白日的醜陋和瘋狂。這些年，這座邊城也像大城市一樣，鬧起革命來，到處張貼著殺氣騰騰的標語，時時都有狂熱的集會和暴烈的批鬥。她厭倦了這一切，小城裡的人也都麻木了，但那些造反起家的人卻不會讓這座小城有一刻的安寧，總是發起一波又一波的風潮，以保持他們的「革命」本色。讓他們鬧吧！小城，只有這深沉的夜晚，能夠給她一絲安慰，讓她享受片刻的寧靜。

三個孩子都早早睡了，愛蓮雖然也感到疲累，卻毫無睡意。在這樣的夜晚，在這個孤獨的午夜，她靜坐在槐樹下，仰望星空，好像在那深邃的夜空中看到了一個身影。牆那邊又傳來幽微的口琴聲。她彷彿看到一個漁人，獨坐孤舟中垂釣，以不群的姿態守望一江冰雪；她彷彿看到一個寂寞的閨中少婦在對鏡凝妝，眺望遠山，等待一個歸人。愛蓮感覺聞到了一陣槐花的香味，淡淡的、馥郁的，莫非這槐樹真是那個女子的化身，她真的變成了這棵槐樹，她的靈魂就在這樹身中？

此時，她好像看到了那個女子在槐樹下泣訴，又隨著幽幽的旋律起舞。愛蓮一下子感覺到夏奇這隻曲子的整個意境。他是在寫他的母親，那個地主的姨太太。愛蓮早就聽人講起過這個故事。

話說，這地主的姨太太，也就是夏奇的母親，原本是和歌巷的一個歌女，名叫槐花，在酒肆邂逅了夏家的少爺，即夏奇的父親，兩人一見傾情，難捨難離。少爺一心要娶她回家，卻遭到老爺的反對。老爺認為這門婚事有辱家風。少爺以死相脅，誓要與槐花斯守終身。他是家中獨子，是傳承香火的命根子，所以，老爺為了家業後繼有人，百般無奈下，答應了這門婚事，但他不允許這青樓女子住進大宅的正房。他將他們安置在大宅院的偏房，另開一個門口出入。老爺死後，少爺與槐花依然住在這偏房裡。共產黨來後，夏奇的父親因為大地主的身份遭到清算，丟掉了腦袋。槐花雖然是地主的姨太太，卻因為受到老地主「迫害」的緣故，倖免於難，得以苟活下來，與兒子夏奇繼續居住在這偏房。槐花是活下來了，但她卻因為思念丈夫而抑鬱成疾。在一個夜晚，這個女人在槐樹上自縊身亡，香消玉殞。人們說，她的魂魄化入了這棵槐樹，所以，這棵槐樹所開的槐花特別的香，每年一到槐花盛開的季節，小城到處飄浮著這槐花的淡淡香味。當然，這都是民間的傳說，共產黨不信邪，指斥這是迷信，不准人們亂說，這個傳說也就漸漸被人淡忘了。

愛蓮好像一下子找到了一個形象原型，她要創作的獨舞頃刻間明晰起來，她要創造的形象不正是槐花這樣的女子嗎？她一下子找到了靈感，找到了情感的突破口，決心將埋藏心中的情感和意念都寄託在這個形象的身上。作為一個舞者，最大的悲哀莫過於失去自己的舞台；但此時，她看到了方向，她要自編一個獨舞，將自己的所思所感都融匯進去。愛蓮心想，她可以沒有演出的舞台，但她一樣可以是一個舞者，一個沒有舞台的舞者，她為自己而創作，為自己找到了一種釋放情感和隱秘情意結的方式，將自己被囚禁的靈魂解放出來。她為此而興奮莫名。她想通了，她只能以此來體現自己的存在價值。她相信，楚原也會為她找回自己的身份與角色而感到高興。她可以失去做《白毛女》主角的機會，但她不會失去創作的激情，不會失去舞動的自由。她要跳起來，就在這棵槐樹下跳起來，在這沒有人看見的午夜跳起來，讓自己沉睡的藝術心靈重新甦醒。

只有在這樣的夜晚，她才又從一個鬼變回一個人。

這是一個赤裸的夜晚。很久了，她沒有像今晚這麼坦蕩，也很久沒有像今晚這樣春心蕩漾。女人，終究是女人，像孔雀總是會開屏展示她的美麗，鮮花總是會吐蕊盛開，女人也總是會綻放她愛美的天性。

她燒了一鍋熱水，在灶房裡用大澡盆好好地泡一個澡，鬆鬆筋骨，也洗去一路的風塵。水，暖暖的，如一隻輕柔的手在撫摸她的胴體。她靜靜地躺在水中，微閉雙目，沉浸在溫水中，任和煦的微瀾像陽光一樣沐浴著她的身心。

牆那邊又傳來曼妙的音樂，這是一段春之曲，讓人好像看到了一朵含苞待放的花蕾，在暗夜中悄悄張開花瓣，展露晶瑩而透白的薄唇，隨著夢的香息在翕動；一個花仙子就在這旋律中甦醒，開始舒展她赤裸的肢體，在月光下起舞。

她好像看到了那個叫槐花的女子，從綺夢中醒來，獨自在漫漫長夜中思念她的夫君。他再也不會回到她的身旁，她只能像一朵綻放在寂寞長夜的白玉蘭，散發出無人欣賞的暗香。在這春心浮動的夜晚，誰能給她以生命的撫慰，讓她享受到片刻的歡悅？她只能讓自己的雙手憐惜地遊走在自己的肌膚上，像無性生殖的生物在自己的體內分泌生命的激素，締造生命的高潮。她好像看到了一個雄性的軀體，在槐樹下劈柴，揮舞著他結實的手臂，散發出生命的力度。像蜜蜂總是追尋花朵，像葵花總是面向太陽，像月球總是被地球所吸引，那是一種難以抗拒的誘惑，是她生命中的美酒，讓她長醉不醒。不管她怎樣忍耐、怎樣克制、怎樣壓抑，在這赤裸的夜晚，她已經不能不徹底地放縱思想，讓幻想的翅膀自由飛翔，讓靈魂的野馬自由奔跑，將她帶到一個沒有任何思想約束、道德規條、黨性禁忌的自由境界，徹底地袒露、徹底地實現靈慾的結合，讓她在這漫漫寒夜偷取片刻的歡欣、自我的滿足。

就是在這個夜晚，這個時刻，後院裡的槐樹真的開了花，一下子綻放出朵朵雪白、嬌嫩的小花，香氣四溢，隨風飄浮，流蕩在小城的夜空，讓人們都沉睡在一個香夢中。

愛蓮從澡盆裡站起身來，在幽暗的燈光下跳起她剛構思出來的《槐花飄香》序幕，她的獨舞就從這一刻開始，表現槐花在寂寞長夜的生命飢渴。生命的慾望終於復甦，人性的光輝在她的身軀上閃爍。

在這個滅絕人欲的「共產」神權年代，人都變成了沒有個性的符號，變成了國家機器上的螺絲釘，變成了沒有思想的木偶，變成了沒有生命的死靈魂，誰敢於正視自己的內心，誰敢於向神權說「不」，誰敢於流露自己的慾望？沒有，小城裡的人都像冬眠的動物，一睡不醒，以假死度過漫長的冬季。但是，人終究是人啊，怎麼能夠將自己封進冰塊中，變成失去生命的琥珀？

生命在於舞動。她終於像生長在暗夜的植物，抽動枝葉，綻放花朵，展現靈性的奧妙。那萬物之靈的貓蟄伏在灶房的一角，注視著這生命之舞，牠看到了一個醒悟的靈魂在這幽暗的空間躍動。院牆那邊也有一個醒著的靈魂在吹奏靈魂的小調，兩顆心在同一個不眠的夜晚共同創造出一首生命的詩，一個用音樂，一個用舞蹈。這是心靈的裸舞，是生命的戀歌，是大地的春之曲。

冬季的堅冰在融化，生命的花朵在開放，她的軀體在起舞。從此，這幽暗的灶房，就是她的排練房，就是一隻生命獨舞的舞台，她的靈魂就在這沒有觀眾、沒有掌聲、沒有鮮花的角落，悄然綻放。只有那隻貓靜靜地看著她的舞蹈。

從這一夜開始，這舞者的生命在改寫，小城的故事也在改寫。大家都不知道這座小城將發生甚麼事，總之那棵老槐樹在冬夜裡開了花，那花香飄蕩在小城的每一個角落，誰也說不清這是甚麼兆頭，預示著甚麼變幻。

就在那音樂嘎然而止，她的舞蹈結束的時候，小城腳下的大地在開始顫動，緊接著是一陣山崩地裂的搖動。愛蓮晃動起來。

「地震！地震了！」她破門而出，衝進睡房，搖醒三個孩子，拖著他們往外跑。他們剛跑出門，身後一大塊屋簷在愛蓮的身後塌下來。

地震了，小城陷入恐懼與慌亂中。

十四

小城發生了強烈地震，許多房屋頃刻間傾頹，成了廢墟。愛蓮家的後院圍牆也坍塌了。她赤裸著身子帶著三個孩子跑到空曠的地方。

地震震醒了人們的淺意識，但是，他們的靈魂並沒有被震醒。

當人們發現愛蓮是赤裸裸地跑出來的時候，大家都感到不可思議。人們驚魂甫定，便開始談論起愛蓮的怪異表現，大家都認定她是一個妖精。

中國人的社會就是這樣，當你的言行表現得跟別人不一樣時，你就可能會被人視為異類，非妖即怪。中國人是一種趨同的人種，大家可以一樣的平庸，可以一樣的無知，但不可以有一個人是清醒的，不可以出位，更不可以出眾，一當你有某種稟賦跟別人不一樣，有一種能力是別人達不到的，或者表現出一種卓爾不群的姿態，你就注定會成為箭靶，成為別人的談資，乃至被流言所傷所害，且無從討回公道。

愛蓮好像注定是個招人非議的女人。因為，在人們的眼中她太不可想像了，她做的事盡是不可思議的事。她死守著那個反革命丈夫，為他鳴冤叫屈；她甘願失去做主角的機會，也不跟革委會的人妥協；她竟然在家裡大跳裸舞，又一絲不掛地出現人們面前……她該不是神經有問題吧？她的神經沒有問題，但她比瘋子更可怕。她的所有言行都出於正常的心智，這就說明她是可怕的女人，不是妖孽，便是魔怪，總之不是人。正所謂國之將亡，必有妖孽，莫非這小城要遭遇甚麼不測？

人們都把這場地震的災難歸到愛蓮身上去了。雖然共產黨不信邪，但是愚民統治下的蒙昧民眾卻深信他們的想法。革委會的人也樂於讓妖言蠱惑人心，轉移視線，以掩飾他們管治無方的真相，讓一個女子成為禍水，承擔亂世的罪責，成為人們詛咒與發泄怨恨的對像。

愛蓮在小城裡更沒有地位了，也更沒有做人的權利了。

地震後，城裡到處都在搭建臨時避難的防震棚，讓無家可歸的難民暫時棲身。愛蓮家的屋子震塌了屋檐，牆身也裂了，所以也都要搬進防震棚。文工團裡正在趕搭防震棚，按戶分配房間。最好的位置自然是屬於有權有勢的人，其次是跟有權有勢的人有關係的人。這種分配方式是中國人社會的潛規則，何時何地都通用，沒有人會感到意外，就算知道不公平，也會自嘲地問一句：「公平？這個社會有公平嗎？天底下，自來都是有強權無公理，講甚麼公平。食古不化，才講公平吧！」

愛蓮家分配到的房間位置，處於一堵危牆前，是沒有人要的地段，與夏奇所分到的位置正好緊挨著。因為他們都是牛鬼蛇神，只配分到這樣的角落。搭建防震棚的物料，如木材、竹蓆、油氈等，都發下來了，各家各戶都在趕工。

這天，夏奇成了最搶手的人。只有這種時候，大家才會忘記他的階級敵人身份，讓他成為幹體力活的幫手。他幫一戶戶的人家幹完搭棚的活，來到愛蓮家的地盤。愛蓮和三孩子已搭起了一個框架，夏奇加入進去，扶支架、上木樑、鋪屋頂的油氈。夏奇幹起體力活，一點不像讀書人，身手敏捷，勁頭十足，幹得汗流頰背，渾身散發出雄性的魅力，給人以一股衝勁與活力。

愛蓮與夏奇一起幹活，兩人都特別的有勁，配合得也非常默契，好像是一家人似的。在眾目睽睽的大白天，跟夏奇一起做事，愛蓮坦然很多，沒有太多的避諱，說的話也多起來。她和夏奇聊起他創作的歌曲。她對他說，她也在創作一隻獨舞。

夏奇很感興趣地問：「是甚麼題材的。」

愛蓮說：「寫一個女子的情愛。」

夏奇說：「太敏感了吧？」

她當然知道這是一個敏感的題材，但她相信他。自從她聽過他的曲子後，已對他有絕對的信心，相信他是真正的藝術人，他會懂得她的創作。她說：「我希望用你的那首歌作伴舞的曲子，不知道你肯不肯。」

「好呀！」夏奇說，「太好了，我也想有人來為這首歌曲伴舞。」

她把構思講給夏奇聽，並問：「你不是說要講給我聽你媽媽的故事嗎？」

「那可是一個悲情的故事。」夏奇說，「縱使你能將這個故事編成獨舞，現在也沒有舞台可以演出。」

愛蓮說：「我相信終有一天，你的歌會被世人所欣賞。」

「我也希望有這麼一天，但現在是不可能的。」夏奇說，「我也相信你的舞是發自內心的。」

他們都有一個願望，創作出心靈的音樂、心靈的舞蹈。他們都是藝術人，在藝術追求上都是相通的，所以，約定共同來完成一幕音樂舞蹈。這是他們共同信守的秘密。兩個人目光對視，都發出了會心的微笑。夏奇的笑容讓愛蓮的心甜絲絲的。

經過一個下午的趕工，愛蓮家和夏奇自己的棚子都搭好了。

愛蓮看見夏奇的汗衫都濕透了，對他說：「把衣服給我吧，我幫你洗洗。」

夏奇脫下了汗衫，遞給她，說：「謝謝。」

愛蓮一家像麻瘋病人一樣，被人們避而遠之，被整個小城所遺棄；愛蓮本人更是被妖魔化，成為一個被嫌棄的人。現在，她唯一可以信賴的人只有夏奇。在這個城裡，只有夏奇還把她當人看，給她支持和幫助，讓她在這黑暗的人生隧道中看到一道生命的光。她慶幸自己重新認識了一個好男人。

說來，他們認識已經多年，但現實的環境、政治處境的差異，使他們成為兩種社會地位的人，彼此竟沒有更多的機會互相了解，所以，縱使認識多年，也不曾有多少接觸。現在，她也淪落到牛鬼蛇神的地步，才讓她重新發現了他，這種發現像從地底掘出瑰寶一樣，讓她驚喜，也讓她驚異這小城裡竟然還有一個有人性的人、一個頭腦清醒的人。他是一個被埋沒的音樂人呀！她想知道，是甚麼力量在支撐著他，讓他活得這麼有神采、有活力、有信心。他屬於牛鬼蛇神的一分子，但他卻活出了一個人樣，甚至，他比那些紅五類活得更像一個人，比那些革命衞士更精神、更有朝氣，他才是一個真正的人、真正的男子漢。

愛蓮感覺得到，他也喜歡她。他望著她時的眼神是那樣熱切、又是那樣深情。他的眼神早已暴露了他的心。他對她和孩子們的照顧，是出於一片真心，除了同情，還有一種愛。愛蓮深知夏奇的心，也理解他的心情。他知道她的身份，一個還沒有失去黨籍的共產黨人，一個有夫之婦，三個孩子的母親，所有這些因素都令他不敢表露他的心跡，只能把一種情愫深深埋藏在心中。這個男人是一個多麼好的男人呀，可是，卻不會有女人願意嫁給他。這個年代，誰願意嫁給一個牛鬼蛇神，那等於自己往火坑裡跳呀。這個男人就因此要打一輩子光棍，這個社會是多麼的無情，又是多麼的不可理喻呀！階級鬥爭，一個階級打倒另一個階級，就要剝奪被打倒者的一切，剝奪他們的財產、他們的政治權力，甚至家庭、生命，這合理嗎？她知道自己的這些想法，已經不是共產黨人的想法，她已經失去了黨員的資格，甚至可以被打為反革命。她的思想已經動搖了。從她對夏奇處境的同情，對他產生的感情，都可以證明她已遠離了自己的階級。她想，如果今天所受的苦、所受的難，就是為了發現一個好男人，那這未嘗不是上天給她的一點補償。這個男人已悄悄地進入了她的心裡。現在，她同樣知道自己的身份，他不能做出對不起楚原的事，所以，她一樣會把這種情感埋藏在心底，不讓它發芽。但她從心底裡同情這個男人，喜歡這個男人，她願意為他做一點她力所能及的事，這既是回饋他的幫助，也是用行動向他表達一點心意。

她趁收拾家中細軟，搬進防震棚的機會，從舊藤箱裡找出一件自己的毛衣，準備將它拆散、洗滌，再替夏奇打一件毛衣，給他保暖。她在燭光下拆著毛衣，又讓心遠來幫她挽線。母子倆對坐著，母親拆毛衣，兒子則挽著線。母子倆的身影投射在牆上，一大一小，有節奏地擺動著，展示出貧苦人家溫馨母子的剪影。

愛蓮問：「心遠，你覺得夏叔叔這個人怎麼樣？」

心遠望著母親，似乎對她的問題有幾分疑問。他說：「夏叔叔可好人呢。我去過他的房子，他有很多書，還有樂器。」

「你到他房間去了？」愛蓮問，「他的屋子亂不亂？」

「可乾淨呢，像咱們家的屋子一樣，他也每天都拖地。」

「哦。」愛蓮說，「他以前在上海讀大學，是個有教養的人。」

「夏叔叔說，要學好英文。夏叔叔說如果我願意學，他可以教我。」心遠頓了頓說，「現在學英文有甚麼用呀。學校都不教英文。」

「他說得對，應該學好英文。現在用不上，只不定將來能用上。」愛蓮說，「以後你在學習上有甚麼問題可以多找找夏叔叔呀。」

兒子點頭。

心遠說：「夏叔叔家裡有一張相，叫聖母，他每天晚上還在看《聖經》。他告訴我好多聖經的故事，但叫我不能對人說。」

愛蓮想清楚了他的精神力量來自何處。一個有宗教信仰的人，總是好過那些表面上信仰共產主義，而實際上心靈空虛的人。她對心遠說：「不能告訴別人，不然，夏叔叔會被人批鬥。」

心遠又點頭。

拆完毛衣。愛蓮說：「你和兩個弟弟早點睡吧。今天累了一天了。」

三個孩子都上了床。

屋裡靜悄悄的，愛蓮收拾好房間，又清出要洗滌的衣物，準備睡前把衣服都洗好。她手裡捏著夏奇的汗衫，感覺像摸到了他的肌膚。這一不經意的觸摸，似乎喚醒了她心底的一條弦，讓她的神經頓然緊張起來。這是他的汗衫，薄薄的、平滑的，還有一股汗味。她的心一下子有一種說不清的滋味，一陣昏眩。這是她第一次觸摸到他的貼身之物，這讓她感覺正撫摸著他的肌體，臉上一陣躁熱，心跳也急促起來。她翻出汗衫的胸部，嗅到了上面的體味，不由得將臉埋在汗衫上，如同伏在一個魁偉的胸膛上，沉醉於一種男人香中。

「媽媽。」

愛蓮嚇了一跳，回頭一看，是心安在做夢，發出囈語。她為自己的失態而臉紅，但還是又不自覺地將汗衫放在臉上，體味那肌膚的平滑與撩人……

她陷入了一種難以自拔的幻想，在這寂靜的暗夜裡。

在屋子裡的一角，那萬物之靈的黑貓睜著眼睛，不聲不響地注視著她。

這是在防震棚裡度宿的第一個晚上。她和他就隔著一層竹籬。

防震棚是一個公共的大棚，用竹籬分隔成一間間的小房間，所以，家家戶戶的床都是緊挨著的。竹籬沒有隔音作用，誰家的娘們放個屁，旁邊一家也聽得到聲響，甚至可以聞到臭。這是沒有私隱的空間，誰家的床搖得厲害，馬上就會被人察覺，惹起隔壁豎起耳朵諦聽動靜。在夜深人靜的時候，大棚裡滋生著隱微的情愫，積蓄著種種的慾念，但大家都只能暗中承受慾念的撩撥，誰也不敢吭聲。家家戶戶都是緊挨著的，都是零距離的緊貼而眠，都不敢有放肆的聲音。但愈是抑制，積蓄的慾念就愈強烈，總有一兩對小夫妻難耐青春的慾火，在子夜時分的偷享片刻的歡愉，在暗夜裡發出一兩聲低微的呻吟。

愛蓮和夏奇的床是緊挨著的，中間就一層竹籬相隔。她幾乎嗅到了他的體香，甚至感覺到他的體溫。她將自己的身子緊緊貼在竹籬上，他感覺到他的身子也緊貼在竹籬上，似乎要將竹籬擠碎、讓兩個人緊緊嵌在一起。他們都不能說話，但都感覺到對方的存在，感覺到對方的重量。

對於愛蓮來說，她承受的不只是一種寂寞的煎熬，還是一種靈與肉的交鋒。她愛上一個不能愛的人，這比沒有愛更痛苦，比失去愛更折磨人。

愛蓮知道，她對他的畸戀是會受到詛咒的，對她、對他都會造成傷害。所以，她極力抑制住自己的渴望和幻想。她對自己說，這是不道德的，是會受到懲罰的。她怕，怕自己的意志不堅定，犯下不可饒恕的錯誤。

她在暗暗自責，你是一個壞女人，一個不道德的女人，你不該對他產生那種不該有的慾念。不，不能超越任何防線。你是一個有丈夫的人，不該做見不得光的事。她努力抑制著自己的慾念，將這種慾念壓抑在靈魂的深處，不讓它跑出來。

這是一種受禁制的情感，絕對不能讓它爆發、泛濫！

但是，愛的火焰燒得愈旺，就愈難以撲滅，零星的水潑下去非但無濟於事，還會令火勢更猛。愈是禁制自己的情感、壓抑自己的慾望，吸引力反倒愈大，兩顆互相吸引的心更容易走在一走。她的身子緊緊貼在竹籬上，他也一樣，兩個不眠的靈魂在暗夜的帷幕掩護下，緊緊貼在一塊，感受著從未有過的零距離接觸，唯獨欠缺的是肉體與肉體、肌膚與肌膚的廝磨。她感覺到他寬大的手掌在摸索著竹籬，感受著她的身體輪廓，她盡可能將身子貼在竹籬上，任他感受她的起伏的曲線，隱隱約約地領略他的溫存。她也將手掌貼在竹籬上，與他的手掌貼合在一起，用彼此的力度感受對方的存在。他們在用手的摸索傳遞著心底的信訊，這是只有他們兩個人才懂得的手語，是用心才能感悟的話語。他的手寬厚而有力，她讀懂了他的心，他在向她發出邀請，他在熱切地等待著她。她又何嘗不想跟他在一起，度過這無盡的長夜呢。她是女人呀，是女人呀！她渴望愛、渴望躺在愛人的懷裡，小鳥依人地伏在他堅實的胸上，做一個甜蜜而溫馨的夢。可是，她已經失去了愛的權利。她的丈夫在監獄裡，她已經不可以再愛第二個男人。為甚麼一個女人不能愛兩個男人呢？為甚麼？她不知道為甚麼一個女人不可以愛兩個男人，只知道這是罪過，是不可違抗的禁忌。而此時此刻，這個禁忌對她來說變得遙遠起來，她已顧不得甚麼禁忌，只是感受到一種發自靈魂深處的渴望，她想為他付出，想得到他的擁抱、撫慰，想將自己整個的身體都奉獻出去。

他告訴她，他已經打開了他的木柵門。他在等待她過去。

她沒有動，依舊躺在床上。她的心在跳動，在掙扎。時間一分一秒過去，一個時辰又一個時辰過去。這應該是凌晨了吧，大棚裡傳出此起彼伏的鼾聲，人們都睡熟了，除了這對不眠的人。嗒，嗒，她聽到兩聲輕微到幾乎聽不到的聲音，像風吹到木柵門上的聲響。她知道是他在敲門。她起身，站在門後，想打開木柵門，但在打開門閂的一刻，又放開了手。嗒，嗒，又是兩聲輕微的聲音。她抽起了木閂，門打開了一條縫，他剛要推門進來，她又將門頂上了，不讓他進來。他在外面焦急而小心地耳語道：「讓我進來吧，讓我進來吧！」

她的心軟了，木柵門又被他推開了縫隙，他想擠進身子，她又把木柵門死死頂住。她的眼前浮現出楚原的眼睛，她看到他冷峻的眼，那眼神中有憤怒、有責備、有怨恨……啊，不，不能，不能讓他進來。她還看到了三孩子的眼睛，看到老魏的眼睛，看到小椏的眼睛，看到小城裡各種各樣的眼睛……不能啊，不能，不能讓他進來。她把門閂上了，徹底地閂上了。
那伏在一角的小黑將一切都看在眼裡了。
他回到自己的床上，她也回到自己的床上。他們好不容易才熬過了在大棚裡度宿的第一晚。愛蓮做了一個夢，夢到自己也被戴上了鐵鐐銬，艱難地拖行在荒蕪的大地上。
她也是一個囚徒，一個精神的囚徒、道德的囚徒，被監禁在無形的牢獄中。

十五

早晨醒來，愛蓮像害了一場病。
他們在防震棚外相遇，彼此都有幾分尷尬。夏奇向她道早安，她也向他說好，兩人便再也沒話說了，藉故走開，各做各的事。她有些後悔，後悔自己對他太決絕。他也一樣帶著幾分歉意，為自己的衝動和魯莽而暗中自責。
早飯後，他們被安排到大禮堂佈置後台。文工團準備綵排《白毛女》，向災民作一場慰問演出。這是小樞作主角的戲。愛蓮成了在後台跑龍套的人，像夏奇只能在後台彈奏鋼琴一樣。在演出沒開始前，搭舞台之類的工作都是他們的份內事。兩人一早就來到大禮堂，開始作打掃清潔，調試話筒、喇叭、燈光，布置道具，舞台上就他們兩人。但兩人都不像往常有那麼多話說，都默默地工作，甚至彼此都有些不自然，互相迴避著。偌大的禮堂裡就他們兩個人，顯得空曠而寧靜，任何聲響在這空間中都會被放大，顯得特別響亮。他們心底裡都有很多話想說，但都等待著對方先開口，又似乎怕這舞台洩露了他們的秘密。

愛蓮一邊整理道具，一邊還在想著昨晚的事。她還是沒想清楚該怎樣面對現在的處境，她愛自己的丈夫楚原，對他不離不棄，她知道他需要她，尤其是在這受苦受難的關頭。但她同時也深深被夏奇所吸引，他是她的陽光，他讓她在這苦難的日子裡有了一種生命的色彩，他像陽光一樣照亮了她的心房。她深知道，從一而終是中國人的傳統美德，作為一個傳統的女性，一個賢妻良母，她對這種忠貞不二的觀念深信不疑。然而，生命的渴求、生理的慾望，都讓她陷入了一種難以自拔的矛盾之中。楚原是好人，夏奇也是好人。她對他們有同等的愛，但卻不能將自己平分給他們。她不知道是自己錯了，還是社會的道德觀念錯了。現在，她的心亂了，這是背叛還是信守？她背叛了丈夫，背叛了她的黨、背叛了傳統的道德。雖然，她仍守住一個冰清玉潔的身子，但她的生命慾望已經出賣了她的靈魂，她不敢再說自己是一個清白無罪的人。

「他們說得對，我是一個妖精，我的靈魂中的妖精就要跑出來了。人人心中都有一個潘多拉【12】的盒子吧？」她信守著最後的防線，一條肉體的慾望防線，好像這道防線一破，那盒子的就要被打開了，她就要將自己交給魔鬼了。好像她只要守住了身體，便是無罪的，便可以任由思想出軌也不算背叛。這算甚麼道德，叫甚麼美德呢？她的身子好像不屬於她自己，只屬於別人，她並不能自主決定自己的身子。

女人的肉身原來屬於別人，少女的時代，父母規管著你的身體；嫁給丈夫後，又屬於丈夫的；加入共產黨後，好像又屬於黨的。誰都可以決定你的身體主權，唯獨女人自己不能決定自己的身體主權；你屬於家族宗法、屬於男人、屬於黨，唯獨不屬於自己，這是怎麼回事。為甚麼女人不可以決定自己的身體呢？難道女人的肉身真是邪惡的萬惡之源？

夏奇見她手上拿著道具，人卻在發呆，神情凝重，以為她對他產生了不好的想法。他走到她面前，帶著幾分內疚對她說：「請你原諒我，都是我不好，我有罪，我的思想沒改造好，我保證以後不再犯同樣的錯誤。」

他的言語讓她感到既好笑、又好氣。他像是在對革委會的人交代罪行，口口聲聲自己有罪，思想沒改造好。

愛蓮說：「別這樣說，我也不好。」

她沒有半點責怪他的意思。這倒讓他放下心來。他說：「我其實只是，只是……」

只是甚麼？愛蓮懂得他的心，她不怪他，只是怪自己意志不堅定，自己沒有管好自己。她問夏奇：「你告訴我，我是不是妖精？我真是一個妖精？我是一個不正經的下賤女人，是嗎？」

夏奇明白了她的意思，她有太多的顧慮。她是一個好女人，她對自己要求太高，給自己太多的枷鎖。他說：「你不是下賤的女人，你比任何人都高尚純潔，你不像那個為了做女主角而出賣自己的女人，她出賣了自己的身體也出賣了自己的靈魂，你沒有出賣自己的靈魂，你是一個真正的女人，好女人。」

「那為甚麼我會承受這麼多折磨？」愛蓮好像在自問。

夏奇說：「是這個社會的錯，這是一個泯滅人性的年代。你沒有錯，錯的只是這個沒有人性的時代、沒有人性的政黨……」

他的話沒說完，她用手捂住了他的嘴。她說：「你瘋了，說這樣的話，被人聽見是要殺頭的，你活膩了？」

夏奇握著她的手。她想掙脫，卻被他有力的手牢牢地握住。她在掙扎，卻被他輕輕一拉，拉進了他的懷裡。她伏在他的懷裡，緊緊地貼著他，身子在不住地發抖。他緊緊地抱著她，將頭埋在她的頭髮中，嗅著她的髮香，又瘋狂地吻她的臉、吻她的眼……

可是，她猛烈地掙脫了他的懷抱。她整理了一下衣服和頭髮。站到舞台的一角去。夏奇有些不知所措，有些失望，也有些茫然。

大禮堂裡靜悄悄的，除了他們，再沒有其他的人，空氣凝滯了，靜得可以聽得到他們急促的呼吸聲。

他不解地問：「是他們剝奪了你的幸福，為甚麼你也要剝奪你自己的幸福呢？你的身體是屬於你自己的，你不屬於任何人，不屬於黨，不屬於階級，甚至不屬於你的丈夫，你只屬於你自己。你就是你，你的愛，你的生命，才是最寶貴的，最值得珍惜的！」

夏奇的聲音響徹整個大禮堂，在空蕩的大廳裡迴蕩，久久不息。

夏奇的話，一字一句都像釘子一樣嵌進了她的心。以前，從來沒有人給她講過這樣的言語，她自己也沒想過這樣的道理。「你的身體是屬於你自己的」、「你不屬於任何人」、「你就是你」，不是螺絲釘、不是一磚一瓦，是一個獨立的個體。

她站在舞台一邊，他站在舞台的另一邊，像是在排戲。但這不是戲，這是他們真實的處境和心聲。愛蓮的心一下子豁然亮堂起來，他的話讓她懂得了自己存在的價值和意義。她不再為自己的愛感到羞愧，她沒有背叛人性，她背叛的只是沒有人性的政黨、禁錮人性的偽道德。

夏奇說：「你不是想聽我母親的故事嗎？讓我講給你聽吧。她一生中也深愛著兩個男人，她愛我的父親，但在她的生命中還有一個更重要的男人，那是她的初戀情人，一個鄉下的窮小子。這個人因避債而逃離了家，我母親也被人賣到了和歌巷。解放後，這個人回到家鄉時已經是革命黨人，而且做了黨官。就是他帶人抄了我們的家，又殺了我的父親。他殺我的父親既是執行上面的指令，又是出於報私仇。他們沒殺我的母親，讓她活下來了。我母親失去了一個將她從火坑裡救出來的人，怎能不悲傷？但她又為遇到了生命中的至愛而重燃希望之火。她對他的愛並沒有因時間的推移而消滅，相反隨著時間的積累而增加，應該說他才是她生命中唯一放不下的男人。他沒有忘記他的初戀情人，一樣對她有感情，可是他卻不敢延續他的愛。他曾悄悄的來找我的母親，但最終又放棄了她。這個男人官愈做愈大，黨性也愈來愈重，最終因黨性卻失去了人性。他是活著的人，但卻是只有黨性沒有人性的死靈魂。他明明知道我母親愛他，需要他，卻不敢正視他的愛，最終他選擇了黨，選擇了官位，拋棄了我的母親。我的母親失去了兩個男人，失去了兩段愛，她死了心，最後走上了絕路。這就是她的故事。」

愛蓮聽著他的故事，感同身受。她說：「女人總是最終的受害者。」

夏奇說：「我從母親的死，知道了甚麼是真正的愛，甚麼是人性。所以，我從來不相信甚麼政黨是有人性的政黨，他們只知道政權，把江山看得比人命還重；而那些黨官把個人的榮辱看得比生命還重，比愛情還寶貴。我是個賤人，從來也沒有享受過甚麼黨的栽培，不懂得政治的權利，但我懂得甚麼是愛。你知道嗎，我一直深深地被你吸引，但你從來也不知道有一個人在暗夜裡想你、念你。以前，我不敢想，不敢心存奢望，癩蛤蟆怎敢奢望天鵝肉，只能將這種情感埋在心底，讓它隨著時間的流逝而消失。若不是看到你現在受到不公平的對待，我根本就沒有機會與你走在一起。你知道嗎，我很想天天都同你在一起，尤其是當你需要一個人同你在一起的時候。在你需要安慰，需要傾訴時，不能陪伴你，心裡真是很苦、很苦。雖然生活在同一個院落，見面的機會也還不算少，但真正能向你訴衷情的時刻卻是少之又少，我不知道在將來的歲月如何渡過這種強作冷靜的日子、忍受這種強作無意的相會。我只知道，我怕失去你；只知道，想同你在一起，今生今世。我不知道怎樣才能表達自己的心情，又怎樣愛你、呵護你，只知道不要讓你的心受到傷害，不要讓你流淚。」

愛蓮沒想到夏奇會對她說出這一番心底的話。她無言以答，她的心終於融化了。她走到他的面前，用手勾著他的頸，吻他，深深地吻他。兩個人緊緊抱在一起，沒有狂烈的撫摸，也沒有狂熱的吻。他們靜靜地摟在一起，好像融為了一體，一道甜絲絲的暖流傳遍全身。

過了一陣，她鬆開他，對他說：「讓我給你跳個舞吧。」

好像看到了光明的喜兒，她跳起《白毛女》中「太陽出來了」的舞蹈。夏奇感覺到她心中的喜悅，可惜，他不會跳舞，不然，他會跳起大春的舞，與她一起跳這舞蹈。他走到鋼琴前，彈奏起「太陽出來了」的樂章。

愛蓮停下來。她對他說：「你就彈奏《槐樹下的慾望》吧，我來跳一次我編的獨舞給你看。」

禮堂裡響起幽幽的琴聲，彷若一朵花在夜間開放，釋放出一種大自然的玄妙之音，隨著聲音的婉轉，又讓人好像聽到一個如怨如泣的女子在哀吟。愛蓮在這旋律中緩緩起舞，完全進入到「槐花」這個女子形象中去。她在暗夜中甦醒，像植物一般抽枝發芽；她掙脫了身上的繩索、身上的枷鎖，深深地呼吸了一口自由的空氣，開始舒展她的肢體，迎接新的一天開始。她沉思，她徬徨，她掙扎，她奮起……一幕幕暗夜的故事，在舞台上演繹。

大禮堂裡空空蕩蕩，但她看到了一個個凝神屏息的觀眾，她看到了一張張哀戚的臉。終於，她又站在了舞台上，又一次演繹著人生的悲歡故事。台下沒有人喝彩，舞台上的她也收不到鮮花，但她一樣的滿足。她又舞起來了，這沒有人欣賞到的舞，才是她一生中最徹底的發揮。這不是在演戲，這是在告白，在向著世人訴說她的痛苦和歡欣。

這時，台下響起掌聲。愛蓮和夏奇都大吃一驚，是誰在台下？

原來是老魏。甚麼時候來的？

老魏問：「是彈的甚麼曲子、跳的甚麼舞呀？」

夏奇說：「是新編的歌舞，《偉大領袖是我們心中的紅太陽》。」

「哦，好、好，這首歌好，愛蓮的舞跳得更好。」老魏說。

愛蓮和夏奇都不說話，暗自捏了一把汗。

十六

愛蓮和夏奇的事，在小城裡傳開了。

流言在小城裡迅速流傳，而且以異乎尋常的速度傳播、變異，像瘟疫病毒一樣迅速變種又傳染開去。他們成了十惡不赦的姦夫淫婦，愛蓮被人們形容為不守婦道的蕩婦、騷貨、淫賤女人，總之人們想像得到的罪名都加到了她的頭上。

一個人的境界決定了一個人的想像能力，卑劣的靈魂只能產生卑劣的思想和想像；一個民族的素質也決定了一個民族的優劣，愚昧的大眾總是只能受到無知的唆擺和挑撥。在一個受到愚民統治的人群中，怎能指望產生頭腦清醒的智者？愛蓮和夏奇這一次面對的是遠比他們的想像更糟糕的、更惡劣的處境。在中國人的社會，要徹底摧毀一個人，令他永世不得翻身，最有效的方法莫過於給他戴上一頂「淫賤」的帽子，一個人一當被指控亂搞男女關係，成為一個不名譽的人，便跳進黃河也洗不清。人們在傳說，她私下找中醫墮胎，又有人說她是染上了性病，去找江湖醫生治療，總之莫衷一是。而對於夏奇，人們更有種種說法，有人說他在上海讀書時就是一個花天酒地的浪蕩子。你想，在那個花花世界混跡的人，會是好人嗎？小城裡的人都沒有去過上海，在他們心目中，解放前的上海是一個花花世界，一個罪惡的天堂，從那裡回來的人，不是花花公子就是魔鬼。他們說，他是一個滿腦子資產階級腐朽思想的紈袴子弟。也有人說，他是國民黨特務，在上海時加入了三青團，是潛伏下來搞顛覆的壞人，有特別任務在身。關於他們的流言太多，沒法一一細說。

他們被推上了批鬥大會的審判台。

愛蓮的頸上被掛上一對破鞋，那對破鞋在她的胸前晃蕩；夏奇的頭上戴著一頂尖尖的高帽，上面有一個十字架，帽上畫了一條吐著蛇信的毒蛇，喻示他是一個惡魔。在他們的面前還擺放著愛蓮替夏奇洗的衣服，以及從夏奇的屋裡搜出來的一本舊約聖經和一張聖母相，這些都是罪行的證據。他們並排而立，面對義憤填膺的群眾，低下了他們的「狗頭」。

揭發開始了。群眾先高呼了一輪口號：「毛主席萬歲！」接著，老魏主持批鬥會，首先發言，他說：「據群眾揭發，愛蓮和夏奇有不正當關係，經過革委會審查，認為證據確鑿，決定召開這次批鬥大會，公開檢舉、揭發他們的醜惡罪行，將他們批倒批臭，請大家踴躍發言。」

今天，愛蓮的兒子心遠也來了，他帶著他的狗阿歡，站在遠遠的地方觀看。

愛蓮和夏奇低著頭靜聽著他們的揭發。她胸前掛著的破鞋不停地晃蕩。

第一個站出來的人是小椏。又是小椏，愛蓮心想：「為甚麼以前我從來沒想到她是一個如此有心眼的人呢？」愛蓮不在乎小椏講甚麼，因為她知道自己做過甚麼、沒做過甚麼事。她沒有做過違法亂紀的事，怎會怕她揭發呢？

小椏激昂地說：「頭頂三尺有個神，你做過甚麼事，我們都知道。你老實交代，你到和歌巷去做甚麼？是去跟國民黨特務接頭，還是去打胎？」

群眾一陣哄笑，叫嚷：「交代呀！老實交代！」

愛蓮等人群靜了下來，才對小椏道：「既然頭頂三尺有個神，你們甚麼都知道，為甚麼還要我交代，你向大家交代不就得了嗎？」她又反唇相譏：「你何不向大家交代一下，那個傍晚你到革委會主任王見那裡做甚麼去了，是早請示還是晚彙報【13】？」

群眾譁然。

小椏氣得說不出話，指著愛蓮的頭說：「你，你，你……」

愛蓮盯著她。小椏從她的眼裡看到了憤怒和怨恨。小椏低下頭，沒敢再看她。

另一個人站出來，揭發夏奇的反革命言論。愛蓮認出了這個人，就是早前一直跟蹤她的那個男人，革委會的走狗。這個男人指著夏奇，問愛蓮：「他是不是向你說共產黨是最沒人性的？」

群眾又譁然。高呼口號：「打倒反黨反社會主義的反革命分子！」

愛蓮說：「我沒聽到。」

那個男人說：「你庇護他，這對你沒好處。坦白從寬，抗拒從嚴！你如果替他掩飾、替他說話，只會令你罪加一等。」

「我交代。你們不要為難她。」夏奇說，「這是我說的話，但不管她的事。」

群眾又高呼口號：「打倒反革命！打倒地富反壞右！」

「你老實交代，你跟她是甚麼關係？」那個男人又問。

夏奇說：「我和她的關係是同事的關係、朋友的關係。」

群眾起哄：「是姦夫淫婦的關係吧？」

一陣哄亂過後，夏奇說：「她比你們在座的任何一個人都純潔高尚，比你們任何一個人都正派。我愛她！只是我配不上她！」

群眾又叫嚷起來。他們說：「太不要臉了，哪有這樣公開說『愛』的。」中國人是一個羞於公開將「愛」字宣之於口的人。所以，在這些人聽來，夏奇將「愛」說得那麼直白，簡直是不知羞恥。

「不要臉，真不要臉，呸！」

老魏在台上大聲叫：「安靜，安靜，讓他交代。」

愛蓮聽到這裡，眼裡流出淚水。這個不容易在人前流淚的女人，為夏奇的公開宣示而感動，她已聽不到那些人在嚷叫甚麼。她為自己得到了一個人的愛而感到滿足，此時，有他在一起，她不再感到孤單，也不再感到害怕。她在想，如果承受這麼多的痛苦，就是為了這一刻愛的見證，她也願意。她想，夏奇一定也是這個想法，好像他們遭受這些罪，就是為了重新發現對方、認識對方，實現彼此心中的愛。如果只有這樣，愛才能夠實現，那就讓這烈火燃燒吧，直到燒出兩顆愛的紅心。

在群眾的高叫聲中，夏奇多了一個罪名，陰謀復辟的反革命分子，立即隔離；而愛蓮也因為喪失革命立場而被開除出黨。

咆哮的群眾將夏奇押了下去，愛蓮不顧一切撲向夏奇，緊緊地抱住他，不讓那些革委會的人將他拉走。

人們都說，這個女人瘋了。

心遠在遠遠的地方看著批鬥會瘋狂的一幕，他在吶喊，但沒有人聽到他的聲音。從此以後，這個小孩再也沒說過一句話。他沒啞，但是，已不再說話。

愛蓮瘋了，但也真正解脫了。她從靈魂的監獄中釋放出來了，做回了自己。她被囚禁在心靈的黑牢中實在太久太久。

在撲向夏奇的那一瞬間，她整個的人蛻變了，從一個集體的人變成個體的人，從一個受到種種束縛的人變為自由的人。她背叛了革命，但她找到了人性；她失去了理智，但她獲得了靈性。

從那天開始，她遊蕩在小城的街頭巷尾，身後跟著小黑，那萬物之靈。人們都說她瘋了。她常常在笑，但人們不知道她真正找到了快樂。她再也沒有怨恨情仇，只有快樂和平靜。

她的頭髮全白了，真正成了白毛女。她每天從地震的廢墟中走出來，到大禮堂門口的槐樹下，跳她的獨舞《槐花飄香》。她跳舞時，身上常常披著一面血紅的紅旗，上面隱隱的有一個褪色的黨徽。因為她是瘋子，大家也就不再追究她了。

中國人就是這樣，只有把人逼瘋了，才會對他有一點寬容和同情。現在，人們都說：「她才是真正的白毛女，才是真正的舞者。」

要知道真實的歷史，不要只聽別人怎麼說，最可靠的方法是要還原那真實的一幕，讓我們還是回到那一天去，看看接下來發生了甚麼事吧。

愛蓮笑著離開了批鬥會場，笑得那些像木偶一般的群眾面面相覷，笑得他們感到莫名其妙，更笑得令他們膽戰心寒。這些沒有自己意志的人，從來都不知道自己在做甚麼，當然也不會懂得愛蓮的笑意味著甚麼。愛蓮走出會場，大家都說她瘋了，沒有人敢去阻擋她，只能眼巴巴地看著她離去。誰也不知道她走向哪裡？去到何方？

心遠又替母親寄了一大疊申訴信，然後帶著愛犬阿歡在外面遊蕩。這個沉默的孩子更沉默了。大人的世界令這個少年失去了判斷，他的思想迷失在群眾的叫嚷聲中。他不懂得這些大人為甚麼那般瘋狂，瘋狂得像一群野獸。他們並不知道自己的模樣，因為他們看不見自己。他看到了一個可怕的世界，一個瘋狂的世界。他只想逃離，只想躲得遠遠的。他和阿歡遊蕩了很久很久才回家。

他回到家裡，看見母親躺在床上，像在睡午覺。母親很久沒睡午覺了。自從父親坐牢後，她沒有一刻像今天這樣安謐，這樣平靜。也許她真是太累了，就讓她好好休息一會吧。

母親躺在床上，完全睡熟了。她真美。這是早春的天氣，天氣已經回暖。她穿著一件薄薄的襯衣，衣扣不知道甚麼時候鬆開了，露出豐腴而潔白的雙乳，像兩座小小的雪峰。心遠取來一面紅色的緞被，輕輕蓋在母親的身上，讓她安安靜靜地睡一個午覺。春天已經來了，母親的面色也紅潤起來。母親躺在床上，像以前那樣寧靜，好像這段日子甚麼事也沒有發生過。

嚴冬終於過去了，春風終於甦醒。

愛蓮醒過來。她走到三個被公安封上封條的木箱前，搬下其中一箱，倒轉放在地上，然後找來螺絲批和錘子，小心奕奕地敲開木箱的底部，這樣又不會破壞箱蓋上的封條。心遠在一旁幫手，他一直對這三個木箱存有極大的好奇心，一直想知道這裡面到底放了些甚麼，為甚麼抄家那天母親不讓公安打開。木箱打開了，愛蓮從木箱中取出物品，心遠發現大多是一些古典戲劇、小說，如《竇娥冤》、《西廂記》、《牡丹亭》、《桃花扇》，還有「三言兩拍」，都是一些禁書。心遠像打開了寶庫一樣，暗自歡喜。在他看來，這真是一個潘多拉的盒子。從此，他沉浸在這些舊書中。愛蓮從箱子裡拿出一個包裹，一層一層地打開，原來是裡面是一件絳紅色的衣服。心遠不知道那是甚麼衣服，以為是戲服。母親告訴他，這是旗袍。那是愛蓮的母親當年的嫁妝，母親留給了她，可她從來沒穿過這件旗袍。這是舊社會的服裝，時下的女人都不敢穿，也不能穿。

她在鏡前精心打扮起來，就像每次上台演出前一樣，為自己上妝。她穿上那件絳紅色的旗袍，一下子變了一個人。心遠暗自想，媽媽穿上這件衣服真漂亮。她在臉上抹了粉，塗上了胭脂；沒有口紅，就用寫革命標語的大紅紙抹抹嘴唇，雙唇頓時紅豔誘人。她又為自己梳了一個髮髻，還在上面插上一朵花。經過一番打扮，她一下子變成了一個少奶奶，一個舊時代的貴婦人。

心遠看著她，小黑也看著她。

小城的黃昏好像時光倒流，回到了一個久遠的年代，變得神秘起來。這是文工團試演《白毛女》的日子。人們陸續來到大禮堂。當人們聚集在大禮堂門口時，他們看到一個濃妝豔抹的貴婦從廢墟中走出來。大家都驚呆了，那是人還是鬼？大家都認出這個穿旗袍的貴婦是愛蓮，無不感到錯愕，但他們很快就安靜下來，圍著她。愛蓮旁若無人地走到槐樹下，跳起舞來。人們靜悄悄地看著她表演。

她整個人都復活了，像一個從睡夢中醒來的少婦，更像是一個從逝去的年代中走來的一個精靈，在槐樹下舒展她的身手。她在沉思、在懷想、在嘆息，像一朵寂寞無主的宮花在自怨自艾淒慘的身世，又像一個孤獨的旅人在秋風秋雨中悵望前程。

大家都被她的表演吸引住了，這是他們多少年沒有看見過的舞蹈。這舞蹈是那樣的柔美，又是那樣的深情，全然不同於人們看膩了的、硬梆梆的樣板戲。大家都看入迷了，沒有人想到要制止她跳下去，也沒有人願意打擾她。這一刻，小城裡的人感受到了她的悲苦與情仇，感受到了她哀怨與癡情。

這時候，槐樹開花了，一朵一朵綻放在黃昏的天空下，淡淡的花香在小城的天空中流溢。這真是不可思議的事，莫非那花仙子又顯靈了？

在這個無神的年代，人們看到了一個神的奇蹟，天上的飄落雪花，既像是槐花紛紛揚揚地由天而降，又像一些碎紙漫天飛灑。那是愛蓮書寫的申訴書被撕碎後的紙屑，還是真的六月雪？人們聞到了槐花的清香。這真是一個不可思議的異象，而所有這一切都是在她的舞蹈中發生的。人們看到了一段冤情。

從此，小城裡的人都說，她是一個鬼舞者。

從此，每天黃昏的時候，她都會在槐樹下舞蹈，像鬼魅一般舞蹈，風雨不改。她，這個人間的鬼，真正活在了自我的世界中。

也許，在一個虛假的社會、一個虛假的年代，一個人只有變成瘋子，才能真實地活著。

1 《白毛女》是一九四〇年代中國抗日戰爭末期在中國共產黨控制的解放區創作的一部具有深遠歷史影響的文藝作品。它後來被改編成多種藝術形式，經久不衰。主題是「舊社會把人逼成鬼、新社會把鬼變成人」。

2 黑五類是在文革時對政治身份為地主、富農、反革命、壞分子、右派等五類人的統稱，與紅五類相對。

3 亦稱工人階級專政，是共黨領導的，以工農聯盟為基礎的社會主義國家政權，其實是一種極權統治。歷史上，巴黎公社是人類歷史上第一個無產階級專政 政權，列寧在俄國建立的是第一個社會主義的無產階級專政 政權，中共在中國大陸實行的也是無產階級專政。

4 「反右運動」是中國共產黨於一九五七年發起的第一場波及社會各階層的大規模群衆性政治運動，結果數以百萬計的知識精英被劃為「右派」分子，受到勞動教養、監督勞動、留用察看、撤職、降職降級等懲處，不少人被發配到邊疆、農村、監獄從事繁重的體力勞動，留在城市的右派分子則被處罰從事沒人願意做的體力勞動，如清掃廁所等，或者在被歧視的情況下繼續原來的工作，個別人由於不堪侮辱自盡。

5 中國古代歷史上，依職業性質將臣民劃分為十級：官（政府官員），吏（不能擢升為官員的政府雇員），僧（佛教僧侶），道（道教道士），醫（醫生），工（工程技術人員），匠（低級手工技術人員），娼（妓女），儒（知識分子），丐（乞丐）。知識分子比娼妓都不如，僅稍稍好過乞丐。文革期間，知識分子是被打壓對象，毛澤東借用京劇《智取威虎山》中的一句臺詞「老九不能走」，以「老九」指代知識分子，故「臭老九」一詞在當年又成為一個廣泛流行語。國學大師梁漱溟先生在文革期間曾寫過《詠「臭老九」》，詩曰：九儒十丐古已有，而今又名臭老九。古之老九猶如人，今之老九不如狗。專政全憑知識無，反動皆因文化有。假若馬列生今世，也要揪出滿街走。

6 牛鬼蛇神原是佛教用語，說的是陰間鬼卒、神人等，後成為固定成語，比喻邪惡醜陋之物。在中國文化大革命中，牛鬼蛇神成了所有被打倒、「橫掃」的無辜受害者之統稱。

7 薛西佛斯是希臘神話中的人物，因觸犯了眾神，被懲罰把一塊巨石推上山頂，而那巨石未上山頂就又滾下山去，於是他只能不斷重複、永無止境地做這件事。薛西佛斯是個荒謬的英雄，他藐視神明，仇恨死亡，對生活充滿激情，這必然使他受盡非人的折磨，他以自己的整個身心致力於一種沒有效果的事業。

8 階級敵人是中共治下的專政對象，指階級鬥爭中處於敵對關係、敵對狀態的人，這些人是歷次政治運動的靶子。他們屬於受控制對象，沒有自由活動、通信、交往的權利，必須經常向管理者彙報其行動和去向。統治者對他們可以不經批准就採取隔離、搜查等措施。他們是制度化的被統治階級、人民公敵，無需審判，就被剝奪了選舉與被選舉。只要不屬於人民範疇就沒有公民地位，沒有政治權利，沒有法律權利——甚至連屬於法律底線的人身、尊嚴、住宅、通信權利都不受保護，更談不上名譽權、榮譽權、隱私權了。所有這些，隨時可以革命（階級鬥爭）的名義實施剝奪。現在，中共已放棄了階級鬥爭。

9 上綱上線也簡稱「上綱」。作為思想方法、話語方式，它不始於文革，卻是文革認識方法和工作方法的集中表現。「綱」和「線」，就是階級、階級鬥爭、無產階級專政、社會主義與資本主義誰勝誰負的大是大非。其表現為，經常把一般問題、非原則問題，也當作原則問題看待、處理，使其顯現出特別的嚴重性。丟一個吃剩的饅頭、遲到幾分鐘、穿高價時髦衣服、看西方哲學文學名著、對黨員幹部個人的不滿等，就被看作喪失原則，誇大為全局問題、立場問題、路線問題，進而加以治罪。

10 牛鬼蛇神原是佛教用語，說的是陰間鬼卒、神人等，後成為固定成語，比喻邪惡醜陋之物，在文化大革命中，牛鬼蛇神成了所有被打倒、「橫掃」的無辜受害者之統稱。凡是歷次政治運動被打入另冊的「反黨、反社會主義、反毛澤東思想」分子都是。最後蔓延到只要是造反派、當權者不喜歡或認定應打擊的對象，都可以定為「牛鬼蛇神」。它成為了一張無所不包的天羅地網。對這些人的處理，也像他們罪名的確立一樣，隨意性較大。因為沒有法定的政策界限，輕的被貼大字報、批鬥、審查，剃陰陽頭，限制人身自由，關進牛棚；重的被迫到五七幹校勞動改造，遣送農村落戶，註銷城市戶口，甚至家屬親友也受株連。

11 忠字舞是中國文革時期用於廣場（大場地）或遊行的隊列行進間的歌頌性群衆舞蹈。以《大海航行靠舵手》、《敬愛的毛主席》、《在北京的金山上》、《滿懷豪情迎九大》（「長江滾滾向東方」）和語錄歌等歌曲為伴唱、伴奏。流行於文革高潮期。舞蹈動作粗放、簡單、誇張，採取象形表意、圖解化的表現手法。主要動作分三步驟：雙手高舉表示對紅太陽的信仰，斜出弓步表示永遠追隨偉大導師毛主席，緊握雙拳表示要將革命進行到底。

12 潘多拉，希臘神話中火神或宙斯用粘土做成的地上的第一個女人，作為對普羅米修斯盜火的懲罰送給人類的第一個女人。宙斯將裝有會給人們帶來災難的所有邪惡的盒子託付給她，她出於好奇打開了盒子因而使人世間有了所有邪惡，只有「希望」還留在盒子裡。

13 早請示、晚匯報，是「文革」中一段時期內每天要實行的一種政治儀式，即指每天起床後，要向「毛主席他老人家」畫像請安；晚彙報，就是在就寢前，念念有詞，將一天的工作學習生活，向「毛主席他老人家」如實彙報。

大水這個人

一

大水這個人，真是無可救藥，滿腦子黃色思想，整天沒一句正經話。

他原本就住在我們這院子裡，只是因為一些莫須有的罪名，被辭退了公職，打發到鄉下去了。他重新出現在大家面前，是在大家都幾乎忘了他的時候。大家伸出手指一算，喲，二十多年了。他離開這裡已經二十多年了，時間過得真快。他這次回來，聽說是平了反，恢復了公職，還補發了二十年的工資。

大水一回來，這院子裡就多了不少笑聲。

最近，大家又給他取了個綽號，叫花柳水。別以為他有花柳病，他呀，一輩子也跟這病扯不上關係，你知道嗎，他是見花謝。啥是見花謝，嗨，望文生義嘛，照醫學的術語來說，就是陽痿、不舉，明了吧？告訴你，他本來有老婆，可是就因為那方面不行，女人跟人家跑了。他這人樣樣都好，可就是嘴沒遮攔，又有那個毛病，一直找不到老婆。女人一知道他有那毛病，就要手擰頭，跑開了。所以，他如今四十多歲，還是光棍一條。為啥他又叫花柳水？嗨，說起來又是一個故事。

早前，他出差去南方，單位上一個女同志要他帶一瓶花露水。他在廣州的百貨店，用他剛向當地人學來的廣東話說：「售貨員同志，我想買一瓶花柳水。」售貨員說：「我們這裡不買花柳水，你到藥房去看看吧。」他指著貨架上的一樽樽花露水，說，那不是花柳水嗎？售貨員白了他一眼，說：「那不是花柳水，是花露水！」售貨員故意提高聲調，讓周圍的人都聽得清清楚楚，引起一陣哄笑。大水面懵懵，想找個地方鑽下去，可又入地無門，那副窘態，別提多狼狽了。他一出差回來，這花柳水的別號也就唱響了。

大水落得這不雅的雅號，也並非完全不靠譜。你想，他那張嘴，三句話不離本行，整天都聯想到肚臍三吋以下的地方，那不也算精神花柳病嗎？加上他的本名最後一個字就是水，前面冠上「花柳」二字，也實在貼切不過。

但是，雖說他狗嘴裡吐不出象牙，大院裡的婆娘們聽了他的調侃話，倒也總是咯咯咯笑，嘴上罵他不正經，可又愛聽。他們都知道，他呀，就這德性，見了誰家的女人，總要討個嘴上的便宜，別人的男人聽了也不吃醋。大家都知道，他就騷在嘴上，實際的行動不來，是個「理論家」。

大水討女人喜歡，也受男人歡迎，倒不光是會耍嘴皮子，講一些葷笑話，對人也好，愛幫個忙，誰家有啥事，叫聲大水，他就來了，而且他能侃，站在街邊電燈柱下，他也能跟人侃上半天。

吔，說曹操，曹操到，這不，他來了。真是白天別說人，晚上別講鬼。

「喂，大水，聽說你這次補了一大筆錢，要娶媳婦了。」正在洗被單的阿玉大聲對大水說。

「你這是從哪裡聽來的？」大水咧嘴笑著，既不否認也不肯定。

「像你現在這條件，應該有好多女孩子等著你呢。」阿玉又說。

「好女孩多的是，可我要找就要找一個跟你一模一樣的，非你……這般模樣的不娶。」大水故意把「你」字拖得長長的。

「呸！你這個癩蛤蟆，還想吃天鵝肉，也不拉一泡稀屎照照自己。」正在洗菜的慶嫂衝著大水罵起來。說她是在罵吧，也不是，只是不值阿玉被他討便宜而已。

大水嘿嘿一笑，「想吃天鵝肉又怎麼樣，癩蛤蟆就不能想吃天鵝肉，這是甚麼王法？」

慶嫂說：「我說不過你，你這人歪道理多。你就是肚子裡太多歪道道，把心思想歪了，才得了這個花柳病，平時像個發情的騷驢子，真正要你真刀真槍的時候，又丟盔棄甲，不行了，你算男人嗎？」

井台邊的女人們都哈哈笑。

慶嫂拿大水的缺陷來挖苦他，簡直說到了他的痛處。可大水並不生氣，他從來不把別人的挖苦、嘲諷當回事。二十年來的人生遭遇，早讓他丟盡了臉面，這些話不算甚麼。一個已經失去尊嚴的人，哪會在乎別人的挖苦、嘲諷？

他說：「這樣還不好嗎，我不會到處留情，惹是生非，是最值得信賴的男人。別看你家的男人嘴上不說，看到女人就眼睛發光，難保他不偷雞摸狗，回到家可能比我還不如。」

「你這個死花柳水，嘴總是不饒人，小心你自己那東西被狗叼去。吊兒郎當，真不像樣子。」慶嫂似嗔似怒地罵。

大水說的話可都是理，女人們聽了細細一想，都覺得是這麼回事。男人那東西天生就是一個是非根，離不得又靠不住，一有機會就想往別人的地方鑽。

正說話間，阿玉的女兒水晶端著一盆衣服走過來了。水晶高中畢業後，一直沒有正式工作，只在單位食堂做臨時工、賣飯票，平時就在家幫母親做家務，是個人見人愛的女孩。

大水一看到水晶，馬上變得一本正經。他從來不在女孩子面前講葷話。他望著水晶，讚美地說：「看看水晶多漂亮，全靠她媽的基因好。」

水晶聽大水叔叔贊她漂亮，羞得滿臉緋紅，低著頭，挨著母親洗起衫來。她不習慣聽別人的稱讚，這好像是將她推到台上供人觀賞一樣，難為情。

阿玉對著水晶說：「看到大水叔叔也不叫人。」

水晶抬頭叫了大水一聲叔叔，臉上浮現嬌羞的紅暈，像桃花一樣嬌人。

大水說，這大院裡的女孩子，就數水晶最文靜，最討人喜歡。

慶嫂說，哎喲，你這個死花柳水呀，又看上人家阿玉的閨女了。

話可不能亂講。大水說，我說的可是正經話，水晶真像古代仕女，要模樣有模樣，要氣質有氣質，讓她去演林黛玉最適合不過。

水晶一聽到大人的議論，拿起母親剛洗好的衣服，便走到一邊晾曬去了。

阿玉衝著她的背影說：「水晶，你晾完衫就跟大水叔叔到他的宿舍去，幫我拿兩本書回來。」

大水回到這大院後，也不知道從哪裡弄來一大箱古典文學名著，那都是文革破四舊時被人偷偷留存下來的禁書。這些「毒草」被人發現了可是會惹禍上身的，所以只能私底下流傳。水晶充當母親的地下交通員，已經不是第一次了。她也喜歡看書，從大水叔叔那裡借回來的書，她也偷著看，最喜歡的是《古今小說》，像《賣油郎獨佔花魁女》、《蔣興哥重會珍珠衫》、《杜十娘怒沉百寶箱》等等故事，都讓她看得如癡如醉。看這些書，成了她這個長長假期的最大樂趣。這些書像開啟了一扇從未開啟的窗戶，讓她看到了很多以前想也想不到的人間風景，開闊了視野，也打開了她少女的心扉。她實再想不到人世間還有那麼多好看的書。原本阿玉不讓水晶看，可水晶一人在家時悄悄偷來看。阿玉知道她已經看了這些書，也就不再制止她，相反與女兒悄悄地討論起書中的情節和人物。不過，阿玉還是一再叮囑水晶，不能到外面說。水晶好像一下子長大了許多，變得跟同齡的女孩子不一樣了。大水叔叔在她眼中，好像變成了一個無所不知的老師，她對他既敬又畏，而且特別期盼到大水叔叔那裡去借書。對她來說，大水的宿舍簡直就是一個寶庫。

大水確實是個讀書人，看的書多，又特別能侃，聽說還愛舞文弄墨，當年就是因為寫了幾首詩，加上口無遮攔吃了大虧。正是江山易改、本性難移，大水遭了二十年的罪，卻一點沒改變那的本性，他還是一樣愛跟人談風說月，家事、國事、天下事，好像都跟他有關，事事關心。

哎，水晶，來幫忙擰擰被單。阿玉從水槽裡撈出一床被單，卻不夠力擰，直叫女兒過來幫手。大手挽起衣袖，拉著被單的另一頭，與阿玉合力擰起來。他的勁大，將阿玉反手扭向一邊，整個身子幾乎傾倒在水池邊。

慶嫂見狀說：「大水還有一把騷勁呢。」

大水來勁地說：「想到毛主席，周身都有力。」

慶嫂說：「那以後你就多想想毛主席。」

「哈哈哈！」井台邊的婆娘們又是一陣哄笑。

正在說笑間，有人來把大水叫去了，說是黃部長要找他談話。

大水一聽部長找談話，將濕濕的手背在屁股上擦兩把，捽捽手，跟著去了。

「聽說大水有對象了。」他一走開，正在水井邊洗衫、洗菜的娘們又議論起新的話題。

「女方是誰？就是城關半邊街的那個肥婆娘，聽說這娘們是個寡婦，尅夫，已經死了兩個老公。告訴你一個秘密，不要跟別人講，這個女人可騷呢，非常大食，輕易滿足不了她。」

「哎呀，這花柳水怎麼應付得了她，那不是要他的命嗎？」

「吔，不對，你說這個女人大食，花柳水又是見花謝，她又不是不知道，怎麼肯嫁給他？貪圖他甚麼呢？」

「這倒是，說不定這女人是貪他的錢呢。」

「是呀，大水是大學生，從北京分配到這裡的，當年月工資已經六十多塊了，人家這次補的錢，聽說過萬元呢。可以買下半條半邊街的房子呢。」

女人們談論著大水的這樁婚事，好像已經預感到故事的結局會很精彩。因為直覺告訴他們，這一對不太門當戶對，有好戲看呢。

二

水晶站在大水叔叔的門前，等著他回來。

這是一間破落的小屋，在大院的西北角，靠近公厠的位置。以前，這是看大門的汪老頭住的，自從老人家在兩年前的一個冬夜暴斃後，便再也沒有人居住了。老人家在這小屋裡死了兩天才被人發現。大家都說他是凍死的。他死的姿態可以證明大家的推測。他倒臥在火塘邊，手上還握著一個空的火柴盒，旁邊留下一大堆燃燒過的火柴梗。想必，他是要點燃火塘，但劃光了所有的火柴，都沒能將火塘裡的木柴點燃。那一堆被燒焦了一端的火柴梗，並沒有完全燃燒，顯然只是一閃即熄滅。看來，老人是被凍僵了，手抖得沒辦法拿穩一根火柴，更沒辦法點著一條小木棍。大家都為這個發現而唏噓，同時又隱隱的自責、內疚。為甚麼就沒人去看看他呢，如果早一點發現就不致於發生這樣的不幸。大家都沒有把這話說出口，而且似乎都在迴避更深入的討論。大院裡的人似乎一下子都成了一宗謀殺案的共犯，大家都對某些細節諱莫如深，雖然，事實上老人的死跟他們之中的任何一個人都沒有關係，但他們的內心卻是不安寧的，心中有愧呀！淡忘是消除罪咎感的最好方式，時間就是最好的洗滌劑，褪去記憶，也消除愧疚。

大家很快忘記了老人家，連帶他居住的小屋也被遺忘了，似乎連院子的西北角也忘記了。這裡日漸一日地荒蕪，成了孩子們捉迷藏的領地。直到大水回到大家的視線中來，人們才又想起了那間陋室。大水知道汪老頭就死在那間屋裡，但他一點不避諱，快快樂樂地搬了進去。不管怎麼說，這是他二十多年來最好的居所。他終於有了一個自己的窩子，而且是自成一角，何陋之有呢？

水晶在屋外徘徊著，手上捧著兩本用白紙包上封面的書。

媽媽告訴她，大水叔叔年輕的時候愛寫詩，還在詩刊上發表過作品，但也是因為寫詩而倒霉。水晶感覺到大水叔叔跟別人不一樣，他有文化，而且他身上的那種文化人氣味是洗不掉的。雖然他穿得很樸素，衣著打扮甚至像個農民，神態舉止卻透出一種難以言喻的氣質，而不像鄉下人那樣怯懦自卑。他對人總是笑臉相迎，從不參與東家長西家短的閒話，對大院裡的是是非非也總是一副事不關己的模樣。水晶打心底裡喜歡他，也想接近他。這不，今天她趁著來還書，帶來了一篇剛剛寫好的習作，想讓大水叔叔提提意見。

「水晶，你來了？」大水叔叔就站在水晶的身後。

水晶回過頭，說：「我來還書。」

大水推開木門，說：「進屋裡坐吧。」他從來不鎖門，只是將門虛掩上。

屋裡空空盪盪，除了一張木床、一張書桌、一口木箱、一個木板搭起來的簡易書架外，便沒有甚麼家當了。大水用報紙將小屋的四壁裱糊了一次，屋子裡顯得潔淨許多。牆紙上大大小小的標題一目了然，都是時事內容，「十一屆三中全會」、「解放思想」、「改革開放」的字眼觸目皆是，這些文字並不礙眼，反倒讓小屋多了一些書香味和溫馨感。

水晶將書還給大水，又遞上一本作業本，說：「大水叔叔，我寫了一篇作文，想請你提意見呢。」

大水接過本子，笑說：「喲，水晶的大作，一定要好好拜讀。」

水晶羞紅了臉。大水叔叔一口一個大作，又是甚麼拜讀，她怎麼受得起這樣的話語？不過，她心裡倒是暖暖的。因為大水叔叔不會唬弄她。

大水拉出書枱下的板櫈，讓水晶坐，自己則坐在木床上。他打開本子，翻閱起來。

水晶打量著屋子。自從大水搬進來後，這間小屋變得有人氣了，散發出一種溫馨的書卷感，跟汪老頭居住時的冷寂、破敗感不一樣。同一間屋子，同樣的殘舊，卻可以因為主人的不同而給人不一樣的感覺，好像是人給了屋子一個靈魂。

大水讀完第一頁，問：「水晶，你是在寫這間屋子，是在寫汪老頭吧？」

水晶見大水嚴肅的神情，心底惴惴的，她怯怯地回答說：「是。」

大水「嗯」了一聲，又繼續讀下去。

水晶有點後悔將這篇不成熟的習作拿出來獻醜，更為自己的天真而不知所措。她想馬上逃離，以免聽到大水叔叔的批評，這是多麼不成熟的文字呀，怎麼好意思拿出來給人看呢？

大水看完了這篇有三頁紙的文章，問：「水晶，你怎麼會想到寫汪老頭呢？」

水晶答不上話。她不知道怎樣回答大水叔叔的問題。她想過大水叔叔會說這篇習作簡直不像樣子，太幼稚，或者有甚麼地方文字不通，一塌糊塗，但沒想到他會提這樣一個問題。她寫這間小屋、寫汪老頭，純粹是鬼使神差，自己也說不清楚為甚麼要寫這樣的東西。那些天，她總想著這間小屋，總想到汪老頭的死狀，想到大院裡的人那種諱莫如深的尷尬，於是信筆寫下了這些文字。她不指望這些文字得到別人的欣賞，但總覺得大水叔叔會理解她的文字，她信任他，也在乎他的評價，雖然她已做好了思想準備，接受她的批評。她怯怯地說：「我也說不清，只是老想到他就寫下來了。」

「水晶，你寫得真好！」

她不太相信自己的耳朵，怔怔地望著大水叔叔。

大水說：「水晶，你寫得太好了，你應該繼續寫下去。你會是一個出色的作家。但是，你寫的這些東西，現在不可能在報刊雜誌上發表，不合主旋律。」

水晶像得到一個獎賞一樣，整個人都想跳起來。她沒想到大水叔叔會給她這麼高的評價。她可以不在乎別人怎麼評說，但絕對在乎他怎樣看她的文字。她不管自己的文字能不能在報刊發表，只想得到一個人的承認。在她眼中，大水叔叔就是一個最好的裁判。她問：「我真的應該寫下去嗎？真的可以成為一個作家嗎？」

大水看到她的神情，不無憐愛地說：「真是個孩子。」他頓了頓，問：「你真想成一個作家？你知道嗎，做一個能寫會畫的人很容易，但要成為一個真正的作家卻很難，要受很多苦、遭很多罪。我看你還是不要有這樣的念頭。當作家，遭罪呀！」

水晶不解，為甚麼大水叔叔剛說她可以成為一個出色的作家，但又要她放棄這樣的念頭。

大水說：「現在給你說這些，你也未必理解。他說，我送幾本書給你，等你看完了這些書，我再跟你討論。」

水晶沒想到大水叔叔會用「討論」這個字眼，好像他把她當成了平輩的朋友。她真不知道怎樣回答他的話。

大水蹲下身去，在床下拉出一個木箱。這是一個上了鎖的箱子，上面布滿了厚厚一層灰塵。他平時連門都不鎖，卻要鎖上這個箱子，而且將它藏得那麼深，可見這箱子裡的東西是他的寶貝。箱子打開了，水晶看到的是滿滿當當的書，那都是一些有年頭的書，有的還是精裝燙金的封面，雨果的《巴黎聖母院》、但丁的《神曲》、歌德的《浮士德》……水晶像看到一箱珍寶似的，驚呼這麼多好書。

大水說：「這些都是絕版書，是我當年冒險留下來的。如果被人知道可是要罪加一等的。」他取出兩本書，一本是契訶夫的短篇小說集，一本是托爾斯泰的《安娜・卡列妮拉》，遞給水晶。他說：「這幾本書都送給你了，好好讀吧。」

水晶接過書，翻開了契訶夫。她看著那個戴眼鏡、有濃密鬍鬚的作家肖像，說：「我讀過他的《萬卡》，一直都記得那個鄉下孩子的遭遇，不幸的人在哪裡都一樣。」

大水又在木箱裡翻出一本陀思妥耶夫斯基的《罪與罰》，在她眼前一晃，問道：「看過他的書嗎？」

水晶搖搖頭，沒看過。大水將書遞給她。

「這本也給你。多讀一點俄羅斯作家的書，你會喜歡的，讀完他們的書，你會對自己寫的東西更有信心，也會更明白寫甚麼，怎麼寫。」

水晶說：「拿你這麼多書，媽媽會說我的。」

「那我們就交換吧。」大水說。

「我可沒有好書跟你交換。」

「怎麼沒有？你不是給我看過你的作品了嗎？那可是我很久沒有讀到過的好文章呢。這已經足以換取這些書了。」大水說。

「我這篇東西算甚麼呢？大水叔叔你別取笑我了。」水晶一臉紅暈。

「大水叔叔可不會取笑你，我說的是真話。咱們來個君子協議，以後你每寫一篇文章，就讓我先睹為快，我認為好的，就可以換走一本書，這箱子裡的書隨你挑，看上哪一本就拿哪一本。」

水晶問：「我換走你一整箱書，你捨得嗎？我聽媽媽說你是愛書人，把書看得比命還重。」

大水說：「你媽媽說的話沒錯，我確實是嗜書如命的人，但是書不是拿來裝飾自己的，也不是拿來收藏的。書是拿來讀的，讀一本好書就像打開一扇窗戶，讓人心裡亮堂。書又像火把，是用來照亮夜行人的，可以傳遞下去，所以書贈有緣人，也是一種功德。」

水晶從來沒跟人如此討論過書，大水叔叔的話讓她感到特別貼心。她真恨不得把這箱裡的書都換走，再傳給別人。她將作業本遞給大水叔叔，說：「那我就拿走這些書了，我還會再來換的。」

大水說：「天晚了，我不留你了。」

謝謝大水叔叔。水晶第一次跟大水談這麼多話，也是第一次在他的小屋裡停留這麼長時間。奇怪的是，她今天竟有一點捨不得離開，好像還有話想跟大水叔叔講。她說：「我明天再來。」

大水說：「隨時歡迎。」

水晶剛走出門，大水又把她叫住了。大水問：「想演戲嗎？」

「演戲？我怎麼會演戲？」水晶笑著搖頭，連聲說不行。

大水說：「明天你來文化館找我，我們要創作一齣戲，你來參加創作吧，而且我想由你來做主角。」

「我行嗎？」

「行！」

三

原來，宣傳部要大水主持編排一齣話劇。這齣戲根據本地流傳的民間故事《鹽姑娘娘》改編，反映我們這個千年古鎮的歷史。這可是一件大事，昨天黃部長將大水叫去，就是給他交代這件事，要他做編劇兼導演。

部長說了：「現在不興演樣板戲了，搞一點有地方特色的節目，這可是為我們白鹽井鎮爭光的工作，只可做好，不能搞砸了。部長說，這齣戲要在國慶節演出，從編劇到排練演出只有三個多月時間，必須抓緊時間，這一次就看大水的表現了。」

大水對領導的話心領神會，他懂得這「表現」二字的份量。那言下之意，是說如果這件事做好了，他以後還有機會再表現表現，如果搞砸了，那肯定是打回原形，做他的圖書管理員去。大水對自己的工作原本並不存甚麼幻想，能做一個圖書管理員，對他這個北京名牌大學的畢業生來說，已經是很好的待遇。想想二十年來的遭遇和經歷，能重新獲得工作，是何等的難得？他知足了。想不到，部長給他這樣一個任務，讓他有了一次真正施展所學的機會，他怎能不激動與慶幸呢？他當即向部長拍胸口，一定不辜負領導的期望。

大水沒有別的要求，就提出要水晶來參加創作並擔任主角，扮演鹽姑娘娘。部長點頭，行行，這事就這麼定下來了。

就這樣，大水一下子成了劇組的靈魂人物，領導著十幾號人，風風火火地開始了他們的工作。劇組集結了這小鎮裡善長舞文弄墨、吹拉唱打的人物，如廣播站的老馬、電影院的阿剛，都是這小城裡有名聲的人，只有水晶是新人，從來沒有顯露過這方面的天賦，可大家都對她寄以十足的信心，阿玉的女兒呀，能不遺傳母親能歌善舞的基因嗎？大家都喜歡她，想和她在一起。模樣好的女孩子，好像天生就是一塊磁石，更何況水晶有著別的女孩所缺少的麗質，那就是林妹妹似的書香味。

這些日子，大水的小屋成了一班人的聚腳地，每天晚上都像在聚會一樣，好不熱鬧。相比起往時入夜後的蕭瑟，這後院一下子多了一些人氣。大水將聚會喚作「破屋沙龍」，一班人樂此不疲，一時真有點做大事的架勢。

大水和水晶負責創作劇本，很快拿出了初稿，並由水晶謄抄、刻鋼板。大水有心幫水晶在文娛方面發展，特意將她留在身邊，為她在文化館謀一個職位，發揮她的特長，好過在機關食堂賣飯票。今晚，討論完劇目後，眾人都散去，就大水和水晶仍在小屋裡伏案書寫。小城的電力不足，燈火永遠昏昏暗暗。大水點上一隻蠟燭，移到水晶的桌前，他說：

「光度不夠，點上一隻蠟燭增加一點光亮。」

水晶拿出一個紙包，遞給大水。「給你的，還熱的呢，趁熱吃吧。」

大水接過，手心熱烘烘的。他打開紙包一看，「喲，是熱包子，好呀好呀，我最喜歡吃包子。」大水拿出一個給水晶，「你也一塊吃。」

「都給你的，我媽說你難得吃下一頓像樣的東西，專門留給你的。」

「你媽真有心。」大水咬了一口，頓時香味四溢。他狼吞虎咽，三口兩口，一個包子就下肚了。

水晶咯咯笑，她說：「你這樣吃東西，能吃出滋味嗎？一口一口吃，好東西要慢慢品嚐。」

「也是，也是。」大水又拿出一個包子，小心奕奕地咬了一口，合著嘴咀嚼，好像怕流出了汁液，失去了任何滋味。

水晶又咯咯笑，「你這人怎麼不左就右，吃得包嘴包嘴的，像個沒牙的婆婆，那麼滑稽。」

「這不跟著你的指示做嗎？」大水也笑著說，「莫非你也成了共產黨的官，朝令夕改，一會指東一會指西，搞得人不知從。」

「我才不是那樣的人。」水晶問：「怎麼樣，好吃嗎？」
「好吃。你媽的廚藝真好，可惜我沒這個福份，經常吃到這麼好的東西。」
「你只讚我媽的廚藝好，太不公平了。」水晶說，「告訴你吧，這是我親手做的。」
「你做的？想不到你還有這一手。」大水連聲讚嘆，「你真是心靈手巧，進得廚房寫得文章呀！」
「你又在拿我尋開心了。」
「我說的可是實話，都是真心話。」
水晶的臉上浮現出一抹紅暈。女孩子就喜歡聽別人的讚美，也喜歡聽別人的表白。她明知道他說的是真話，仍要說上一句：「我不信。」
「我從不騙人。」大水變得木訥起來，跟平時口花花的他判若兩人。似乎為了解窘，他說：「我們還是趕快做完手上的活吧。」
屋子裡燈光雖然昏暗，卻有幾分溫馨的暖意，蠟燭的火苗微微顫動，好像有一絲不安的心緒在跳動。兩人突然沒了話說，各自埋頭工作。
「哎喲，抄錯了一行字。」水晶拿起蠟紙，借助蠟燭的火苗察看。
大水接過蠟紙，教她熔化蠟紙上的錯字，重新改寫。他的手觸到了她的手背，一股電流傳遍她的全身。兩人在蠟燭前察看蠟紙，幾乎頭碰著頭、臉貼著臉，連彼此的呼吸都能感受到了。她很喜歡這樣的時刻，也喜歡這種親密的感覺，但她的臉在發燙。
大水好像意識到了甚麼，退開了一步。

兩人都不言語，屋子裡變得燠熱起來。大水說：「今年的天氣有點反常，才過了芒種就這麼熱。時間不早了，今晚就做到這裡吧。」

小城的天黑得早，人們也習慣早睡，晚上八、九點鐘已沒有甚麼夜行人。大水送水晶出門，大院裡一派靜寂，只有月光如水，石板路鍍上了一層銀輝，如一條流淌的溪流。

「多好的月光呀！」水晶驚喜地感嘆。

「明月當空照，黃狗臥花蔭。」大水隨口道出兩句詩。他說：「要是能約上幾個朋友，到月亮塘邊喝喝酒，舉杯邀明月，該是多愜意呀！」

「不如我們現在就到月亮塘去走走。」水晶建議。

「好呀！走，到月亮塘邊走走。」

從大院到月亮塘，就五分鐘的路，經過廣播站，向左拐，順著松柏小徑走上幾步，便到了的水塘邊。月光下的水塘如一面鏡子，反照著天上的那輪圓月，構成了一幅兩相輝映的圖畫，這天地間的造化，總是讓人無法形容，無法言語，他們只能喃喃地發出驚嘆：「好美！好美！」

夜如白晝，天地間恍如充溢著盈盈的波光，啟人情思，誘人春心。大水和水晶並肩漫步在松柏小徑間，水晶不自覺地將手輕輕搭在他的臂彎上。

「舉杯邀明月，對影成三人。」大水說，「想必當年李白當年也在這樣的時刻，對著皎皎明月感慨萬千。時光流逝，歲月流轉，千百年過去了，人世間不知經歷了多少興衰更替，該消失的都消失了，該腐朽的都腐朽了，只有這輪蒼老的月亮依然明亮如初，不動聲色地默默注視著世間萬物的枯榮。你說，這輪老月該見證了多少人間的悲歡離合？」

這月亮塘邊曾留有他青春的剪影。二十多年前，也是在這樣的夜晚，他和一個美麗的姑娘也曾漫步在這松柏小徑上，她就是水晶的媽媽阿玉。那時候，他們剛剛二十出頭，都是剛從大城市來到這邊陲小城的大學生，他在文化館做編劇，她則在劇團做演員。往事真是不堪回首呀，一轉眼就是二十多年，她已經是別人的妻子，而且是一個待嫁閨女的母親；而他呢，飽受劫難，至今仍孤子一人。時光彷如在倒流，只可惜韶光已去，他已步入中年，而走在他身邊的青春玉女，已不是當年的阿玉，而是她的女兒。

「命運呀，你真會開玩笑，在經歷二十多年煎熬與折磨後，將我身邊的人換成她的女兒。」那天，阿玉也是這樣輕輕地挽著他的手臂，款款漫步在水畔，讓青春的倒影與水月共舞。誰又能想到，他的噩運也始於那一夜。

大水與水晶並肩而行，但感覺身邊的人就是阿玉。是的，她就是阿玉。那個夜晚，他們手拉著手，在月光下徜徉，並發出陣陣歡樂的笑聲。可就是在這個時候，黃雲五出現在他們的面前。又是他，怎麼又是他？真是冤家路窄。每個人的生命中，都注定會有一個死對頭，一個冤家，相生相剋，躲也躲不了，避也避不過，只要卯上了，便會跟著你一世。大水的命途中，總是避不過的男人，就是他，過去的小黃，今天的黃部長。他們在一起真像貼錯門神，天生一對，可就是各朝一方。對他們來說，一個人的得意，就是另一個人的失意：一個人的歡樂，給另一個人帶來的是痛苦；一個人的成功，又意味著另一個人的失敗。大水看到黃雲五走過來，鬆開了拉著阿玉的手。

黃雲五走到阿玉面前，說：「我到處在找你，原來你到這裡來了。」小黃是支部書記，他要找阿玉談心，做思想工作。

小黃對大水說：「你回去吧，現在可不是花前月下的時候，我和阿玉還有正經事要談。」

「大水，你在想甚麼呢？」水晶睜著大眼，目光像月光般明澈。

大水回過神來，連聲說沒甚麼。他指著水中的月亮說：「同一個月亮，卻有不同的故事呀。二十多年了，我沒見過這麼美的月亮。」

「喜歡嗎？」水晶的眼睛好像會說話，閃耀著喜悅的光。

大水說：「可惜一切都如鏡花水月，轉眼即逝。美景雖好，卻不能代替現實。」

「怎麼一下子這麼消極？難道此時此刻的美景不是現實嗎？」水晶說，「這是實實在在的美好時刻，這一刻屬於你和我，這不是真實的嗎？」

「這是真實的，真實得像夢一樣。」

「真實得像夢？難道你覺得這一切都是虛幻的？」水晶說，「我們天天晚上都可以在一起，讓月亮塘見證屬於我們的時刻。」

「可是……」大水卻言又止。

「可是甚麼呢？」

「我們不可能在一起，你明白嗎？」大水說，「我明白你的心，可是我們不能在一起。」

水晶的眼裡好像浮現一片烏雲，黯了下來。

「為甚麼？這是為甚麼？」

「這是命，你明白嗎？命。」大水說。

四

大水結婚了。新娘果真是半邊街那個寡居的肥婆。

大院裡又是一陣熱鬧，大家都說大水飢不擇食了，這可真是俗語所言：「不理好醜，但求就手。」不過，大家也都理解他的處境。他需要一個女人，需要一個家，當然也就顧不得甚麼了。像他這樣的人，要找一個女人不容易。有頭有面的人家不會看上他，畢竟他在政治上有污點，就算如今平了反，始終還是一個曾經被貶過的人，終究算不得清白。再說，經過這一折騰，人到了中年，直奔半百了，誰家黃花閨女願意嫁給一個可以做自己父親的人呢？別說黃花閨女，就連失婚的女人，也不容易找到。人家一聽說他那「見花謝」的毛病，就掩著嘴笑。女人在如狼似虎的年歲，發起情來，可真是比男人還狼，做丈夫的少一點雄性賀爾蒙都吃不消呀。這大水人雖好，可偏偏犯了那毛病，這老天爺也太不通情理了吧？如此想來，大水能找到那個肥婆，也真是無話可說了。儘管如此，大家都說那個女人可不是正經貨色，她肯嫁給大水，看來也不是那麼簡單，多半圖他那筆錢。不過，現在人家已到了拉上天窗進洞房的地步，又有甚麼好說的呢，由他去吧，大家趁這個日子鬧他一回才是正經。

大水的婚禮很簡單，就是把那間破屋粉飾了一下，門上貼一副紅紙金字的對聯，買上一些香煙水果，請一眾親朋好友來慶賀一番而已。兩人都是二婚，也沒有那麼多講究。再說，這個年頭講究簡樸，也不興大酒大肉那一套，保持革命本色嗎？應該的。婚禮雖然簡單，過程可不馬虎，該有的程序還是應該有。破四舊、反傳統，總不能把好的習俗都給破了吧。新娘家的親朋戚友加上大水的一班豬朋狗友，都認為鬧房這個程序不能免。當然，現在是革命年代，鬧房也不能來庸俗的那一套，再說結合革命的實際情況，也該來點新玩意兒。

話說這天晚上，一對新人在破舊的新房裡也算勞累了一天，賀喜的人吃過喜糖，都陸續散去後，也就到了小兩口入洞房的時候。可是，這大水入洞房還不是那麼簡單，對他來說要行周公之禮光靠主觀意志還不行，需得有藥物輔助。大水只能到縣醫院打一針壯陽藥，才能一振他新郎哥的雄風。

大水的豬朋狗友們今天特別通氣，不過晚上八、九點鐘，便走得七七八八，沒有為難一對新人的意思。大水心頭竊喜，鬆了一口氣，心想還是這些哥們夠義氣，阿彌陀佛，說來也是自己平時人緣好，免了一番折騰，今晚可以美美地睡一覺了。他抬手看一看錶，晚上九點，真好，可以到縣醫院的門診部打一針，回到家就可以和新娘子好好溫存一番了。

大水從大家的話語中，察覺到別人的想法。他想：「我和阿花兩人由結識到談婚論嫁，也就三幾個月，快是快了一些，但也算不得閃電結婚吧？試想，若是在戰爭年代，可容不得你花前月下、卿卿我我，那種環境的結合才是閃電呢。我大水和阿花，好歹也算經過一番了解、戀愛，你情我願，沒啥好說的。」

大水跟阿花談戀愛幾個月，只跟人家拖拖手、親親臉頰，可不曾有越軌之舉，說來也是規矩之人。別說現在是革命年代，時下的年輕人可不成體統，見過幾次面，已搞在一起了。哎，時代不同了，那些二婚的，更是乾柴烈火，早早就不清不楚地住在一起了。時代不同了，時代不同了。

大水輕輕鬆鬆從縣醫院裡走出來，吹著口哨走在昏暗的夜街上。小城裡的街燈很暗，暗得像一團燭光，雖不足以照亮地面，卻能給夜行人帶來絲絲暖意。大水心頭暖暖的，興致也特別好。他想到了阿花圓滾滾的身子，好像看到了那讓他日思夜想的凝脂玉露，那是女人的身體，是讓男人的骨頭發酥的軟玉溫香。一想到這裡，他的胯下就膨脹起來了。

「這個萎靡不振的小兄弟，今天終於抬起頭，像個男人了。今晚就看你的了，兄弟！」

「大水，在跟誰說話呢？」

大水循聲望去，是廣播站的老馬，馬如龍。

大水嘿嘿一笑，「沒啥、沒啥。」昏暗的光，照著他臉，那臉龐展現滿面的喜色，紅艷艷的。

老馬是廣播站的記者兼編輯，可說是這小城裡最資深的，當然也是唯一的傳媒人。他每天的工作就是負責早中晚三次的廣播，採訪加編輯，裡裡外外的所有事都是他一人在做。擔任播音員的是阿玉，就是水晶的媽媽。老馬也算是這小城裡的一個知名文化人，平時跟大水很要好，兩人常常來往。此時巧遇，又免不了一陣寒暄。這兩個人碰在一起，可不是寒暄幾句、打打招呼那麼簡單，而是家事、國事、天下事，事事關心。

大水問：「今天有甚麼大新聞？」

老馬說：「今天這小城裡除了老哥的喜事，還能有甚麼大新聞。」

大水說：「我當然是說大喇叭裡播的新聞。」

老馬「嗨」一聲，不屑地說：「這大喇叭只不過是一個傳聲筒，能有啥希奇的事。」

大水說：「話可不能這麼說，那傳聲筒也可透露出真正的聲音，關鍵是看你怎樣理解。」大水一邊說一邊摸出一包香煙，抽出一支，遞到老馬面前，「來，抽上一支。」

老馬接過煙，湊到鼻前，將煙由頭到尾嗅了一遍，連聲說：「好煙，好煙。」然後施施然掏出火柴，吡一聲劃亮火柴，雙手捂住火苗，再湊近煙頭，深深吸一口，悠悠地吐出一串煙圈，十分享受地說：「好煙，好煙！」

大水喜滋滋地看著老馬點燃香煙，再看著他那快樂模樣，好像自己也在享受著香煙一樣，這種時候，他也想吸上一口。但經驗告訴他，當他自己點燃香煙，吸上第一口，便後悔起來，那滋味並不好。還是看著老馬吸好了，只要看到他那快活神態，大水自己也就開心了，而且確信那確實是好煙。

老馬說：「哎，大水，你這個人一輩子煙酒不沾，這做人還有啥樂趣呀？好在你還懂得找女人，不然的話，可真不知道該說你是聖人，還是傻子。」

大水哈哈大笑地說：「我可不是甚麼聖人，只是傻子，傻得不能再傻的傻子。你這傢伙，抽著我的煙還數落我，可真不是朋友。」

老馬有滋有味地抽著煙，又悠悠地吐出一串煙圈，然後慢吞吞地說：「哎，大水，我說你這人嘛，對人有情有義，人緣也好，要找一個出得廳堂進得廚房上得床的女人，也不是甚麼難事，幹嘛這樣急著成親，找一個大肥婆？人家是當兵三年，老母豬當貂獨，我看你是流放二十年，大肥婆也當趙飛燕。」

大水又是一陣大笑。他說：「你真不是朋友呀，在我的大喜日子，把我那口子說得一錢不值。告訴你，我喜歡呀，她是胖一點，這也不賴呀，福相。女人還是要有一點肉才好，瘦得只剩下排骨的女人，尅夫，不好。」

老馬又美美地吸一口煙，不緊不慢地說：「大水，你是另有苦衷吧？我聽人說，可有一個如花似玉的姑娘對你崇拜得不得了哦。」

「這話說到哪裡去了。」大水不再哈哈笑，他收起了笑容，一臉嚴肅地說：「沒這樣的事，沒這樣的事。我這樣的人，可能嗎？我說老馬，這樣的話可不能亂說。」

大水的臉在昏黃燈光的映照下，像塗上了一層臘，顯出憂鬱的色彩。

「你看你，一說到這事，就那麼敏感。還說沒有，擺明心裡就有事，不然何必那麼大反應？」

老馬跟大水是老相識了。大水當年沒倒霉的時候，二人就是無話不說的朋友。他了解大水的為人，所以說話總是直來直去，不用轉彎抹角。

「老馬，」大水放低聲音說，「這話就在我們中間說，我可真不想發生甚麼事，所以，拜託你不要這樣講，如果連你都不相信我，別人更不知道會怎麼想，我就是跳進黃河也洗不清。」

老馬將短得幾乎燒到手指的煙屁股湊到嘴上，又狠狠地吸了一口，才將煙蒂在牆角按熄，扔掉。他說：「我還不了解你嗎，我明白你這樣急著成家的意思，你這個人呀，就缺少一點男人的氣概。」

「是呀！我就缺了男人的氣概。」大水自言自語地慨嘆。突然，他哎喲一聲說：「我不能跟你說了，我得回家去。」

他轉身離去，直往家裡走，可是剛走到大院門口，牆角裡跳出一群年輕人，帶頭的是電影院的美工小剛，都是平時在一起喝酒打牌的豬朋狗友。小剛說：「花柳水，你這是咋搞的，洞房花燭夜，將新娘子獨自留在閨中，自己溜到外面幹甚麼勾當？」
大水不好意思說自己到縣醫院打針，嘿嘿笑說：「到廣播站跟老馬聊了一陣，這就回去，就回去。」

小剛攔著他說：「見到我們就走，這可不夠意思呀。其他的人也跟著起哄，說他重色輕友，有了老婆就不要朋友了，太不義氣。」

大水摸出「大前門」，抽出一支支煙，逐一遞給一隻隻伸過來的手，也看不清楚人。

小夥子們嘻嘻哈哈點燃煙，拍著大水的肩膀，推推攘攘地往小剛的宿舍走去。他們要他下一盤棋才回去。

大水是個棋迷，可以跟人殺上一整天也不願走。但此時他卻連連擺手。

「今晚就不去了吧，家裡有人呀。」

小剛說：「我知道今天是你的大喜日子，但無論如何也要跟咱哥們殺上一局，讓我們也沾沾光，不然就太不夠義氣。」

大水說：「行，就一局，就一局。」

一群人嘻嘻哈哈進了小剛的宿舍，一盤棋已經擺在那裡。大水一看，眼睛已經落在棋子上，他一手托著腮，說：「這是殘局呀，好，好！」沒等別人叫他坐，他自己已經在棋盤旁坐下來了。小剛坐在另一邊，兩人真是棋逢敵手，各自進入狀態，把旁人都忘了。

一局下來已是深夜，大水要走，小夥子們也都識趣，讓他快回去摟著新娘子睡覺去。大水離開小剛的宿舍，走出幾步，又折了回來。

小剛問：「花柳水，怎麼又回來了？」

大水說：「藥效過了，還得去醫院一趟。你們這群捉狹鬼，擺明跟我過不去！」

「哈哈哈！」小夥子們爆出一陣笑聲。

這笑聲給小城的寒夜帶來了難得的歡聲。

五

大水剛打開門，就發現地上放了幾本書。他彎下腰，將書撿了起來，怔怔地站在門邊，又望了望四周。

水晶來過，她趁他還沒起床的時候，把書放在門外了。

大水把書翻了翻，好像想看看書裡有沒有夾上紙條，留下隻言片語。當他確信書裡甚麼也沒有時，心裡不免有些悵然。這個丫頭，這個丫頭……他輕輕嘆了一口氣。

他把書放在桌上，拿起碗到機關食堂買早餐。

這邊城的早晨，頗有幾分涼意。大水一走出小屋，就「哈揪哈揪」連打了幾個噴嚏。

「大水，小心身體呀。昨晚太勞累了吧？唉，你現在可不能同當年比呀，畢竟是上了四十歲的人，可得愛惜自己的身子呀！」說話的正是老馬。

大水嘿嘿一笑，說：「放心吧，我的身子骨，好著呢，這你可不用擔心！」

兩人嘻嘻哈哈，一起向食堂走去。老馬問：「大水，說老實話，昨晚可是一振雄風，梅開二度吧。」

「唉，別說了，我回到屋裡，人家已經睡得像豬一樣了。老實告訴你，我到此時此刻，都還沒碰過一下她的身子。我們從相好到現在，啥也沒發生過。」

老馬嘖嘖道：「我說你呀，大水，大水，你也太古板了，這都啥時代了，你也太那個了吧？」

正說話間，住在大院西廂的老宋走過來了。他一見大水就問：「哎，新郎哥，這麼早就起床給老婆買饅頭稀飯呀！昨晚快活呀！」

「喲，老宋，你也這麼說。」大水嘿嘿笑道，「就那麼回事，就那麼回事。」

「甚麼那回事，他昨晚跟小剛他們下棋去了，折騰了一晚上，回到家裡，連人家的汗毛都沒碰一下。」老馬指著大水，揭他的底。

「你看你，這洞房花燭夜也太掃興了吧？」老宋用手臂撞撞大水。

大水還是一句話：「就那麼回事，就那麼回事，算不得甚麼，開心就行，開心就行。」

「你呀，越來越玄了，那麼回事，甚麼是那麼回事？」老馬說，「大水，你呀，越來越窩囊了。」

大水不在乎別人怎樣說他，窩囊也好、威風也好，就那麼回事。但他在乎水晶怎樣看他。他一心想到食堂看看水晶，所以，心不在焉地跟老馬、老宋打著「哈哈」，買早點、買早點，回頭再閒扯。說完，抽身離去。

每天早晨，水晶都會在食堂賣飯票。

賣飯票的窗口空無一人，大水走上前去，水晶就在裡面。她好像知道站在窗前的就是大水，頭也不抬，只顧埋頭在空白的飯票上蓋印章。

「水晶，水晶，甚麼事不理睬大水叔叔了？我哪裡做得不對，給你陪禮道歉，行嗎？」

水晶依然埋著頭，一個勁地蓋著印，而且愈印愈快、愈印愈大聲。顯然，她在向他發出無聲的抗議。

大水懂得，她不想看到他，如果不離開，相反會惹她生氣。但是他還是留下了一句話：「今天排戲，希望你準時來。」

他轉身離去，走到取餐點的窗口，遞上餐票，漠然地跟慶嫂道了聲早，卻完全沒在意她在跟他說甚麼，只是嗯嗯地應著。

他端上稀飯、饅頭就走，背後傳來了一陣笑聲。慶嫂說：「這花柳水呀，跟女人睡一覺，便變得癡癡呆呆的了，真是當右派二十年，老母豬也當貂蟬。」

大水回到小屋裡，他的胖女人阿花已經起床了。他說：「我把早餐買回來了，趁熱吃吧。」

阿花問：「你昨晚哪裡去了，讓我一個人空守洞房。」

「唉，還不是那班捉狹鬼鬧的，小剛他們真會搗蛋。」大水有幾分歉疚。

阿花穿了一件寬鬆的紅花肚兜，外披一件對襟的薄襖，圓滾滾的身子似乎就要噴薄而出，渾身散發出誘人情慾的氣息；她的長髮仍未梳理，隨意披散著，益發顯出幾許野性的撫媚。這個懶蕩婆娘一身騷味，別人都不知道大水一個讀書人怎麼會看上她，殊不知他正是被她身上的這股狐騷氣息所吸引。他一看到她那一身肉，就有一陣衝動，恨不得投進她的肉浪中，肆恣地捏弄、挪騰一番。他知道，只有她能挑起他熊熊的慾望之火。

阿花摟著他的頭，將肉騰騰的胸貼在他的臉上，並用手撫弄著他的頭髮。他伏在她的胸間，感到一陣暈眩，手也忙碌起來，在她的身上肆意遊走。她發出微微的嬌喘，閉目領受著這份清晨的溫存。大水心底一下子倒湧出一股難以抑制的恨意，他想毀滅她，想蹂躪她，想糟踏她，將她撕成碎塊，他像猛獸一般撲向她，突然，他感到一股洪流在體內滙集、奔湧，他的胯下之物以從未有過的亢奮狀態挺立著，他要進入，進入她的身體，將她徹底毀滅！他扳過她的身子，將她壓在身下，抽打著她的身子，並以一種前所未有的力量向她挺進，讓她又一次發出撕聲裂肺的嚎叫……大水終於徹底做了一次男人！這也是他一生中最剛烈的一次。這個窩囊一生的文化人，終於有了一次像野馬般狂肆的衝動，而且在暴烈中完成了一次粗野的蹂躪與佔有。這好像是一次洗禮，讓他完成了作為一個人應有的成年禮。

他滿足了，但也頹喪了。阿花還在在興頭上時，他的手卻停了下來，並將她的手移開。

「怎麼了？」阿花的眼裡有一絲掃興的神色。

「我要先去準備一下排戲的事。」

大水說走就走。他擔心水晶不來排戲，所以，一定要先找到她，跟她說說利害關係。他知道水晶心裡在想甚麼，懂得她的心情。可是她怎麼知道他的苦衷呢？唉，這個丫頭！

一想到水晶不瞅不睬的神情，大水的心就沉了下來。她怎麼會知道他的心呢？從他一回到小城，見到水晶的那一刻起，他就對她另眼相看了。水晶像當年的阿玉一樣，文靜、嫺雅，以至於讓他感到時光倒流，回到了二十多年前的歲月。現在的阿玉已經不是他心目中的阿玉，生活的歷練已經磨蝕了她的青春，歲月的風霜也在她的臉上留下了痕跡；相反倒是水晶活脫脫一個當年的阿玉，讓他找回了青春的記憶。大水完全將她當成了少女阿玉的化身，所以他將二十多年來對阿玉的思念之情，都傾注在了水晶身上。如果，水晶是上天給他的補償，那麼他願意為她再付出二十年的青春，再承受二十年的磨難。說來也奇怪，他和她好像早就相識似的，兩人一見面就無話不說，而且總是特別的投緣。他將她當著自己的女兒般看待，恨不得把自己的一切都給她。黃雲五奪走了他的阿玉，這是命運對他的不公；但是，命運又讓他遇到阿玉的女兒，這何嘗不是一個恩賜呢？他喜歡她，甚至可以說愛她，可是又不能對她有非份之想，他只能當作她的父輩，給她以關愛和支持，除此之外，心無雜念。他的心屬於阿玉，但她已經成為別人的妻子。現在，他的心已經死了，他跟任何一個女人在一起，都不會再有那樣的愛情。他需要的只是一個女人，一個肉騰騰的女人，一個能滿足他肉慾的女人，一個居家過日子的女子。他不敢想像在他的生命中還會有愛情，更不奢望得到真正的愛情。他已經沒有愛的資本，也沒有愛的條件，更沒有愛的權利。他知道，在中國，一旦成為右派，縱使已經得到平反昭雪，重獲公民的權利，別人一樣在心底裡將他歸入了異類，在別人的意識深處永遠得不到平反，他永遠是一個右派。二十多年的遭遇，已讓他懂得了自己的處境和地位，他已經不可能再成為一個根正苗紅的人，甚至不可能堂堂正正地做人，說不定一個甚麼運動一來，他又會成為階下囚。他能奢望甚麼呢？愛情？太奢侈了，他不配！他只能從阿花這個肥婆娘身上偷取一點低劣的人生樂趣，僅此而已。

大水來到後院的老槐樹下，水晶果然坐在那裡。每天，她賣完餐票，總會拿一本書坐在老槐樹旁，一邊曬太陽一邊閱讀。今天，她坐在樹下，卻不像往常那樣埋頭書本中，而是呆呆地望著天空。

「水晶，在想甚麼呢？」大水走到她的面前。
「別擋住我的陽光。」水晶頭也不抬，厲聲地說。
大水站到一邊。
他說：「從前有個住在木桶裡的哲學家，也像你這樣坐在路邊曬太陽，亞歷山大大帝來到他身旁，問他需要甚麼，他也說了同一句話：『走開，別擋住我的陽光。』那個哲學怪人就叫狄奧根尼。」
「你想說甚麼？我不想聽，我不願再聽到你的聲音，你走開。」水晶說。
往常，水晶一聽到大水講到甚麼典故，總會追問下去，由此兩人又會展開海闊天空的長談。可是今天，水晶不為所動，相反把頭埋得更低更低。
「生我的氣了？」
「我為甚麼要生你的氣？為甚麼要生你的氣？你值得我生氣嗎？你不是結婚了嗎，不是找到你的心上人了嗎？跑到這裡找我幹甚麼？你走開，走開，你去找你的那個肥女人去，不要來找我。」水晶一改往常的溫柔，幾乎是叫嚷著對大水說話。
大水沉默片刻，說：「我明白你的心，你這個傻丫頭。」
「是呀！我傻，我真傻！」水晶在自責，「我真傻，真傻！」
她恨大水，也恨自己。她知道，大水喜歡她，甚至愛她，並把她視為生命中的知己。而她同樣喜歡跟他在一起，而且一直把他當作老師，生命中的導師，甚至將他當作自己的義父。在這個令人窒息的閉塞小城裡，只有他能給她帶來清新的文化氣息，為她打開一扇扇知識的窗戶，看到了一個廣闊的天空，更看到了未來。這些日子裡，她在補習，準備考大學，常常到他的小屋，向他請教，他一再告訴她，無論如何要考上大學，唯有知識才能改變人生，改變命運，她才能徹底離開這個小城。他哪裡知道，水晶已經暗許芳心，不管將來走到哪裡，都要回到他身邊，跟他在一起。而現在，他已經不屬於她了，他已經屬於那個女人，那個不要臉的女人。她不明白，大水明明知道她對他有一片真心，卻為何選擇了一個沒有人要的女人。她有哪一點不如那一個寡婦，為何他偏偏選擇她。水晶恨自己沒有大膽向他表露衷情，更恨那個女人搶走了他。

大水走到水晶身邊，伸手拍她的肩膀。她猛然轉過身，將他手推開，厲聲叫道：「別碰我！你下賤！我以後再也不想見你。」

大水怔住了，他看見她的眼裡滿含淚光。

六

水晶沒有參加排練，也沒有再找大水補習。

大水決定到阿玉家去一趟。阿玉平時在廣播站做播音員，除了早、午、晚三次播音的時間，她通常都在家裡。今天的晚間播音已經結束，他估計她已經回到家，於是直接登門造訪。

大水回到小城一年有餘了，今天還是第一次踏進阿玉家的門。

「喲，甚麼風把你給吹來了？」阿玉正在準備做飯，見大水出現在門口，高興地招呼他到屋裡坐。

家裡的陳設很簡樸，起居室兼客廳，床邊放著兩張由木架和帆布綳結而成的靠椅，中間放置一個簡單的茶几，窗邊放著一張書枱，牆上掛著一幅相框，裡面都是阿玉一家的黑白相片。大水很有興致地看著相片，他看到了一張阿玉當年的照片，那是他給她拍的，地點就在月亮塘，她站在蘋果樹下，展露出陽光般的笑顏。大水說：「你還保留著這些照片呢。」

阿玉忙著倒水。她說：「這還是你拍的呢。」

「是呀，一轉眼就二十多年了。」大水接過茶水，問：「黃部長呢？」

「他就快回來了，你找他有事吧？」阿玉說，「你還沒吃飯吧？今天就在我家吃一餐便飯。」

「我那口子還在家等著呢。」大水說，「我是為水晶的事來的，她沒有來參加排練，我想請你跟她講講，讓她繼續參加，這戲沒她還真做不成……」

正說話間，黃雲五回來了，他呵呵兩聲。「大水來了，真是稀客呀！」

黃部長。大水站起身來，畢恭畢敬地向黃雲五微微鞠躬。

「坐，坐。」黃雲五將手上的公事包交給阿玉，也坐了下來。

阿玉說：「大水是為水晶的事來的，這丫頭沒參加排練。」

「這水晶是怎麼搞的，怎麼能由得她任性，想參加就參加，不想來就不來呢，無組織無紀律，這像甚麼話？水晶呢，到哪裡去了，把她叫來。」

阿玉說：「她到外面溫書去了，應該就快回來了。」

「大水，今天就在我們這裡用個便飯吧？」黃雲五說。

「這恐怕不太方便吧？」大水沒想到黃雲五會留他用餐。

「有啥子不方便的？就在這裡吃晚飯。」阿玉說，「我這就做飯，今天晚上有臘肉、香腸，都是我自己醃製的，你也嚐嚐，然後帶些回去給你的新娘子嚐嚐。」

大水看看黃雲五，黃雲五用肯定的目光看著他。他說：「好吧，我也不客氣了。」

跟阿玉同桌吃飯，他當然求之不得，但他並不想跟黃雲五一塊吃飯。他很想推辭，卻又沒法拒絕。人家現在貴為部長，他只是他屬下文化館的一個小小創作員，今後還不知道有多少事要仰仗人家，豈敢拒絕人家的好意呢？這頓便飯還不能不吃呀！二十多年的苦難，已磨盡了他所有的棱角，變得逆來順受了。他覺得自己變得像河灘上的鵝卵石，早已沒了當年的形狀。如果……人生從來沒有如果，歷史也沒有如果，但人們還是喜歡假設，設想人生的不同結局……如果，他當年少一點鋒芒，不意氣用事，或者為人處事多一點策略，像今天一樣圓融，也許就不會跟黃雲五卯上，不會有這二十多年的苦難。可是人生沒有也許，不能像戲本創作一樣，寫得不滿意就把稿紙撕去，重新改寫。歷史無法重新演繹，人生也不能重新開始。他想像過人生的種種可能，但從來沒有想像到跟黃雲五一起吃飯。他沒想到，真的沒想到。這是一餐並不平常的便飯，他怎麼吃得下去？

「大水。」黃雲五的聲調出奇的平和，完全沒有往常的官腔，好像他們是多少年的知交。「大水呀，早就想跟你擺擺龍門陣了。說實在的，你這二十年過得真不容易，我也打心底裡替你不值。」

大水有幾分訝異，他沒想到黃雲五會說出這話。他完全放下了部長的架子，在用一種平易的姿態在跟一個小小的下屬交談。大水說，是受了一些罪，不過現在已經過來了。他不知道黃雲五葫蘆裡藏的甚麼藥，所以回答得很謹慎。
這時，水晶回來了。她見大水坐在自己家裡，大感意外。
「水晶。」大水站起身。
水晶並不搭理他。
「怎麼見到人也不叫人？」黃雲五道，「這丫頭怎麼愈來愈沒禮貌？」
「你來做甚麼？來告我的狀，說我沒參加排練吧？我不去了。我不演了！你找你的老婆演去吧！」
「說甚麼胡話！」黃雲五訓斥起他的女兒。他說：「這由不得你說，從明天開始，你還得準時到文化館去排練。」
水晶恨恨地瞪了大水一眼，憤憤地走進自己的房間，把門砰一聲關上。
「這是甚麼態度，甚麼態度？」黃雲五氣咻咻地站起身來，衝著女兒的房門怒責。
阿玉聽到摔門聲，從廚房走出來。
「都是你把她慣壞的，你看她現在變成甚麼樣子？」黃雲五把怒氣轉到阿玉身上。
阿玉說：「吃飯吧，吃飯吧。」她將一盤臘肉放在小桌上，又向著女兒的房門大聲喊：「吃飯了，水晶。」
「我不吃，我不吃已經飽了。」水晶在房裡回道，聲調仍是那般生硬。
「我還是先回去吧，在這裡打擾你們一家吃飯。」大水起身要告辭。
「別走，別走。」黃雲五拉著他，說：「她不吃算了，我們吃。今天，我們可以喝杯酒，說說話。」

「咱們今晚要喝個痛快。」黃雲五從壁櫃裡取出一瓶五糧液。

大水想：「也許黃雲五想到我在幫他女兒補課，所以才會突然這麼客氣。既然這樣，那就恭敬不如從命吧。當年的恩怨就暫且放在一邊吧。」

酒味四溢，濃烈香醇。黃雲五先為大水倒了一杯，再為阿玉也倒上一杯，最後才為自己倒上一杯。阿玉又上了一盤回鍋肉，滿屋飄香。

黃雲五舉杯，大水也舉起了酒杯。黃雲五說：「大水，我先敬你一杯。」

「這可不敢當。」大水也舉起了杯子，說：「我先敬您。」他把這「您」字的尾音拖得很長。

黃雲五把大水的手推到一邊，頗為鄭重地說：「這第一杯酒是我敬你。」

黃雲五好像變了一個人，跟平時的他完全兩樣，沒有了官腔，隨和而平易近人。當年的黃雲五可不是這樣，總是一副革命的面孔，親近不得。大水心想，自己平反歸來這些日子，只是跟他在工作上有接觸，私下完全沒有來往，也實在說不上對他的了解。二十多年過去，經歷過文革，人人都受了一次人生的洗禮，縱使沒有脫胎換骨，也該脫掉了幾層皮吧?黃雲五也在變呀!大水不再推讓，伸長膀子，呷了一口。他不太會飲酒，但也能體會到酒的香醇，連連點頭說：「好酒好酒。」

「試試我的廚藝。」阿玉為大水挾了一大片回鍋肉。

大水說：「阿玉現在可是持家的好手呀。」

「可不是，她現在裡裡外外一把手，可不同當年，小資產階級習性。」黃雲五說。

「既然嫌我小資習性，又為何死纏住我?你們這號人，口不對心，嘴上比誰都革命，內裡還不是滿肚子私心雜念。」阿玉數落著自己的丈夫，這在大水面前還是第一次。她不是有意在大水面前敲打黃雲五，而是隨口說出了這句話。

在她和大水之間，黃雲五當年確實扮演了一個不光彩的角色，在五七年那場運動中，他用盡了手段將他打成了右派，這是她心底裡一直不能原諒他的一個結。所以，她今天這句話看似輕描淡寫，其實隱含著深深的責備。

往事真是不堪回首，記憶的閘門一旦打開，便無法抑制思緒的奔湧。

二十多年前，也是他們三人，常常圍坐在一起，暢談理想抱負，對未來充滿了憧憬，好像他們就是世界的主人，有改造世界的雄才大略。雖然他們沒有呼風喚雨的神力，卻有著指點江山的意興。也許，在時代的洪流中，他們只是一朵朵浪花，但他們的心卻隨著奔湧的波濤而激盪，他們的整個身心都是屬於大時代的，似乎完全沒有自己。他們憑著一腔熱血來到邊陲，就是為了付出他們的生命，用他們的青春寫下不一樣的人生。那真是一個充滿理想和激情的時代。

當年，三個年輕人一走到一起，總有說不完的話語。他們有那麼多的豪情壯志，也有那麼多的笑聲，在他們的人生字典中沒有憂愁，也沒有哀傷，好像生活就叫著美好，而未來也總是充滿希望，等待著他們的生活將是一帆風順。那是他們人生中最美好、最無憂無慮的歲月。可是一九五七年的那場反右運動，卻改變了他們三個人的生活，大水就是在黃雲五主持的會議上被定性為右派。

黃雲五當然聽出了阿玉話中的怨懟，同樣，他也知道大水在當年的事情上對他耿耿於懷、甚至對他懷有仇恨，只是因為他們現在所處的地位而有所隱忍。如果，有一天歷史改寫，他和他的地位發生逆轉，他王大水又會又怎樣對待他呢？

他說：「大水呀，俗話說，相請不如偶遇，今天我們能夠重新聚在一起，說來，也是緣分呀！想當年，我們都是意氣風發的少年，今天，大家都人到中年了。」

「那樣的歲月已經一去不復返了。」大水說。

「是呀，是呀，一去不復返呀！」黃雲五感慨地說。

「你這些年吃苦頭了，我也一樣，文革時也一樣受盡折磨，跟你一樣，大家都是同病相憐呀！」黃雲五說。

「你在文革時也受衝擊？」大水問。

「可不是？」阿玉說，「他呀，文革時也遭了不少罪，別人批鬥他，讓他跪在濕地上，現在還落下風濕的毛病。」

「都是時代的悲劇呀！」大水說，「希望我們的國家再也不要重演這樣的悲劇。」

悲劇，時代的悲劇！黃雲五再一次感慨連連。在他心底，其實也一直為當年的事而感到愧疚。文革期間，他被批鬥時，有人指著他的鼻子說，反右那一年，他把王大水打成右派，其實是為了搶人家的女朋友，實在是手段卑劣。為這件事，他一直感到不安，良心受到極大的譴責。他心底裡承認自己有不可告人的私心雜念，但他又極力為自己的罪責開脫，他沒想到事情會發展成那樣的結果，沒想到王大水會為此付出那麼沉重的代價。他主觀上並不是要置大水於死地，他只是想借政治的手段，讓他退出那場愛情的角力。誰想到，政治是不可玩弄的，稍一碰觸便脫身不得，而且令人陷入萬劫不復的境地。大水為此失去了二十多年的自由，而他自己的心又何曾得到自由？不知多少個夜晚，他在夢中見到大水，看到他絕望而仇恨的目光，總是會驚醒。他一直為此而羞愧，以至於無法抬起頭來。曾經，他們住在同一個宿舍，曾經在一起暢談人生理想，可是他卻因為他的上綱上線而身陷囹圄，這怎能讓他心安呢？他達到了自己的目的，實現了自己的願望，卻失去了人格，這又是多麼的愚蠢？如果，早知道會是那樣的結局，他一定不會那樣做，不會的，他不會那樣做。他是一個高尚的人，他不會那樣做。他不是出賣朋友的人。然而，事實上，是他出賣了他，是他，正是他，出賣了大水，也出賣了自己，將自己綁在了恥辱柱上，而要終身受到良心的譴責，有愧呀！

「大水，我有一句話，一直想對你說，我對不起你。」黃雲五舉起酒杯，以肯切的目光望著大水。

大水看著他，看著他微微顫抖的手，看著他眼中的熱淚，也舉起了酒杯。他相信黃雲五的這句話是出於內心。他說：「那都是過去的事了，還提它做甚麼？我一直沒有怪你。」

黃雲五沒想到大水會原諒他，那實在是不可彌補的罪過。他說：「現在回想起當年，真是悔恨自己的無知呀，所以，我，我……我心中有愧呀！」

大水說：「我現在不是好好的嗎，我們現在不是又重新相聚了嗎？我早已經忘記那些事了，你也忘記了吧。」

「你真的會原諒我？」黃雲五問。

「過去的都過去了，那都是時代的錯誤，我們都應該學會放下。」大水舉起酒杯，說：「來吧，我們把這杯酒喝下去，把過去都忘掉！」

「喝，喝，喝！」

兩個男人一杯又一杯地喝！

是的，那都是極左路線的錯，好在經過撥亂反正，歷史的悲劇已經過去了，我們都要向前看，讓所有的不幸都留給過去，留給過去！

「喝，喝，喝！」

七

大水喝醉了。他踉踉蹌蹌地回到家。

「哎呀！你這個死鬼跑到哪裡作孽去了，醉成這個樣子？」阿花連拉帶打將他推到床上，嘴裡不停地罵：「這個死鬼，真會作孽，整天都跟那幫豬朋狗友在一起，整天不落屋，不是去打牌就是去喝酒，現在醉成這樣子，這日子還咋過？」

大水像爛泥一樣癱在床上，嘴裡卻嘟囔著說：「我沒醉我沒醉，我只是喝多了幾口。」他的臉青白，目光散亂，像沒了知覺，但他的心卻醒著的，好像打開了一間封閉已久的暗屋，一時間塵埃飛揚。

他以為他已經忘記了一九五七年的那一切，但事實上並沒有忘掉，他只是刻意將它們封存在記憶的暗房中了。他並沒有忘掉，一旦那暗房的沉重木門被誰打開，浮起了記憶的塵埃，他的心便再也不會平靜。一樁樁的往事又浮現在眼前，黃雲五的影子像是一個惡魔，在對著他獰笑，而且噬咬著他的靈魂，讓他感到一陣陣揪心的痛。如果在餐桌上沒有阿玉在身旁，他也許會端起酒杯向那個惡魔潑去，甚至想撲上去。

「正是這個魔鬼，這個卑劣的小人，為了他自己的榮華富貴，為了他自己的私慾，毀了我的愛情，我的青春，甚至我的生命。他有甚麼權利對我說向前看，有甚麼權利叫我忘掉過去？我失去了二十年的青春歲月，承受了二十年的不白之冤，誰來償還我這二十年的年華，誰來還給我失去的愛？我的愛，我的阿玉，他能還給我嗎？一想到這裡，他的心就會痛，就會流血。有誰能夠醫治我流血的心？誰，誰能夠醫治我傷痕纍纍的心？黃雲五，憑著一瓶五糧液，憑著一句道歉，就能消彌我的痛苦，就能將二十年的怨恨一筆勾銷？噁心，噁心！我為甚麼還可以跟他坐在一起，那是個心比蛇蠍還毒的偽君子呀，我怎麼能裝著若無其事地跟他一起喝酒？噁心呀！」他的五臟六腑一陣翻騰，一股穢流像翻江倒海般一湧而出，泄了一地。他嘔吐，好像要把埋藏在心底二十年來的苦痛都吐出來，把潛伏在他靈魂深處的魔鬼影子也隨著膽汁一起嘔吐出來。

「啊，你這個死鬼，真是丟盡人的臉，你是八輩子沒見過酒了吧，死吃爛吃，真是作孽呀！」阿花放開嗓門大罵起她的新婚丈夫。不過，誰也聽不到她的聲音。他們的小屋獨處大院的一隅，誰也不會知道這小屋裡發生了甚麼事。阿花為大水端上一杯濃茶，大聲說：「死鬼，喝杯茶，醒一醒。」她扶起他，往他嘴裡灌茶水。

黃雲五的影子又出現在他的眼前。大水吼叫：「魔鬼，魔鬼，你是魔鬼，快滾開，滾開。」可是那影子總是在大水的眼前晃動。一九五七年，像是一個魔咒，又喚醒了他的記憶。

那個早晨，他像往常一樣沐著晨風走進辦公室，與往常不同的是，黃雲五比他先到，而且正輕快地吹著口哨。

「老五，甚麼事這麼開心？」大水打趣地說，「莫不是昨晚做了一個美夢，與夢中情人春宵一度？」

「王大水！」黃雲五臉色一沉，「你就知道甚麼夢中情人，腦子裡都想些甚麼呀？你這個人就是太自由散漫，整天沉迷於小資情趣，花呀草呀，就缺少革命熱情和理想。」

大水被黃雲五一番數落，看了他一眼，「喲，今天真的不同了，說的話也不一樣了，像支部書記似的口脗，行呀，有前途。」

「你還真說對了，組織上已經通知我了，我正式擔任支部書記了！」黃雲五頗有幾分自得的神氣。

「老……書記！」大水一時改不了口，差點又叫他老五。「呀，書記，恭喜你升官發財呀！怪不得你今天春風滿面吶。」

「甚麼升官發財呀？」黃雲五一臉認真地說，「我們搞革命，可不是為了功名利祿，講甚麼發財呀？你怎麼滿腦子封建意識呀？王大水，以後可不能這麼說。你要多學習，自覺改造自己的思想，提高自己的思想覺悟，不能再這樣下去了。」

大水愣住了。昨天還同桌吃飯，無話不說的同事，今天怎麼突然變了一個人，換了另一張面孔。前些天，老五講起自己的綺夢，不是還眉飛色舞的嗎？怎麼今天做了小小的支部書記，便一本正經、道貌岸然起來了？大水一下子不知道怎樣跟他說話，只好悻悻地說：「算我覺悟不高，我不該跟你這樣講，以後我不會再這樣同你說話。對不起，冒犯了。」

這時，阿玉進到辦公室來了。大水一看到她，說：「你來得正好，快向支部書記請安。」

「哪來的甚麼支部書記？」阿玉說。

「大水，你又來了，甚麼請安？」黃雲五這次不像剛才那樣，正言厲色。他在阿玉面前，總是像在領導面前那樣，顯得乖巧又溫良，而且面帶微笑。

「人家當上支部書記了，前途無量呀！」大水的話中帶著幾分揶揄。

「喲……升官發財了！」阿玉笑呵呵地說，「我應該叫你黃書記了。」

「哪的話，哪的話，這都是組織的安排。」黃雲五謙卑起來。「你還是叫我老五好了，這樣親切。」

「你何必謙虛嘛！黃書記！」阿玉說，「你現在的地位可不同囉，以後我們說話可得多留意一點，不敢再亂說話。」

黃雲五在其他人面前，總是一副志得意滿的神情，可是在阿玉面前總有些侷促。大水在眾人面前有一種靦腆的書生氣，相反與阿玉倒是十分投契，很快就發展出情侶關係。黃雲五在他們面前倒顯得不自在，他說：「我們還是說正經話吧，上面號召整風，開展大鳴大放的群眾運動，今天晚上，我們就要開一個座談會，讓大家反映意見，提出各人的看法，你們也要參加。」

當天晚上，黃雲五以支部書記的身份主持會議。真是新官上任三把火，他講起話來慷慨激昂，大套大套的革命理論。大水心想，權力真是像鴉片一樣，能提神養氣，老五這傢伙一夜間就變得如此精神，還不是權力的春藥在起作用，如果沒有這點權力，還不是萎梭梭地坐在一邊，像個龜兒子。

大水近來跟黃雲五變得有些疏離，道不同不相為謀，他們都認清了彼此的面目。大水只想在業務上發展，熱衷於創作，整天都沉迷於書本中。而黃雲五則熱衷於在領導面前活動，端茶倒水更是表現得十分積極，而且很會觀顏察色。大水看不慣他的言行舉止，曾經幾次說他沒一點知識分子的氣度，倒像一個軍機處行走的太監。黃雲五對大水的話很不受落，但又無從辯駁，只能記在心頭。

在大家的眼裡，大水有才，筆頭上尤其有一手，早前他在省城的《月亮》詩刊上發表了一組短詩，在小城裡引起一番哄動，一時間大家都知道這小地方出了個詩人，真是風頭無雙。

至於阿玉，則以能歌善舞、漂亮嫻雅而為人稱道。正所謂郎才女貌，大水和阿玉很快就發展出情侶的關係，大家都說他們十分班配。黃雲五也暗戀著阿玉，但他沒有大水的才氣，對阿玉來說始終缺乏吸引力。黃雲五比大水強的地方是，他很會討好人，懂得獻殷勤。要大水像老五一樣看風使舵，他可做不到。所以，大家給這三個大學生的評價是，大水恃才傲物，阿玉性格溫馴，而老五則會看風頭，各有千秋。現在看來，還是黃雲五識實務，一下子就冒出頭了。大水雖然是個人才，終非池中物，在這小地方恐怕不會有大出息，他的天地在外面。

黃雲五要大家暢所欲言，那都是報上可以看到的言詞：「知無不言，言無不盡」；「言者無罪，聞者足戒」；「有則改之，無則加勉」。他講得頭頭是道，還真有點當領導的架勢。大水雖然從心底裡瞧不起他的德性，卻也不得不佩服他天生的求生能力，這可不是人人都能做得的，你看他講起話來，大道理一套又一套的，緊跟中央的步伐，一點也不含糊，這也是人家的本事吧？老五講的這些，大水都在報上看到了。

對於大鳴大放的運動，他當然十分清楚，也有話想說，但他卻不習慣在眾人面前講話。這對他來說是一件難堪的事。正是在這一點上，他甘拜在黃雲五的下風。在黃雲五的一番鼓動下，大家紛紛開始發言，只有大水一直靜聽著，沒有發言的意思。發言還挺踴躍，不過大都是一些套話，不然就是一些雞毛蒜皮的小事，沒有人能講出甚麼道理。

大水坐在一個角落，手上的筆無意識地在白紙上劃著、寫著，紙上的塗鴉漸漸有了形狀，他一筆一劃地修補著，一隻昂首的公雞躍然紙上。坐在他身邊的阿玉嫣然一笑，把紙拿過去，也在上面劃起來。黃雲五看在眼裡，他清清喉嚨說：「有些同志開會似乎不專心。」並望了大水和阿玉一眼。眾人都把目光轉向了大水和阿玉。黃雲五點了大水的名：「你平時不是有很多意見嗎，談談你的想法吧。」

大水確實有很多思想，也有很多話要說，但他並不想在這樣的場合發表他的觀點。他的思想只會跟朋友分享，他只會在志同道合的朋友中才侃侃而談；在公眾面前，他總是少言寡語的，他寧願站在一旁，冷眼旁觀，所以，他確實沒有在這會上發言的打算。他不覺得開這樣的會有甚麼實際的意義。

黃雲五望著他，眾人也望著他。大家都想知道這個有才華的青年詩人，對種種現實問題的看法。大水是個容易激動的人，他不能忍受任何挑釁，尤其是來自對手的言語刺激，但是，在黃雲五面前，他不願意以一個被領導者的身份發言，他覺得這對於他來說，是極大的羞辱。

「黃雲五算甚麼，他有甚麼本事以這樣的姿態點我的名，要我發言？就以他的支部書記的身份？」大水真是不明白，為甚麼總是這樣的人吃得開，為甚麼主持會議的會是老五，他有點想不通。他說：「我沒甚麼意見！」

黃雲五說：「有些人顯然有抵觸情緒，這種人在會上不說，會後又亂說，要麼在下面開小會，這是態度問題。我看王大水的態度就很有問題，我希望大家引以為戒，踴躍發言，並針對王大水的表現加以批評！」

會議氣氛一下子凝重起來，也轉了方向。

大水的脊背滲出絲絲涼意，那像一股從海底深處湧出來的徹骨之寒。他強烈感受到這股寒意，以至於在往後的人生中，總會時時冒出來，像風濕一樣時時翻發，讓他陷入一種無以自拔的悲涼之中。他的人生就從這次座談會開始改寫，一次次的批判也從此開始。

這就是他的一九五七年，他以為自己已經忘記了，把過去的一切都忘記了，無論是恥辱還是歡愉，都忘記了。原來，他並沒有忘記，一切記憶都沉進了靈魂的深處。倒是一番嘔吐讓他真正感到輕鬆了下來，似乎真正把那埋在心底的痼疾都吐了個一乾二淨，他的身心感到輕快了許多。

八

阿花懷孕了。

大家掐指一算，不對呀，花柳水結婚不過個多月，怎麼那女人就懷上了呢？該不會是營養好，肚皮又肥了一圈吧？

當大家都確定阿花確實懷孕後，女人們樂了，原來大水早就和阿花偷吃了。

男人們也說，大水真行呀，原來是奉子成婚。可別說人家是「見花謝」，原來人家能幹得很吶！

大水對大家的關切一概不予答理，顯然這件事有點彎彎拐拐，一時還說不清。

今天，他原本要到文化館排練，腳卻不聽他的使喚，走向了柵子口。現在的柵子口又熱鬧起來了，最近剛開的一間個體戶鋪頭，專賣五金百貨，生意特別紅火。這個個體戶徐光頭，原來是成都知青，因為跟當地的一個農民結了婚，斷了回城的門路，只好在柵子口開檔做起生意來，一下子成了無人不曉的萬元戶。聽說徐光頭有個姨媽在香港，經常給他進一些港貨，加上他自己常常到成都進一些流行的服裝和收錄機之類的家用電器，整天吸引不少人圍觀幫襯。

今天，徐光頭的舖子前又圍滿了人，遠遠就聽到收錄機播放的台港流行音樂，鄧麗君的《何日君再來》，真是街知巷聞。上面不讓聽這些靡靡之音，說是精神污染會腐蝕人心，可偏偏就是這些流行音樂大行其道，走到哪裡都是那軟綿綿的聲音：「好花不常開，好景不常在」、「何日君再來」。徐光頭正在吆喝著：「快來買，最新的香港流行音樂，鄧麗君的《何日君再來》，徐小鳳《風的季節》，還有最流行的喇叭牛仔褲，快來挑快來選，千萬不要走寶！」

「哎，老王。」徐光頭一眼看到大水，連聲招呼他進去看看。

大水果真走了進去。

「快來看看，都是最新款式的港貨，給你的新娘子買一件？」徐光頭拿起一件連衣裙，在大水面前揚了揚。

大水接過來，看了又看，皺著眉問：「這裙子衫不像衫、裙不像裙的，能穿得出來嗎？」

「老王，你這就不懂了，這就是風格。你知道嗎?人家穿衣服就講一個品味，這是品味、風格！」

這小城裡只有徐光頭叫大水「老王」，他一口一個老王，好像他們是多少年的老相識一樣，叫得特別親切、熱乎，其實他們也不過是點頭之交。大水記憶中，他們只是在一次飯桌上見過面。始終兩人不是同一條道上的人，一個從文，一個從商，沒甚麼交道。

徐光頭見大水不為所動，又拿起一件紅色襯衣。「這件好呀，時興款式，給你的阿花來一件？」

大水接過來看看，「這小地方適合嗎？」

「哎，老王，你怎麼跟這小地方的人一般見識起來了，好歹你也是見過世面的人，連這也顧慮？你也太那個了吧？」

大水其實無心買他的東西，倒是徐光頭的一番話讓他醒過來，他說：「我只是路過這裡，順便進來看看，我還有事要辦，改天再來幫襯。」

「這批貨很搶手，要不，你看好一件，我幫你留著，你回頭再來拿？」徐光頭鍥而不捨地推銷他的貨品。

這傢伙還真是個生意人。大水心想。他轉過柵子口，「何日君再來」的餘音仍廻響在耳際。白鹽井越來越繁雜了，已沒有了當年的寧靜。大水一直想著徐光頭的那句話：「你也太那個了吧。」徐光頭沒有明說他甚麼，但他明白「太那個」三個字的內涵。中國人但凡不便明說或說不出口的話，總是用這三個字代替，說的人不用挑明，聽的人卻能夠意會。

「『太那個』，是呀，我真是『太那個』。我甚麼時候變得如此保守、傳統、甚至迂腐起來了？曾幾何時，我可不是這樣的。」

記得，一九五七年，他託上海的同學買了一件裙子，送給阿玉。當時阿玉也說怕穿不出去，他說：「怕甚麼，我們就是要把外面的新風引到這小地方來，讓人們看看未來的新生活應該是甚麼樣的。」他是懷著一種改變世界的理想來到這個邊城的，可今天，他卻變得「那個了」。

「確實，我太『那個了』！」

「大水，在想甚麼呀！」

大水回頭一看是老馬。「真巧，我正要去找你呢。」

「走，我們到前面吃一碗粉，羅家的米粉好吃，夠份量又夠味。」老馬拽著大水就往羅家館子走。

這一兩年，白鹽井日漸興旺起來，小餐館一間接一間，但生意最火的還數羅家館子。羅家的牛肉粉爽滑，調料也足，夠麻夠辣。吃完一碗羅家的米粉，滿口餘香，連嘴唇都還痹痹的，那才真夠叫爽。

兩人走進羅家的小館子，裡面早已滿座，他們在店外找到兩個空位，坐了下來。老馬問：「我聽說嫂子有喜了？」

大水說：「我正想找你說說這件事，你幫我拿拿主意。」

說來，大水平素與人為善，交遊也廣，朋友不少，但真正知心的朋友還只有老馬一人。五七年反右，老馬也差一點因言獲罪，後來雖說只是定性為右傾，但日子也不好過，每次運動一來都會成為衝擊對象，可說是「老運動員」。二人在受審查期間同被隔離在一間小屋裡，由此結下了患難之交，彼此甚麼貼心貼己的話都能跟對方講，有甚麼事也會找對方商量。

如果不是老馬主動問起這事，大水可還真是難以啟齒。別人問他時，他可以不予答理，好像沒有這事似的，但在朋友面前，他不能再迴避了。老馬主動問起這事，相反為他解了個難。這事，哎，這事，還真讓人難堪。他不相信那是他的骨肉，而是野種。他真不願意用這樣粗鄙的言詞來形容那個生命，這不符合他的天性與學養，但這個字眼卻自然蹦出來了，是的，那是野種，絕對是野種。怎能不生氣呢？自己的老婆，阿花好好壞壞是自己的老婆，卻懷上了別人孽種，你說丟人不丟人？

「有了就有了唄，看你，愁成這個樣子。」老馬說。

「你不知道。」大水欲言又止，吞吞吐吐。

「這有啥子呢？」老馬知道他有難言之隱，想起那天他講過一句話，說還沒有碰過阿花。老馬一下子明白了，他問：「莫非她肚子裡的娃娃，不是你的。」

大水「噓」一聲，慌張地看看左右，確定周圍並沒有人聽到老馬的話，才低聲地說：「小聲點！」

老馬也望望周圍的人，向大水歉意地做了個怪相。

大水壓低聲音說：「你知道，我有那個毛病，到現在都沒有跟她那個。」

「哪個？」

「嗨，你明知故問，那個……」大水心想，又是「那個」，這個詞真好用，他自我解嘲地說：

「你知道的，那個！所以我敢肯定地說，那是她帶過來的。我現在最想確定的是，那是誰的種。」

「你問問她不就行了嗎？」老馬說。

大水昨晚問過阿花了，但阿花一口說，那是他的骨肉。這不是拿他當三歲小兒來耍嗎？有一點常識的人，誰不知道她現在的身孕起碼已經十六周，按此推算，那是在他和她結婚前就有了的。她怎麼可以這樣說呢？他想起沒結婚前的幽會。那天，她來到他的小屋，兩人第一次有了親密的關係，他有了生理反應，也變得不安份起來，手不停地在她的身上肆意遊走。她也表現得很興奮，可是始終不肯讓他更進一步，只准他的手伸進她隱秘的地帶，任他撫摸。他雖然很想跟她肉帛相見，進入她的身體，與她融為一體，但理智上卻尊重她，而且心底裡欣賞她守身如玉。那晚，他決定了娶她為妻，而且相信她不是別人所說的那種不守婦道的女人。誰知道，就在他跟她僅有手足肌膚之親的時候，她卻與別人有床笫之私、翻雲覆雨。一想到這裡，他的心就會一陣絞痛，胸口堵得慌，罵自己蠢到家了。大水沒敢向老馬講這件事，這實在太丟人了！他只是說：「人家不承認。」

「她這是為甚麼呢？」老馬問，「你有甚麼眉目嗎？」

「我也不知道，完全不清楚她跟甚麼人相好。」大水問，「你說，我一個倒霉透頂的人，也沒甚麼可貪圖的，她這樣做是啥子緣故呢？也許，她就是跟別人有了，怕紙包不住火，也就跟我，用我來過橋，掩蓋她的醜行。如果是這樣，倒還是小事，只要她以後真心實意地跟我過，別再跟別人來往，我也就認了。但問題是，她一口咬定，那是我的骨肉，一點不承認跟別人有路，這就實在太不誠實了，這可是品格問題，你說，叫我如何跟她一起生活下去？」

「你現在先別急，冷靜地觀察一下再說。」老馬看看周圍，湊到大水身邊低聲耳語。大水頻頻點頭道：「這也是個辦法。」

夥計端上來兩大碗米粉，老馬往碗裡添上豆瓣醬、花椒、芫荽，一邊調和一邊說：

「大水呀，不是我說你，明眼人一看就知道水晶對你有意思，人家可真是個好閨女，要模樣有模樣，人又文靜賢淑，真是阿玉當年的翻版，有哪點不好，為甚麼你偏偏要選一個二鍋頭？」

大水也往碗裡加著調料。

老馬說：「加多一些，麻麻辣辣的才夠爽。」

大水說：「這話可真別亂說，我對水晶可真沒有非份之想。她還年輕，我可不能害了人家，她該有更美好的前途，不像我們這一代人，時不我予了。反右加文革耽誤了整整一代人，他們這一代也深受其害，好在現在恢復了高考，她還有機會把失去的讀書機會追回來，她應該先讀讀書。我極力支持她離開這個小地方。她有創作的潛質，一定可以在外邊找到自已的天地。」

老馬說：「我知道你的想法，也明白你的顧慮。她到外面讀書，當然是好事，但也不會影響你們之間的感情。我想，你的顧慮恐怕不在這裡，而是她的父母，阿玉當年跟你好過，而黃老五又與你有瑜亮情結，你最大的障礙恐怕在這方面吧？」

大水的頭幾乎埋進碗裡，他連湯帶粉大口大口地吃，似乎要把所有難言的痛楚都吞到肚裡。

「你這是化悲憤為食量呀？」老馬知道他心裡不好受，但也調侃他一下。

別看大水平時樂呵呵、笑哈哈，滿肚子過癮的笑話，實則有一肚子冤屈氣。就說五七年反右，他一個大好青年就因為心高氣傲，不服黃老五的領導，再加上黃老五為了橫刀奪愛，硬是不擇手般將他打成了右派，讓他受了二十多年的冤屈，失去了愛人，也失去了寶貴的青春，他這口氣如何消得了？如今，他雖然平了反，恢復了公職，可偏偏又在黃老五的領導之下，真是冤家路窄呀。經過這麼多年的磨難，大水已經變了一個人，再沒有那種意氣風發的銳氣，相反變得認命了，失去了生命的鬥志。他本不該是這樣的呀！一個本來可以大有作為的年輕人，就這樣被險惡的社會給毀了。在中國，像他這樣處境的人何止千千萬萬，反右、文化大革命，一浪接一浪的政治運動，把整整一代人的生命都給毀了，他們變成了心態扭曲的人，成了廢人呀！這悲劇又何止是大水一人的悲劇？人人都是這時代悲劇的犧牲者、受害人！

大水說：「這依然是一個吃人的社會！像魯迅說的，吃人的社會！」

「可不是，弱肉強食，甚麼時代、甚麼社會都是這樣，你固守做人的原則，做一個安分守己的人，相反成為別人砧板上的肉，任人宰割而已。」老馬拍拍大水的肩頭，說：「大水呀，有時候該硬的時候還是要強硬起來，人善被人欺呀！」

大水吃完了一碗粉，但一點也沒吃出味道，雖然他連碗裡的湯也喝得一乾二淨。他從衣口袋裡掏出一塊錢，想付錢。老馬拉著他的手說：「我來。」隨即也摸出一塊錢。他問：「怎樣，味道還不錯吧？」

大水已忘了米粉的味道，只是嘴唇還一陣麻木。

九

大水的老婆阿花跟柵子口那個個體戶徐光頭，光脫脫在床上做伏地挺身，被大水逮了個正著。這個消息一下子像一枚炸彈爆炸一般，一下子震盪全城，一時間街頭巷尾都議論紛紛，莫衷一是。白鹽井好久沒有這樣亢奮過了，人人轉述起來眉飛色舞，好像都身歷其境一樣。大水當年成為右派也不及今天這桃色事件轟動。他、阿花、徐光頭，又成了這小城裡的名人，以前不認識的，也要藉故看看他的盧山真面目，然後側著身子做出一副鄙夷的神情：「原來就是這個人。」

白鹽井的人壓抑得實在太久了，他們好不容易才找到了一個振奮人心的話題，能不盡情發揮想像的空間、意淫的本能嗎？他們終於可以肆無忌憚地描述那對肉蟲的淫行，也可以毫無節制地大談特談捉姦的細節，來一次精神的自瀆、情色的集體狂歡，而又始終站在道德的高地上指責別人的淫賤。白鹽井人這次真是過了一把集體宣淫的癮，徹底滿足了他們潛意識裡的色情慾，而口頭上又可以來得那麼義正辭嚴，人人好像聖人一樣，表現得那麼道貌岸然。

大院裡的婆娘們對這事表現得尤為興奮，這些天，井台邊常常聚著三幾個婆娘，慶嫂更成了核心人物，儼然一個新聞發言人。她說：

「我早就說過有好戲看，這不，事情發生了。他們還沒結婚的時候，我就說那個肥婆娘是個爛貨，這下大家相信了吧？我一早看出來她嫁給大水肯定有攏哄，就是圖他的錢。她明曉得花柳水是個見花謝，還嫁給他，不圖他的錢圖啥子？擺明就是和那個光頭佬來算計人家的。唉，也不曉得這花柳水喝了她啥子迷魂湯，迷了啥子心竅，找到這麼一個爛貨，說來也是他自己找來的孽，活該！」

「哎，哎，阿玉……」慶嫂遠遠看見阿玉走過來，招呼她到井台邊來。

「我要到廣播站去，你們聊你們的。」阿玉說。

阿玉走遠了，慶嫂和三兩個婆娘互相做了個怪表情。慶嫂說：「她當年和大水好過，這時候不曉得心頭是啥子滋味。」

阿玉知道這幾個女人又在編派大水的故事，藉詞到廣播站去，不參加他們的嚼舌。她不願意跟這些女人在一起，正是不想說一些東家長西家短的閒話。大水的事，她聽說了，心底裡也暗暗替他難過。這個大水也真是背時，找了這麼個女人。她也不明白大水當初為啥要急著同阿花結婚，總覺得他這樣做另有隱情，但又不便向他尋根究底。畢竟，她有自己的家庭，他也有自己的生活，彼此都不再屬於對方，有甚麼好過問的呢？自從大水回到這個小城後，她和他一直沒有認真交談過，他們甚至迴避單獨相處。

但今天，她不能再顧忌那麼多了，她要找到他，問個明白，並告訴他一些對大水不利的情況。

他來到文化館，大水正在辦公室裡伏案書寫。顯然，他寫得不順暢，書桌上一團團的紙。

大水見阿玉出現在門口，問：「你怎麼來了？」

「我是來找你的，想問問你的事。她告訴他，現在外面的流言傳得沸沸揚揚，有各種各樣的版本。」

「你都聽到一些甚麼？」

「我不想從別人的口中知道這件事，因為這件事，只有你才最清楚。」

確實，這件事，只有大水最清楚。

那天早晨，他告訴阿花，要到鹽灶房，為《鹽姑娘娘》搜集一些資料，不回家吃飯，叫她不要等他。

大水出了門，逕直往柵子口走去。徐光頭老遠就看到了他，猛打招呼：「老王，這麼早上哪去？」

「去鹽灶房，搜集一點資料。」大水淡然回應道，頭也不回地往前走。

徐光頭好像還想問大水甚麼話，但見他匆匆趕路的背影，也就打住了話，眼裡掠過一絲亮光。

大水走了一半的路，又折了回來。他在柵子口附近停留了一下。柵子口的攤檔都開張了，人來人往。又是一個趕集的日子，四鄉八里的鄉民都往城裡趕，擺開地攤吆喝著。大水的眼睛緊盯著徐光頭的舖子，他沒有看到那個男人的蹤影，也沒有聽到他的聲音。舖子由他的小姨妹看管著。

大水回到了大院，逕直往自己的小屋走去。後院一派靜寂，晃如一個遠離凡囂的世外桃源，老槐樹又掛滿一樹白花，一陣馥郁的清香隨風飄送，直沁心脾。大水望著自己的小屋，門窗緊閉，但他已感覺到有甚麼人在裡面，心一陣狂跳，悸動不安。他甚至想離開，跑得遠遠的，直奔鹽灶房，甚至一直奔跑下去，跑到一個沒有人煙的地方，那就是他的金河邊。他寧願回到那個地方去，在一個荒涼的山崗上與騾馬為伴，直至終老。這個世界已不再適合他了。事實上，這個世界一直不適合他，在喧囂的人群中，他相反感到孤獨、侷促，只有與那些騾馬在一起，他才感到自在，天空地闊，他的心才會踏實舒放。

大水彳亍著走向小屋，他已經聽到裡面的浪語歡聲。他走到老槐樹下，找到一把鐵鍬，拿在手裡，往門口走去，短短的幾步路，卻讓他走得很久很久，好像長如一個世紀，所有的屈辱，所有的怨恨都湧上心頭。他操起鐵鍬，往門板上一捅，木門應聲洞開，一對嚇得目瞪口呆的男女赤條條地僵在床上，徐光頭俯身撐在床上，阿花則爬在下面。大水舉起鐵鍬，向一對狗男女衝去，就在這時，徐光頭回過神來，一個鯉魚翻身躲到床下，阿花也清醒過來，叫道：「大水別亂來，別亂來，求求你，別亂來……」

她直起身來，護住徐光頭，並伸手搶大水手上的鐵鍬。這時，徐光頭抱起一團衣服想奪門而逃，大水掄起鐵鍬向徐光頭揮去，叭一聲，徐光頭應聲倒下，屁股現出一團紅印，但拚命往外爬，大水一路追打，卻被阿花攔住了，她死死地抓住鐵鍬，大叫：「救命呀，救命呀！」

有人從院子的一頭出來，一陣嚷嚷過後，徐光頭抱著衣服一跛一跛地跑了，圍觀的人見到他那狼狽相，哄笑起來，而阿花也似乎從人群的笑聲中回過神來，轉身折回屋裡，在裡面嚎啕大哭起來。

大水手握著鐵鍬，呆立在門口，一下子茫然不知所措。他衝著屋裡的女人大吼：「哭喪呀！給老子收聲！」

他扔掉手中的鐵鍬，向圍觀的人嚷道：「沒你們的事，都回去吧！」大家都不肯走，他嚷起來：「走呀，沒你們的事！」他折回屋裡，將門砰一聲關上。

看熱鬧的人漸漸散去，他們靜悄悄離開，但很快就以一種抑制不住的興奮議論起來，而且以異乎尋常的速度與亢奮奔走相告。這宗桃色新聞就這樣在白鹽井爆炸了，震盪波如同一場八級地震。

再說，這大水回到屋裡後，本想將一腔怒火都發洩到女人身上去，但面對伏在床上抽泣的她，一下子倒沒了剛才那股激憤之氣。阿花掩面而泣，嘴裡還念念有詞：「我命苦呀，跟上你這個不中用的男人！」

不知道過了多久，女人停止了抽泣，卻依舊躺在床上。大水坐在床沿上，並不去看她一眼，只是怔怔地看著報紙裱糊的牆壁。他和她都在思考著怎樣面對餘下的日子。女人終於站起身來，穿上衣服，嘴裡忿忿地罵道：「你這個天殺的！」

女人離開了小屋，他並沒有去攔阻她。

事情的全部經過就是這樣的。

但是，整件事卻另有一個版本。阿玉從黃雲五那裡知道，大水現在的處境很危險。

原來，徐光頭與阿花不承認通姦，相反告了大水一狀，說他行兇企圖謀殺，並有婚內強姦的劣行，是個衣冠禽獸。徐光頭與阿花自辯是結拜兄妹，當天，他只不過是為她送去一條連衣裙，因為阿花身材肥胖，且有了身孕，需要一件寬鬆的衣服。

那麼，大水見到他們時的情形，該作何解釋呢？

徐光頭說他在教阿花做伏地挺身。

做伏地挺身？這個解釋真新鮮，白鹽井的人又是一番嘩然。從此以後，白鹽井多了一個地方性的流行語：「伏地挺身」，大家都用這個詞匯來代表男女間的苟且之事，只要誰提到伏地挺身，聽者就能意會，發出暧昧而會心的竊笑。

對於徐光頭和阿花這對姘頭的事，白鹽井的人心知肚明，誰也不相信他們的鬼話，但沒有人能夠替大水作證，揭穿他們的謊言。大家都知道徐光頭大有來頭，加上這些年賺了不少錢，是個萬元戶，連地方上的頭頭們都敬他三分。現在不是要搞社會主義市場經濟嗎？不是要讓一部分人先富起來嗎？這些個體戶、萬元戶，都是受保護的對象，輕易不可得罪他們。再說，他的小姨妹也是個厲害人物，交際手腕了得，有通天的本領，她為徐光頭在官場上打通了不少關結。他們說，王大水這個人有精神病，思覺失調，疑心生暗鬼，把心中的幻想當成真的，加上有被迫害綜合症，是個危險人物。

在中國人的社會裡，一個人一旦被人視為精神病，成為異類，似乎便再也沒有自我辯駁的機會，只會成為任人處置的人，而得不到一點同情和援手。

大水從阿玉口中知道事態的發展，有口難辯，他沉默了。

阿玉見他目光渙散，說：「你要有心理準備，免得吃眼前虧。」

他漠然地說：「我知道了，我知道了。」

一個人的女人跟人私通，被捉姦在床，不僅不受懲戒，反倒與姦夫合謀陷害親夫，這是甚麼世道，有這樣的天理嗎？

大水的心一陣絞痛。他想不到，自己戴上了一頂綠帽子，還要受到人格的侮辱。他說：「我就不相信，黑的可以變白的，是非曲直，不是由他們說的，天下還有沒有王法？」

阿玉暗暗為大水的處境擔心，因為事情不是像他說的那麼簡單。白鹽井這個小地方，山高皇帝遠，再好的法律到了這個小地方，都會變樣。她說：

「大水，你還像當年那樣天真，總以為天地有正氣，是非曲直自有公論。你呀，這麼多年了，怎麼還沒有醒過來？這個社會是一個弱肉強食的社會，有強權無公理呀！」

「那麼，你說我該怎麼辦？」大水問。

「你還是找機會向上面的頭頭申訴一下吧，免得吃眼前虧。」阿玉說，「或者先到哪裡去避一避，等過了風頭再回來。」

「不，我哪裡都不去，也不用向誰解釋，我就不相信黑的會變成白的。」大水固執地說。

十

他現在的處境就像掉進了沼澤，無論自身怎樣掙扎，都無法擺脫泥淖，相反在逐漸向下沉，直至沒頂。他需要外力的援手，可是誰會成為他的救星呢？

大水愈來愈清楚，自己已經成了這個社會的邊緣人，再也不可能回到過去。一九五七年就是他的人生分界線，僅管他得到了平反，重新獲得了公民權，甚至得到了重用，做起《鹽姑娘娘》的編導。他知道，自己僅只是一個有用的人而已，是服從指令的機器人，不可以有自己的意志。在編導《鹽姑娘娘》的過程中，他又一次深深感受到這種無奈。他甚至覺得自己連一個機器人都說不上，只能算是社會機器上的一個零件，表面上看是一個重要的部件，其實隨時可以被替換。零件就是零件，用完就報廢，他已經處於報廢的邊緣。好在，他已經認命，無論境遇是好還是壞，他都能夠坦然接受。他知道，不管境況如何，這日子都得過下去。二十多年來的生活經歷，磨平了他的棱角，他學會了安於天命，不怨天不尤人。現在，他的心態是，一覺醒來就將前一天的事都通通忘記，把每一天都當作一個新的開始。但是，現實的煩惱並不會因為他的這種心態而消失，問題依然是問題，他依然要面對。

家事還沒有解決，《鹽姑娘娘》的劇本問題又來了。上邊批示下來，說劇本的意識有問題，偏離了主旋律，有自由化傾向，需要做出大的改動。

正在躊躇間，水晶來了。

水晶也聽說了大水家中的醜事，但她不是為這件事而來，她不願意去問那個醜八怪女人的事，相反，她暗自慶幸那個女人離開了大水。她今天來找大水，是為《鹽姑娘娘》而來的。她從父親黃雲五那裡知道，上面要大水修改《鹽姑娘娘》的劇情。大水在寫作過程中，常常徵詢她的意見，讓她也參與到創作之中，所以她像珍視自己的作品一樣珍愛《鹽姑娘娘》。經過那段時間的參與，她自己在寫作上似乎也開竅了，領悟到了創作的神髓。她已經下定決心，走文學創作之路，而且在這些日子裡寫下了好幾篇小說。她從心底裡感激大水對她的啟蒙和教導。

大水一看到水晶，就好像看到藍天與陽光一樣，愁緒一掃而空。他相信水晶不會不理他的，這不，她來了。他站起身來，連聲說：「你來得正好，快坐下，我們好好聊聊。」

大水在創作《鹽姑娘娘》時，幾乎把水晶和阿玉當成了鹽姑娘娘的原型，傾注了他對她們的感情。當年的阿玉，如今的水晶，在大水眼中就是美的化身。在傳說中，鹽姑是庇護這一方人民的神靈，她發現了鹽的源泉，並與惡勢力殊死鬥爭，保住了邊民們的生命之泉。水晶在參與創作的過程中，學到了很多塑造人物、安排情節的手法，她將這些經驗運用於自己的小說創作中，也終於得到了回報。她今天來看大水，除了談《鹽姑娘娘》的改動，還有一個喜悅要跟他分享。

水晶拿出一本文學雜誌，遞給大水，說：「我發表了一篇小說。」

大水接過雜誌，一看是北京出版的重量級文學刊物。

「行呀，水晶真出息了！」

大水急急翻看水晶的作品。這正是她給他看過的那篇習作，寫看門人汪老頭的故事，標題是《小屋》。小說經過一番修改，顯得更怪異詭譎，有表現主義的色彩。

水晶之所以把這篇小說投寄出去，正是由於受到大水的肯定而信心大增，於是鼓起勇氣寄給了這份有全國性影響的刊物。

大水說：「我沒說錯，我沒說錯，你會成為一個出色的作家！水晶，繼續寫下下，大水叔叔以你為榮，也為你驕傲。」大水興奮地站起來，走到她面前，他本來想拉著她的手，甚至有一種想擁抱她的本能衝動，當然他不會這樣做，他只是輕輕拍拍她的肩臂說：「你成功了，走，咱們到老馬那裡去，讓他也看看，我們還要讓他報導出去。」

「用得著這樣嗎？」

「當然用得著！這是白鹽井的大事，白鹽井出了個青年作家，怎麼能不傳揚出去？」大水拉著她的手就往外走，也忘記了身份，忘記了尷尬，所有世俗的忌諱，他統統都忘記了，他只想到她的成績，她的驕傲，這世界還有甚麼比這更令人振奮的事呢？我們白鹽井出了個人才，她就是水晶，就是水晶呀！

他拖著水晶走出了文化館，直往廣播站走去。路人都看在眼裡了。白鹽井這個小地方，男女都不會手拖手，怕羞。縱使談戀愛的青年男女，夜晚在月亮塘幽會時，也只敢暗地裡手拉手，見到有人經過，便會立即鬆開十指緊扣的雙手。此時，大水拉著水晶的手走出文化館，確實讓很多人為之側目。

水晶注意到別人在盯著他們，而且從那些目光中看到了驚訝、不解、嫉妒、羡慕。這就是白鹽井，一個被大山重重圍困的邊城，人們過著一種與山外的世界相隔絕的生活，自有他們的生存準則和世俗規矩。水晶知道別人會怎樣看他們的舉動，又會怎樣傳說他們的關係，但她不在乎。

她喜歡被大水拉著手的感覺，喜歡他結實有力的手掌，喜歡他這一刻的興奮勁，感覺青春的活力又回到了他的身上。她願意被他拉著手，一點也不在乎別人的想法。

自從跟大水在一起後，她整個的生命都發生蛻變，她感到一個全新的靈魂代替了過往的自己，她從大水送給她的書中得到了啟示，也得到了一種無視世俗目光的勇氣。她已經看清楚了未來的道路，看到了生命的方向，正像大水一再對她講的那樣，她要走出白鹽井，闖到外面去，用知識改變自己的命運。她已經想好了，等《鹽姑娘娘》的創作與演出結束，她就出發，到外面闖蕩。

他們來到了廣播站，大水一跨進門便大聲叫喚：「老馬，老馬。」

老馬沒出現，阿玉倒是出現了，她看到大水和水晶手拉著手走進辦公室，驚奇地問：「甚麼事這麼興奮呀，看你那模樣，好回到了二十多歲時，那麼意氣風發。」她已感覺到大水和水晶來找老馬，一定是有甚麼好消息。

大水將手中的雜誌遞給阿玉，說：「你看看，這是水晶的作品，你有一個有出息的女兒呀！」

阿玉接過雜誌一看，真的是水晶的名字，白紙黑字的鉛字。她一點也不知道女兒有這個才能，不過她並不感到驚訝，她早就發現水晶跟大水和很多相似的地方。她說：「怪不得這丫頭整天把自己關在房裡寫寫畫畫，原來寫起小說來了，是跟著你大水叔叔學來的吧？」

大水說：「這都是她自己的天分，青出於藍而勝於藍，你別小看水晶呀，她會成功的。」

這時老馬走進來了，他問：「大水，甚麼事這麼咋咋乎乎的？我正在錄音呢。」

「水晶成作家了，你看看！」大水把雜誌遞到老馬手中。

老馬把雜誌翻開，看到水晶的名字，「喲，還是頭一篇呢，行呀，水晶！」他急忙翻看下去，也激動起來，「這可是我們白鹽井的人在國家級刊物發表的第一篇小說呀！不得了，不得了！」

老馬也是一個文學愛好者，寫了幾十年的東西，最多只在地區的報紙雜誌發表幾篇豆腐塊似的散文詩，那種散文不像散文，詩不像詩的玩意。他也寫小說，但從來沒有發表過一篇，所以他明白在這重量級刊物上發表小說，意味著甚麼。想不到水晶一步就跨越了他這麼多年走過的路。「後生可畏呀，可喜可賀！」

「老馬，你是不是應該寫一個報導，把這事宣傳宣傳？」大水說。

「這有甚麼不得了的，值得大鑼大鼓的嗎？」阿玉說，「你們可別把她寵壞了，把她捧得太高了，她更加飄飄然，連自己姓甚名誰都不知道了，這樣不好，再說她這也只是發表了一篇，並不代表甚麼，創作這碗飯可不好吃呀，還是低調一點好。」

「你說錯了，水晶的成功並不是僥倖，她的小說很有個人的特色，風格非常突出，她靠的是自己的實力，她現在最需要的是鼓勵，可不是潑冷水。」大水說。

「就是，這不容易，這確實是個振奮人心的消息，這也是白鹽井的驕傲，要報導，今晚的廣播要在本地新聞中加播這一條，我現在就寫一個消息。」老馬拿過刊物，就埋頭寫起來。老馬不是一個有慧根的創作人，卻是一個認認真真的新聞人。

大水和阿玉母女看著他的認真勁，都哈哈笑了起來。

老馬一邊寫一邊抬頭說：「我們今天要好好慶祝一下。」

「我也正有此意，我們今晚來一個聚會，買上一瓶酒，喝個痛快，好好慶祝一下。」大水說，「阿玉你也來。」

「你們慶祝吧，我可沒這個雅興。」阿玉說。

「媽，你好掃興呀，大水叔叔難得這麼有興致，你也一起來開心一下吧。」水晶不知道母親跟大水曾有過戀愛關係，更不知道她刻意廻避與大水來往，所以，對母親的態度頗有些不悅。

大水說：「今天可是水晶的好日子，你也一起來開心一下吧，今晚我們到月亮塘的觀月亭，說好了。」

水晶說：「今晚我請客，你們愛吃甚麼？」

「滷豬耳朵，你給大水叔叔買一份滷豬耳朵，他最愛吃這東西。」阿玉說。

「你怎麼知道？」水晶問。

阿玉一下子意識到自己說漏了嘴，她不該讓女兒產生疑問。她急忙岔開話題：「柵子口最近重新開張的「笮香園」，是一家老字號，他家的滷豬耳朵味道好，以前就很出名，買來下酒最好。」

「想不到媽對這還有研究。」水晶說。

「你媽在這白鹽井生活了二十多年了，能不知道嗎？」阿玉說。

老馬想起二十多年前的事，那次是大水在《月亮》詩刊上發表了一組詩，大水、阿玉，還有他自己，幾個年輕人就是在「笮香園」買滷豬耳朵和酒，並到月亮塘的觀月亭歡聚暢飲。那天的情景晃如昨日，大水也像今天這麼興奮，他在觀月亭朗誦起自己的詩作，並聲明把詩獻給阿玉。那是屬於他們的年代，人人都樂觀向上、無憂無慮，好像生活就代表著快樂，代表著幸福，人生就是美好的樂園。如果阿玉不提起這滷豬耳朵，他幾乎忘記了那個日子。命運弄人呀，大水和阿玉本來應該是一對，卻不能夠結合，這是誰的錯誤呢，時代？命運？那一場政治的風暴改變了多少人的人生軌跡，又摧毀了多少個家庭，埋葬了多少人的青春？如今縱使能夠讓他們重新相遇，也已經無可奈何花落去，不可能再續前緣。大水把多少年來對阿玉的愛，都轉化成對水晶的關愛，好像把水晶當成了女兒一般，她的成功怎能不讓他興奮雀躍呢？

老馬說：「我們今天還是一碟滷豬耳朵一壺酒，說好了，阿玉也要來，這可不只是水晶的好日子，也是讓我們重溫青春歲月、共話當年的好機會。」

阿玉對著老馬說：「你呀，就會搞局。」

十一

大水他們的聚會終究沒搞成，相反，水晶又和大水鬧起別扭來。這對情同父女的忘年交，又為《鹽姑娘娘》的修改出現了爭拗。

大水決定順著領導的意思，其實也就是黃雲五的意思，減少一些自然主義的場景，尤其是性愛情節，以使女主角形象更為高大完美，符合健康向上的主旋律。

「你真的要做這樣的改動？」水晶問。她已經跟父親就劇本的修改，發生了一次爭論，她堅決支持現在的版本。這是大水和她的心血之作，她相信大水不會願意做出這樣的改動。誰知道，他竟屈服了，屈服於領導的意志。

「是的。」大水說。

「為甚麼？」水晶大聲叫出來。

水晶的樣子，正是大水想像中的鹽姑形象，敢愛敢恨，正直清純，尤其那雙眼睛，像山中的一泓清泉一樣明澈見底。大水明白她的心情，他也不願意對劇本的情節做出改動，他認為現在的版本最能表現鹽姑的性格和精神風采。可是他有甚麼辦法呢？這是任務，是政治任務，他不可以違抗上級的指示。

水晶說：「我明白了，明白你的意思，但是，但是……」

她沒想到大水真的投降了。這些日子，她從大水那裡得到的教誨，以及從那些文學經典中得到的教益，都讓她深信創作不應該受到干涉。作為一個創作人最可貴的精神是甚麼？不就是忠於生活的原貌嗎？不就是忠於自己的內心嗎？不就是忠於真理嗎？可是大水叔叔明知道那樣的修改違背他自己的意願，為何還要這樣做呢？她問：「是我爸爸的壓力讓你屈服了吧？」

「不是。」大水肯定地說。他明白沒有黃雲五，也會有張雲五、李雲五等等，來要求他做出這樣那樣的改動。這就是社會的現實，中國幾千年的傳統都是這樣的，總是有一種強大而頑固的勢力，在扼制著知識分子的思想，讓他們沒有自己的個性，不能發出自己的聲音。我們唯一的出路就是妥協，向現實妥協，在一種苟且偷生式的生存狀態中尋求一點可憐的滿足，在不完美中尋求一點突破，在委屈求全中苟延殘喘。這不僅是他個人的狀況，也是整個知識界的狀況。這二十多年的生活經歷已經告訴他，他沒法同一種建制作對，沒法改變社會的法則，否則只會撞得頭破血流。他不相信雞蛋可以碰石牆，那些敢於以自己的生命去迎撼石牆的人，總是會頭破血流。他已經沒有那種體魄與意志去充當好漢了，他只能隱忍，只能苟活，他認命了。他說：「你還年輕，你不知道世道的凶險，但我不能不這樣做，你明白嗎，我只能服從。」

「你不是說創作的最高律令是服膺於生活的真實、美的原則嗎？難道這只是堂而皇之的大道理？」水晶問。

大水確實對水晶講過這些道理，他自己也深信這才是真正意義的創作，可是在現實面前，他卻無法信守。他問：「我讓你失望了吧？」

「是的，我失望，我不僅失望，還感到羞恥。」水晶說。

大水看著水晶，她的眼裡含著淚花。他從心底裡欣賞水晶的堅持，欣賞她的銳氣，也欣賞她的正直，在她面前，他確實應該感到羞愧，他不配做她的老師。他本來想告訴她，現實與理想總是有距離的，總有一天，她會明白要突破現實的羈絆是多麼的難。他甚至想告訴她，做一個中國的文人，尤其難上加難，他們多數都不可以有自己的意志，都要做違背自己良心的事，說違心話，做違心事。在中國，一個搞創作的人似乎只有兩條路可走，要麼冒著粉身碎骨的風險，堅持自己的思想，與世俗決裂；要麼為保全性命而喪失自我，放棄自己的原則，隨波逐流。曾經，他以為自己已經完成了人生的淬礪，是一個有獨立思想的人，以為自己會堅守到底，卻原來仍是一塊可以任人搓捏的泥團。難呀，做一個中國的文化人，難！他不能不服從上面的指示，不能不違背自己的意願，對《鹽姑娘娘》做出修改，以符合上面的旨意。他已經為了一組詩付出了生命中寶貴的二十年，失去了他的青春、他的愛人、乃至他的生命意志，他已經怕了，再也經不起折騰了。他還想告訴她，時間會讓你明白世道的險惡，誰也不可以隨心所欲，閱歷會改變你的思想，讓你知道個人鬥不過命運。他欲言又止，他不能對她講這樣的話。他只能在心裡說：「終有一天你會明白我的難處。」

水晶從大水的神情中讀懂了他心情。曾經，在她心目中有著特殊地位的大水叔叔，一下子縮小了。她一下子發現，他的神態是頹靡的，他的身材也不像先前那樣挺立了，相反有幾分佝僂，這就是母親口中的那個意氣風發的青年詩人嗎？是的，他是那個人，白鹽井的人都知道他是那個有本事的右派，所以縱使他遭受過不公正的對待，仍對他尊重有加，白鹽井雖然是個邊塞小城，卻有著尊重讀書人的傳統，他始終是白鹽井最有學問的人。他曾經是一個敢言的人，一個無懼無畏的人，所以，白鹽井人一講起當年的他總是津津樂道。但現在，他退縮了，他屈服了，他不再有當年的鋒芒，難道歲月真像一個神偷，會改變一個人的思想和意志？水晶明白了，明白了他的心態。她說：「我不幹了，以後這個劇本跟我無關，我也不會參加演出。」

水晶走了，回到家去。

阿玉看到水晶悻悻的神態，知道她又跟大水鬧別扭了。她說：

「唶，這個丫頭，總是跟大水過不去。天色說變就變，真是變得快呀，剛才還陽光普照，怎麼現在就陰雲密佈了，我看今晚的聚會八成搞不成了。」

「還聚會哪，散夥了，以後也不會有了！」水晶說。

「這又是怎麼啦？大水得罪你啦？阿玉正在和麵，準備包餃子。」她說：「過來幫我看看灶裡的火。」

水晶坐在灶前，拿起鐵鉗往灶裡捅了捅，又加了一塊木柴。

阿玉故意不理睬她，也不問她甚麼，好像甚麼事也沒發生一樣。她只是埋頭和著麵，在案板上使勁揉。

水晶望著灶裡的火焰出神。半晌，她終於開口了。「媽，你說大水這個人怎麼變得這麼窩囊。」

阿玉以為她是在講阿花跟徐光頭的事，她說：「那事不怪他，是那個女人和徐光頭在打他的壞主義。他們以為他能補一筆錢，誰知道人家這次平反是一分錢也沒拿到，只是恢復公職，阿花和徐光頭竹籃打水一場空，他們的醜事被大水揭穿了，還惡人先告狀。」

「我說的不是這件事。」水晶聽到母親談起阿花跟徐光頭的事，更是惱火，她說：「我才不管他那些破事，我說的是劇本的事。他真的聽從了爸爸的話，改起那個劇本來，爸爸懂甚麼呀？瞎指示，長官意志！你說大水怎麼就這麼窩囊，一點也不堅持自己的原則。」

「他有他的難處，就好像你爸爸有你爸爸的難處一樣，一層層的指示，怎麼能不執行呢？」阿玉說。

水晶站在母親身邊，和她一起包起餃子來。母女倆總是喜歡一起下廚，擺家常談心事。在水晶看來，大水的變化實在不應該。她說：「他也該堅持一下吧，他一點反抗的意思都沒有，這也太窩囊了吧？」

「生活確實改變了他。」「他以前可不是這樣的。苦難的生活磨去了他的棱角，也磨去了他的鬥志。確實，他恢復自由後，變得遊戲人生了。」阿玉心裡想。

「這也是生活所迫呀！他受的罪太多。凡是經歷過反右，經歷過文革的人，都心有餘悸，這也不能怪他。你要體諒他。」阿玉說。

「我當然體諒他，但我覺得他這輩子就這樣完了。」水晶說。

「他這輩子就這樣完了。」這句話像釘子一樣，一下子釘進了阿玉的心裡。她的心一陣痛楚，手也微微擅抖。二十年前，她也說過同一句話，那是她看著他被人押走時的那一刻。

阿玉默默地包著水餃。

水開了。水晶揭開了鍋蓋。

「等煮好了餃子，你給大水端一碗過去，給他嚐嚐。」阿玉說。

「我不端，要端你自己端去。」水晶說。

「你這丫頭今天是怎麼了？」阿玉真的生氣了。

「想不到他真是個『見花謝』，連思想意志都是『見花謝』！」水晶說！

「你說甚麼！」阿玉一巴掌打在水晶臉上，「你怎麼可以這樣侮辱你，你……」阿玉的話沒說完，她把話吞回去了。她的胸脯因激動而起伏著，她說：「你怎麼講得出這麼刻薄，這麼沒教養的話？」

水晶一臉驚訝地看著母親。「我說錯了甚麼話，值得她動這麼大的氣？」她的臉上留下了一道白色手掌印，滿臉都是麵粉。在她的記憶中，這還是母親第一次用這種方式打她。她想不通母親為何反應這麼激烈。她說：「也許我說的話太粗俗了，我道歉，但我不會收回我的言語，我認為他太軟弱了，失去了知識分子應有的道德勇氣。」她轉身回到自己的房間。

「道德勇氣？道德勇氣？」阿玉的思緒回到了一九五七年，那次會議上，大水在《月亮》詩刊上發表的詩被定性為反黨反社會主義的大毒草。黃雲五在會上點名要她發言，揭發大水的反動言行。她站起來了，她一字一句地說：「我從來沒有聽過他講過一句反動的話，也沒見他做過一件對不起國家民族的事，他是好人！」

會議過後，黃雲五又一次找到她，向她講起大義滅親的道理，要他大膽地站出來揭發，她始終是那句話：「他是好人。」可是，最後的結果，還是把他定性為右派，將他送到農場監督改造。大水被帶走後沒多久，她發現自己懷孕了。

那真是不堪回首的歲月呀！

阿玉舀了滿滿一碗餃子，給大水送去。

十二

大水打開門，一看是阿玉，有幾分驚訝地說：「是你？」

他既感意外又感到驚喜。阿玉還是第一次到這小屋來。

「剛煮的水餃，還熱乎乎的，趁熱吃吧。」阿玉說。她打量了一下小屋，屋子雖然殘舊，卻還整潔。

「水晶鬧情緒了吧？」大水說。

「這個丫頭，愈來愈不像話。都是被寵壞的。」阿玉說。

「水晶很有個性，是個好苗子。」大水說。

阿玉早就想向大水講講五七年的事，可一直猶豫不定，不知道如何開口。命運真是會捉弄人呀，那冥冥中的主宰將他從她的生命中奪走，最後又讓他重新出現，而這一切好像是命定的，不容抗拒，也無法解脫。她不知道大水怎樣看她和黃雲五的結合，更不知道該如何言說。一切都成了過去，無論是歡樂還是悲哀，都成了過去，只有記憶時不時地在心海中激起一圈圈漣漪。生存永遠面對的是當下的困境，不容你回望，更不容你指望未來。誰能說出明天是甚麼樣的，會遭遇甚麼樣的人生？生命是虛幻的，人總是無法掌握自己的命運，但走過的路總是實實在在的。她覺得自己有責任將真相告訴他，讓他知道當年發生的事。

大水被關進牢房後，她突然發現自己懷孕了。

她簡直不敢相信這是真的。她和他就只有一次，就是他們在月亮塘詠詩飲酒的那個夜晚，她把少女的愛與貞操一起獻給了他。誰知道，那愛的花朵剛開放，就被一次暴風驟雨摧折了，她失去了枝幹，成了無助的落紅，唯有暗自垂淚，獨自神傷。

這時，黃雲五出現在她的面前。他和大水一直是她的追求者。這三個年輕人，好像從一開始就有解不開的結，命運總是將他們綑綁在一起，無論她屬於他們兩人中的哪一個，都會對另一個人產生傷害。愛情的排他性，會將一種神聖的情感變成一把利刃，刺進第三者的心臟。我自登龍成快婿，定有他人獨憔悴。大水在得到阿玉的那個晚上，便向她說過這樣的話。大水和黃雲五這兩個情場上的競爭者，好像為她展開了一場看不到的決鬥。大水贏得了她的芳心，卻失去了他的自由。黃雲五排除了對手，卻失去了阿玉的好感。

她說：「你走開，我不想見你！」

黃雲五沒有走開，相反坐了下來。他說：「你可以恨我，但現在你也需要我的幫助。」

她說：「你走吧。」

他知道阿玉恨他，正如他也在恨自己。在見到大水被套上手銬送上囚車的那一刻，他懊悔了，也害怕了，也意識到了自己對一個朋友所犯下的罪孽。他完全沒想到，大水會坐牢。他想，如果沒有他主持的會議，沒有他的鼓動，就不會有這樣的結果。他一下子發現自己太天真了，以為出於一片忠誠，執行上面的指示，就不會錯，但現在他卻將他推上了受懲罰的道路。雖然，當初他的確相信大水犯了攻擊社會主義制度的過失，卻萬萬想不到那是會招致滅頂之災的罪行。他以為，那只是體現民主，實行批評與自我批評的方式，揭發大水的錯誤，只是為了幫助他轉變認識，改正思想，當然他自己也確實想藉機會挫一挫他的銳氣，但他確實沒有置他於死地的動機。我真不應該做那樣的事，不應該這樣對待他，我們畢竟是朋友呀。他，大水，還有阿玉，從到達這座小城的那一天開始，就成了朋友，大家都懷著共同的理想，想為邊疆建設出一分力發一分光，而現在這個小小的共同體卻少了一人。我這是怎麼了，怎麼了？他自問自責，我已經不配再做他的朋友，而且再也不是人格完整的人。他第一次強烈感受到政治的無情。政治，政治就是激流，縱使你只想站在旁邊觀看，也有可能因為一次不經意的接近而身不由己地捲入漩渦，在洪流中沒頂。我犯下了不可饒恕的錯誤呀！他陷入了一種無法解脫的愧疚中。在反右運動中，他的表現得到了上級的讚賞表揚，但他卻無法興奮起來，更無法減輕心底的負疚感。他曾暗自躲在被子裡，像打擺子般擅抖，他怕被別人知道他的內疚，他的軟弱，他的膽怯。那時，他想到了阿玉。他發現阿玉這些天都茶飯不思，又常常嘔吐，意識到她可能有了身孕，於是暗中觀察，一種強烈的直覺告訴他，阿玉已成了大水的人，而且懷上了他的種，一個孽種。那個王八蛋真的把她弄到手了，一想到這裡，強烈的嫉妒情緒又代替了負疚感，他的心又被另一股魔力攫住了，一個聲音在慫恿他：「把這醜事傳出去，幹吧，把他的醜事張揚出去。」曾經，他以為自己是一個正直而光明正大的人，認為自己是道德高尚的人，絕不會犯低級而庸俗的錯誤，誰知道那個置朋友於死地的人正是他自己。原來，他心底有一個魔鬼，隨時都會趁他嫉妒、仇恨、衝動的時候逃出來。怎麼辦，說不說？不，不能這樣做，這會傷害了阿玉。上面已經打算把她下放到邊遠的山區去，因為她在反右運動中站在了大水一邊，有同情包庇右派分子的嫌疑。這件事如果傳出去，她肯定會受到更大的懲處。我已經犯了一次錯誤，不能再犯第二次，否則，我就是一個卑鄙的人。

他說：「你現在的處境不妙，我不想看著你再受到傷害。政治是無情的，我們每個人都無法抗拒時代洪流的裹挾，所謂識時務者為俊傑，你一個人能敵得過時代大潮的衝擊嗎？」

「你別再跟我上政治課了，我不想聽。」阿玉說。

「我知道你不想聽，但是我還是要告訴你，你可以不為自己作想，卻要為他作想，為你們的愛情結晶作想。」

他的話說中了要害，阿玉不再說話。

「你再想想吧。」他說，「你知道我對你的感情，我對你的感情一直不變，我願意為你做任何事情。你要相信我的話。我只想跟你說一句話，現在，只有我能幫你。而且只有這樣才能夠減輕我的罪過，請你相信我，也給我一次機會。」

他起身離去了。

阿玉望著他離去的背影，陷入了矛盾之中。她知道，現在唯一能夠替她解圍的人只有他。她恨他，恨他對大水不仁不義，但她也知道這個結局不是他一個人造成的，他只是聽從上面的安排，充當馬前卒，做一個盲從的執行者。他，一個沒有自我意志的可憐蟲，也是一個可悲的受害人，因為他喪失了自己的人格。

「我該怎麼辦？」她想過離開，離開這個小城，但她能到那裡去？天下雖大，卻沒有一個可以棲身的地方。她只能留在這裡，等待上面的發落。大水的噩運，也是她的災難。她有口難言，無從辯駁，既無法替他澄清，也沒法證明自己的清白。這一場政治的風暴來得那樣迅猛，不管你怎樣閃避，總是無法躲過疾風勁雨的襲擊。在這場暴風雨中，人人都無法潔身自好，也無法逃避，想不濕身都不行。縱使有些人沒有變成落湯雞，也一樣狼狽不堪。她不知道這個社會怎麼了，昨天還風和日麗，今天就風狂雨驟。大水的被捕，頓時令她手足失措，她感到自己就像一隻孤零零的鳥，站立在狂風暴雨中的電線桿上，翅膀打濕了，再也飛不起，只能聽任風雨的抽打。

第二天，她來到縣醫院婦產科，準備做人流手術。這是她唯一能做的事，只有這樣，才能減輕大水和她自己所受的傷害。她坐在掛號室的長椅上，旁邊坐的是一個大腹便便的少婦，看上去快臨盆了。少婦撫著肚子，輕輕地摩挲著，她說：「這小傢伙又在裡面翻筋斗啦，像個孫悟空一樣不安分。」

阿玉笑一笑道：「說不定是個男孩呢。」

少婦平靜地說：「我也這樣想呢。」

她的臉上洋溢著滿足和幸福的光澤。這是阿玉在那風雨飄搖日子裡，所見過的最平和的面孔，顯然，那種光澤是從富足的心靈中煥發出來的，有著母愛的慈祥，也有著對新生命的期待。

生命，生命真是一種奇蹟，看那即將誕生的新生命為這位少婦帶來了多少快樂！

「我的身體中也有一個生命在孕育，那是我和大水的生命結晶，愛情見證，我有甚麼權利去扼殺他？不！我不會做這樣的事。那是一個生命，我要生下他。」她急急離開了醫院，來到黃雲五的宿舍。她不知道自己為甚麼會來到他這裡，只知道他會幫助她，並讓她的孩子得到保護，健康成長……

這就是她想告訴大水的事。

大水聽完阿玉的述說，平靜地坐在床上，久久都沒有說話。他的心亂了，五味雜陣。他的眼裡流出了淚水，悄悄的流。他感到委屈，感到傷心，也感到欣慰，感到幸福。從他第一眼看見水晶的那一刻開始，他就把她當作女兒看待了。那是一種說不出的感應，好像她的眼神直通到他的靈魂，讓他的心找到了歸宿，得到了從未有過的安慰。他所受的苦難，似乎都因為她的出現而變得無關緊要了。但他從沒想過，水晶就是自己的骨肉，一點也沒想到。她就是我的骨肉，我的心肝，我的生命呀！但是我能給她甚麼呢？我只會給她帶來屈辱、帶來不幸。二十多年了，我沒能給她父愛，更沒能給她任何的呵護，我能夠成為她的父親嗎？我不配呀！

「水晶知道自己的身世嗎？」大水問。

「我還沒告訴她，但是終究要讓她知道。」阿玉說。

大水的手顫抖起來。他用手背擦了擦眼淚，又抹了一把鼻子，良久才說：「還是暫時不要跟她說吧？」

他沒有勇氣接受這個事實。「我有甚麼權利去做水晶的父親，她現在有一個當部長的爸爸，而我呢，我算甚麼？一個右派父親，一個現實生活中的失敗者，我能給她帶來甚麼？我只會給她帶來負累，成為她生命中的負資產。如果水晶知道我是她的親生父親，她會作何反應？這太可怕了，還是不能讓她知道，至少現在不能讓她知道。我不配，不配呀！我不配做她的父親。我成了甚麼人，連做一個堂堂正正父親的資格都沒有，我還算一個堂堂正正的男人嗎？一場政治的風暴，將我所有的尊嚴都奪去了，我現在甚麼都不是呀！」他感到自己在萎縮，從生理到心理，整個人的雄性基因都在退化，他已經失去了做一個男人的本錢。

阿玉明白他的心情，他現在鬧出那件事，成了別人茶餘飯後的笑話，還被別人反咬一口，告了上去。她不明白，命運為甚麼總是跟大水開玩笑，而且開的是痛苦的玩笑，讓他總是在人前抬不起頭。他怎能不擔憂呢？

大水說：「這些年，難為了老五。」

阿玉欲言又止。

命呀，這一切都是命，命運安排他們三個人有這樣的關係，她和大水有愛的結晶，卻不能結合；她和黃雲五有夫妻的名份，卻沒有得到愛的祝福。這麼多年過去了，她和他都認命了，他們都相信每一個人的命運，自有上天的安排，不由得自己選擇，自己能做的就是逆來順受。

阿玉說：「時間不早了，我也該回去了，老五要回家吃晚飯。」

大水送她出門，月亮已高懸在天幕上，地面披上了一層銀輝。

大院裡靜悄悄的，好像從來都這麼寧謐。

十三

就在阿玉給大水送去水餃的那個夜晚，大水被捕了。

那個晚上，白鹽井的氣氛特別詭秘，大地靜謐無聲，只有偶爾傳來的幾聲遙遙的狗吠。這是一九八三年的嚴打行動，白鹽井也像全國其他地方一樣，雷霆掃穴，一夜間抓了幾十人。這些人大都是一些偷摸拐騙之徒及流氓地痞，只有大水是一個文化人，但他被列為歹徒。

第二天一早，大院裡的人張口就問：「知道嗎？花柳水被抓了。」

大家都異常驚訝，大水這個人手無縛雞之力，從來沒見他跟誰鬥嘴過不去，怎麼也成了被嚴打的對象？不過，大家很快就明白了，他是栽在肥婆娘阿花和她的姘頭徐光頭手上。人家徐光頭這些年可是愈來愈吃香了，他的小姨妹上上下下都吃得開，聽說跟公安局裡面的某某都有一手。據說，徐光頭還有機會弄個政協委員來做做呢，你說人家的能量有多大？人家往上頭參了他一本，這大水不是自討苦吃嗎？唉，這大水遇上一個爛貨，真是活該他倒霉。

大水又一次被判刑，罪名是行兇打人及婚內強姦，但這一次不是勞改，而是入精神病院。白鹽井的人聽到這個判決都覺得很新鮮，一個男人將自己老婆捉姦在床，明明親眼所見，證據確鑿，卻打輸了官司淪為階下囚，而那對姦夫淫婦倒逍遙法外、風流快活。可是，人家法庭卻不是這樣看的，法律講的是證據，大水有甚麼證據證明他們是通姦呢？阿花在離開大水的破屋後，便去做了人流手術，現在大水想用這件事來為自己申辯都死無對證。人家法庭接受那對姘頭的說法，認定阿花與徐光頭只是在做伏地挺身，屬於健康的活動，而大水的瘋狂行為完全是出於猜忌，思覺失調，以至於把心中的想像當成真的，並且喪心病狂地行兇打人。

聽到這樣的判決，大院裡一下子議論紛紛，井台邊又熱鬧起來，慶嫂為首的那群婆娘你一言我一語，吱吱喳喳，真像一群聒噪的烏鴉。大家都說沒有天理，但沒有一個人可出面為他打抱不平。慶嫂同樣為大水不值，但她更為自己的預言得到應驗而格外興奮，她提高調門以壓過別人的音量說：「我早就說過花柳水娶這個女人有好戲看，這不，應驗了！我說呀，這個花柳水定是上輩子造了甚麼孽，要他這一輩子來還，不然怎麼總是這麼倒霉？」

老馬從井台邊走過，聽到了這群婆娘的議論。他平素對慶嫂總有幾分鄙視，但今天也不能不認同她的言語。可不是嗎？一個人只要走錯一步棋，便滿盤皆落索，一生都不得順暢。這個大水從一開始就因為一場政治運動而交了噩運，從此成了背時鬼，注定一輩子倒霉，這次恐怕連翻身的機會都沒有。你看他現在哪裡還有一點當年的氣度，全然是一個被閹割了的公雞，再沒有一點雄赳赳氣昂昂的本色。說來，也是這一代知識分子的悲哀呀，好端端的一代人，就因為一場政治的風暴被去了勢，從此改變了人生的軌跡，在一次又一次政治運動中被整治，直到完全失去自我的人格，最終連起碼的尊嚴都喪失殆盡。他不知道大水的前世造了甚麼孽，一次次的捱整，一次次的成為各種運動的犧牲品，這倒底是他的命，還是社會現實的荒誕？為甚麼像大水這樣的人，總是無法把握自己的命運，而要承受一次又一次的打擊？莫非這一切都是整定的？

「快看呀！押送犯人的車隊經過大門口了！」大院裡的人都在往門外跑。

街頭早就站滿了人。看囚犯遊街，好像也成了白鹽井人一年一度的節目。

「那不是花柳水嗎？」大家都看見了，他被反綁著雙手站在大貨車上，與其他的犯人站在一起。大水也沒想到有今天的結局。他一直不曾將這件官司放在心上，就算得到阿玉的善意提醒，他還是沒把它當一回事。他相信法律是公正的，執法人員自會明察。他不相信黑的可以變白的，假的可以變真的。如果真是這樣，那可真是老天沒眼。他，一個讀書人，儘管沒有能力改變世界，改變社會，但總是相信，天地有正氣，邪不能勝正。可是，他錯了，判決的結果讓他驚覺，世道並不是他想像的那樣，是非曲直完全顛倒了，真的反倒成了假的，假的反倒成了真的，他一個老老實實的文化人，反倒成了道德敗壞的惡棍，這是怎麼回事。「這是共產黨的天下嗎？這世界還有沒有王法？」他曾這樣質問執法人員，但卻得不到任何的回答。

「這是一個甚麼世道，如此的荒唐，如此的荒謬！我真是太傻了，也太天真了。二十多年的經歷並沒有讓我聰明起來，反倒使我更迂腐了，與時代完全脫節了。這是一個甚麼世道，甚麼世道！」他的心在痛，在吶喊，可是沒有人聽得到他的呼叫。

大水站在車上，俯視著地面，他甚麼都看見了，又甚麼都沒看見，這車真像一條緩緩流淌的河，展開著連綿不斷的風景，一張張模糊的面孔浮現又消失。他看到了大院裡的人，看到了慶嫂，看到了老馬，但他沒看到阿玉。他知道阿玉不會出現在人群中，她不會站在這樣的人群中看他。此時，她只會獨困家裡，為他而哭泣。不過，他看到了一個熟面孔，水晶。水晶也在人群中，她站在遠遠的水泥燈柱後面，顯然不想被人發現。大水看到了她，無論她怎樣刻意隱藏自己，都不能躲過他的目光。他可以看不到任何面孔，但卻會像雷達掃描一樣，一下子察覺她的面孔。她看著他，他也看著她。她不明白自己為甚麼要出來看看他，本來，她不願意出來，卻始終無法抗拒心中另一個聲音的催促。她不知道這個男人為甚麼總是和噩運在一起，好像他跟背時鬼交上了朋友。她還在怨恨，恨他當初的選擇，恨他沒有男人的氣概，也沒有知識分子的勇氣，如果他強硬一回，生命也許會改觀，命運也許會改寫。現在說甚麼都無用了，她只能怒其不爭哀其不幸，替他傷心。這個男人怎麼這麼窩囊？她不想讓他看見，但他始終看見了，他們的目光在剎那間相遇，閃電一般在彼此心間留下了一道閃光。大水的眼裡閃過一絲亮光，但很快就熄滅了，面容隨即恢復漠然。他的眼光避開了她，像她避開了他的目光一樣。他依然目光渙散地看著地面，像看著河水的流淌。每一個人之於另一個人，都不過是生命中的一顆流星，一閃即逝。我也一樣，在她的生命中，也只是一顆流星，在短暫的閃現過後就又歸於寂滅。讓她忘掉我吧，徹底地忘掉。他之於她，本來就是一個不該出現的人。一陣風吹來，捲起枯枝敗葉、殘渣廢紙，一張又髒又爛的報紙貼在了他的臉上。他任由它黏住他的面孔，並沒有側身將報紙擺脫的意思。人群發出哄笑，他知道他們都在笑這滑稽相。

「笑吧，笑吧，盡情地笑，笑這可笑的世界，你們最終會發現，你們笑的不是我，而是你們自己，然後你們再也笑不出。」

站在他身後的持槍武警扯下了他臉上的報紙，人們又笑了一聲，但笑得空洞，笑得乾癟。一片枯葉在風中跳著華爾茲，前前後後，左左右右，起起落落，這不就是他自己嗎？一片在風中舞蹈的枯葉，隨風漂泊，完全不能掌握自己的命運。這是它最後的華爾茲，要不了多久，它就會跌進某一個角落，停留在一堆垃圾中，腐爛。

人家說他有臆病，又有思覺失調，還有被迫害狂想症，大家都說不清這些病是怎麼回事，只好籠統說他有精神病。當權的人告訴他，經過深入的調查和取證，大家一致裁定他所說的一切都是臆想出來的，不是事實，那是他的嫉妒心，以及疑神疑鬼的性格造成的，阿花與徐光頭並沒有不正當關係。所以，鑑於王大水的精神狀態不穩，批准阿花提出的離婚申請。

他糊塗了，不知道甚麼是真實的，甚麼是自己臆想出來的。莫非我所經歷的一切都不是真實的？一九五七年不是真實的？那個年份當然是真實的，反右運動也是實有其事，不管他的精神狀態怎麼樣，是正常還是不正常，這些都是存在的。但是他個人的記憶和經歷，卻是值得質疑的，他真的是右派嗎？他真和阿玉有過一段戀情嗎？水晶真的是他的女兒？他糊塗了，不知道甚麼是真，甚麼是假。

囚車駛過柵子口。今天正好是趕集的日子，街上擠滿了來自四鄉八里的鄉下人，他們圍著囚車指指點點，像看雜耍一樣興奮。大水的目光投向了徐光頭的店鋪，突然感覺到那裡面像萬花筒一樣炫目。這是白鹽井最耀眼的店鋪，有那麼多的貨品，那麼多誘人的新鮮玩意，它在悄悄改變著白鹽井人的衣著，改變著白鹽井人的物質慾望。現在誰人不對這小城的第一個萬元戶津津樂道，誰人不羨慕徐光頭的生財之道。世道在變，人心在變，徐光頭像財神一樣受著別人的崇拜。他看到了徐光頭，也看到了阿花，他們坐在店鋪裡面，看著遊街的囚車從眼前緩緩開過，他們都看到了大水，目不轉睛地看著他，又相視一笑。他們勝利了。

世道變了，白鹽井也變了。大水一下子清醒了，他雖然擺脫了政治運動的魔掌，得到了平反，卻又面對著另一個魔掌，而且感覺到這魔爪無所不在，每一個人都無法與它對抗，像他們當年無法抗拒政治洪流的衝擊一樣，現在另一種洪流又洶湧而來了。

汽車緩緩駛過小城的街頭，看熱鬧的人漸漸散去。車子在小高山上緩慢爬行，右邊就是深淵。大水望著遠山近嶺，心想，我又一次離開這個地方了，而且又是以被押送的方式離開。哲人曾言：「人生不能兩次踏進同一條河。」我卻是兩次踏上同一條道，同樣的方式，同樣的結局。

暮秋時節，草木枯萎，眼前一派荒蕪，更添離愁。他看著下面的山谷，亂石、雜草、灌木，路邊的電線桿一晃而過。他在山谷裡看到一堆汽車殘骸。那意味著又有生命葬身這荒山野嶺。每年，在這條路上，總有三幾樁致命車禍發生。當年，縣革委會的一輛吉普車就在這裡摔下山頭，車裡的大小要員無一生還。人真奇怪，往往福壽不能兩全，享有富貴，卻無法長久地擁有生命；有些人一生貧賤，生不如死，卻又偏偏死不了，無論遭遇多少苦難都能活下去。這種人好像是為了受苦而來到這個世上，他自己就是這樣的人。他有一條賤命。

他將會被送到金河邊上的一所精神病院。這個世界愈來愈喧囂雜亂，只有那個地方是寧靜的，而且山清水秀。也許，那就是我最佳的歸宿。

大水就這樣又一次在白鹽井消失了。

阿椒

阿椒是ㄚㄚ的表姐。

自從表姐來到這個家後，家裡熱鬧多了，不時都有人來串門子。大家都說阿椒真漂亮。阿椒好像為這邊城帶來了一道流動的風景，走上街頭，總會令很多人回頭張望。

阿椒原本住在南方，是ㄚㄚ二姑媽家的大女兒，因為他們家境不好，ㄚㄚ的父親，也就是阿椒的舅舅，便將她接到了這個小城來，與他們一起生活。

ㄚㄚ的父親在這小地方也算是一個有頭有面的人，而且有幾分文才，大家都叫他才子。憑著他的關係，阿椒很快就找到了一份工作。

ㄚㄚ很喜歡這個表姐。他小時候跟著外婆在南方的鄉下生活，到這座小城也沒有兩年。大概是因為他們都是這小城的外來人吧，外來的人總是同當地土生土長的人有一些不一樣的地方，所以，他和表姐特別的投契，也特別的親，加上他們可以用同一種鄉下話交談，情份便顯得不一樣，好像親姐弟一樣。

最初的日子，阿椒就住在舅舅家裡。後來，她工作的單位安排她到離城很遠的一座院落值班，夜裡也要在那裡留宿。阿椒說她一個人害怕，ㄚㄚ的母親就叫他去陪表姐。

這天傍晚，吃過晚飯，ㄚㄚ便和表姐帶上被蓋，拿著電筒，來到孤懸城外的院落。入夜後，院落顯得非常陰森，讓人心頭發悚。ㄚㄚ和阿椒，一個是十一、二歲的男孩，一個是二十出頭的女子，都很怕黑，但兩人結伴，互相壯膽，倒也安然。

他們將院落內裡裡外外的門都關好，上了門閂。

阿椒整理好床，問：「你和我一頭睡，還是分頭睡。」

丫丫想同表姐一頭睡，但他自感是個大男孩了，這種大男孩的心理令他放不下情面，便違心地指著床的另一頭，說要分頭睡。於是，表姐將兩個枕頭分別放在床的兩邊。丫丫先上床了，表姐還在做事。

丫丫是家中的長子，有兩個弟弟。他一直羨慕那些有哥哥、姐姐的孩子，很想像他們那樣有一個大哥哥或大姐姐的呵護。可是，他從來也體會不到受保護的滋味。這種隱隱的缺失感一直暗伏在他心頭，時不時的都會浮上意識表層，讓他產生一種若有若無的遺憾與悵然。表姐來到他們家後，他終於感到一種充實感，好像表姐的出現，為他的生命劃上了一個圓，補上了空缺，變得完整了。

他滿足地睡在床上，朦朧中聽到外面一陣「噓噓」的水聲。那是阿椒在屙尿。院子太黑，夜太深，她不敢外出，便用一個面盆當便盆，在屋裡解決。

表姐上床了，睡在床的另一頭。丫丫和表姐睡在一個被窩裡，但他不敢挨著表姐的身子。他睡得直直的，也不敢翻身，規矩得像一具木乃伊。很夜很夜了，他才真正睡熟。

第二天醒來，太陽已經老高，窗外陽光明媚，院子裡一樹梨花開得正盛，好不熱烈。丫丫好像第一次看到這樣的好風光，心頭美滋滋的。表姐已經在院子裡做事了。站在梨花下的她，顯得更嬌美。

表姐問：「你睡得好嗎？」

他點頭。

阿椒說：「你睡覺真不老實，都快把我擠下床了。」

丫丫的臉一下紅了。他以為自己一直睡得很規矩。

丫丫很想陪表姐值夜，但這樣的機會並不多。

其實不只是丫丫喜歡和表姐在一起，小城裡的很多男孩子都千方百計地接近她。丫丫發現，來家裡串門子的男人中，有一個是表姐工作單位裡的技術員。表姐說，他姓古，是大學畢業生，可有文化呢。但是，丫丫的母親不喜歡這個男人，說他年紀大，已經三十七、八歲了，還沒有一個家室，說明不是一個好男人。所以，不讓阿椒跟他來往。

阿椒對舅舅、舅母說，她沒有跟他來往。

丫丫的母親想將阿椒介紹給阿洪。雖然，阿洪是個阿兵哥，在部隊的雷達站服役，但他也是他們的老鄉。他們談對象，有機會一起回到南方去。

舅舅也給阿椒說過了，我們都是南方人，遲早都要回到南方去。一旦跟當地人結了婚、安了家，就等於一輩子留在窮鄉僻壤，以後要落葉歸根就難了。

阿椒卻不願意跟阿洪談對象，儘管他們在一起時也挺合得來，畢竟大家都是老鄉，年紀也相當，有不少共同的話題。但一說到搞對象、成家立室，阿椒就不願意。她要為自己的前途作想。阿洪退伍後，一定又回到鄉下去。阿椒好不容易從鄉下出來，成了城裡人，不用再面朝黃土背朝天，她怎可以再回到農村去？農村生活，對她來說簡直是噩夢，想起來就怕。

舅母也不勉強她，但希望她找一個門當戶對的好男人。

那個姓古的男人，還是常常來串門子。ㄚㄚ的母親倒也不拒絕他，但只是禮貌地招呼他坐，對他並不熱情。這個姓古的男人倒好，一坐下就可以找到很多話題，尤其能吸引阿椒和ㄚㄚ，以及ㄚㄚ的弟弟們。這天，一家人像往常一樣圍坐在火盆邊，嗑著家常，在溫馨祥和的氣氛中安度一個冬夜，那個姓古的男人又來了，加入到這一家子的話題中。

ㄚㄚ叫他古叔叔，他似乎也很喜歡跟孩子們在一起。ㄚㄚ知道他是為表姐而來的，別有用心，但又無法抗拒他的好意。今天，他跟他們講的是一個海盜的故事。那是他看過的一部外國電影，情節曲折離奇，聽得他們如癡如醉。ㄚㄚ聽完這個故事，好久好久都不能自拔，常常做起海盜夢，幻想自己也是一個智勇雙全的海盜。

也許是海盜的故事太迷惑人了，ㄚㄚ對古叔叔的用心失去了警惕。等他意識到發生了甚麼問題時，一切似乎已無可挽回了。

表姐好像已經鐵了心要跟這個男人在一起。舅舅的話、舅母的話，她都不太願意聽，也聽不進了。她說，他不是他們想像的那種人。

舅舅、舅母說：「我們並不想干涉你，但是你媽媽已經寫信來了，要我們阻止你跟他來往，她不想你從此留在這邊疆，你知道嗎？你媽媽說，已經跟你談了一門親事，對方是香港人，只要嫁給他，就可以到香港去。你要好好為自己的前途想想。我們這可是代表你媽媽說這番話。」

ㄚㄚ聽到父母語重心長的勸告，感覺事情已經非常嚴重，他們幾乎是在向她發出最後的通牒。他不知道表姐又是被那個男人的甚麼故事迷醉了。

接下來的日子，表姐都沒有回到家來，而是一直留守在城外的院落裡。看來，她是不打算回到舅舅家了。

一天，丫丫被母親叫住，要他去表姐那裡將家裡最好的一床絲棉被拿回來。母親像是氣壞了，臉色很不好。她說：「這個不知好歹的，我真是白疼她了，她真是被那個臭老九迷了心竅，六親不認了，我們還把家中最好的東西給她做甚麼，去，去把家裡的東西拿回來。」

丫丫出門了，迎著西天的晚霞向城外走去。

丫丫終於來到了城外的那座院落。這段路並不長，也不難走，但是他走了很久，也走得很艱難。他站在院落外，望著西天的紅霞，久久不願去推開那道厚重的木門。他甚至希望那道門上了鎖，不會有人應門，這樣，他就可以空著手回家去，然後向母親說，找不到人。也許過了一段時間，母親就忘了這件事。

然而，門是虛掩著的，表姐就在裡面。他聽到了說話的聲音。那姓古的男人也在裡面。他們笑得很歡快。

丫丫想離開，但不知道怎樣向母親交代。他知道，母親會說他笨。他確實不是一個聰明的孩子，不太懂得撒謊，而且一說假話就臉紅，一下被人揭穿。

這時，門開了，表姐正好跟那個男人出來。她一看見丫丫，便問：「你怎麼在這裡？」丫丫支支吾吾，不知說啥好。

表姐看出他有難言之隱，便對那男人說：「你先走吧。」

男人識趣地離去，不過，先對丫丫說，找個時候再講好聽的故事給他聽。

丫丫木然。

表姐說：「進屋吧，外邊風大。」

丫丫隨表姐進到屋裡。他看著這間給他留下過溫馨感覺的房間，突然覺得有一種不屬於自己的陌生感，而且感覺到這個空間已經被第三者佔據。表姐還是他的表姐，但是她似乎已經屬於其他人。他感到有幾許涼意。

「有事嗎？」表姐問。

丫丫猶豫了一會，說：「媽媽讓我來拿絲棉被。」

他的聲音很小聲，像從喉嚨裡發出來的聲音。但表姐還是清清楚楚聽到了。她將床上那疊得整整齊齊的被子捲好，又用繩索捆好，交給了丫丫。

丫丫接過被子，像做了一件不光彩的事，低著頭。他想對表姐說一點甚麼，但最終甚麼也沒說，他能說甚麼呢？

他說：「我走了。」

表姐說：「丫丫，以後有時間常來看我。」

丫丫點頭。他揹上被蓋捲，離開了院落。表姐並沒有跟著出來，看來，她不打算出來了。

從那以後，丫丫很長一段時間都沒有見過表姐。他只是隱隱地從父母的口中知道，表姐去了省城讀衞校，那個姓古的男人也時時到學校去找她。

阿椒再也沒回過舅舅家。縱然是學校放寒暑假，也沒有回來。聽說，她住進了那個姓古的男人家裡。

丫丫不知道甚麼是愛情，但是他好像明白了一件事，當一個人愛上一個人時，可以像撲火的蛾那樣，一無反顧。啊，愛情，這就是愛情。

當丫丫再聽到表姐的消息時，原來發生了一件關乎人命的大事。

阿椒出了醫療事故，一百多個鄉下怒民圍困醫院，強烈要求院方交出「兇手」。原來，阿椒從衞校畢業後回到邊城的醫院實習，在給一個生命垂危的病人打針時，斷了一截針頭在病人的體內，由於沒有及時發現和補救，斷針沿血管流進了病人的心臟，不得不再一切手術，取出斷針。結果，病人在第二次手術後去世，當鄉下的村民知道這件事後，結集了一百多憤怒的村民，進城包圍醫院，要討回公道，並要求醫院交出「兇手」。

知道這件事後，阿椒的舅舅一家都替她擔心，雖然她已經很多年沒有回到舅舅家。當時，阿椒的舅舅不在小城，只有舅母在家。這個時候，醫院已經將阿椒藏起來了，叫她不要露面，外面的事情由院方出面解決。而事實上，這樣的事故，也不是一個實習醫生個人可以承擔的。

丫丫的母親知道慓悍邊民的性格，他們只想殺人填命，一旦被鄉下的村民們發現了阿椒的行蹤，難保她不受一輪暴打，分分鐘又會出人命。舅母雖然沒有原諒阿椒離家而去這件事，卻不能不為她的性命而擔憂。她找到了醫院的負責人，並向他們求情，希望他們能夠保護阿椒，免受暴力對待，至於她該承擔甚麼責任，當然尊重組織日後的公正解決。

從醫院回到家後，丫丫又為母親做起跑腿的事。這次是把家中的絲棉被送到一個很秘密的住所。又是滿天紅霞的傍晚，丫丫揹上被蓋捲，又一次來到了城外的那個院落。他敲開了厚實的木門，在屋裡，他又看到了常常想念的表姐。

表姐瘦了。

也許是天性不慍不急，她對任何事情都是一副不緊不慢的樣子，好像不曾為啥事擔憂過，或者說不管發生甚麼天大的事都與她無關似的。丫丫不知道她現在的心情怎樣，但從她的神態也看出了幾分頹喪，想來有懊悔也有自責。這畢竟是一件人命關天的大事，而且影響著她將來的前途。

丫丫放下被蓋捲，說：「我媽讓我帶來給你的，她叫你這些天都不要出去，很危險。」

表姐問：「舅舅和舅母都好吧？」

丫丫說：「都好。」

表姐說：「你真是我的好弟弟。」她摟著他的膀頭，說：「都長高了，成大人了。」

丫丫靦腆地笑笑，說要回去了。

表姐說：「好想你留在這裡陪我，不過天快黑了，太晚回去不安全，我就不留你了。向舅母說聲謝謝，改些日子我會回去看看。」

丫丫走出了院落。西天的雲霞已收去最後一抹紅暈，小城籠罩在朦朦暮色中，只有星星燈火晦暗不明地散布在沉沉的夜幕上。他也很想留下來陪表姐說說話，像當年陪她在那小屋裡值夜一樣，就算靜靜地守在一旁，不言也不語，也是一種溫情洋溢的相伴。現在，那昔日的一幕已成了不可重現的影像，收藏在記憶深處，只有點點滴滴的關切之情和思念之情能夠使之顯影。

走到了城關最繁盛的小街，路過一間亮著燈火的店鋪，丫丫突然看到一個熟悉的身影。中年男人，光禿禿的頭頂，只有三幾縷長長的頭髮掩飾著寸草不生的腦門，那不是那個姓古的男人嗎？他怎麼在這裡。丫丫退後幾步，站在一隻水泥電燈柱後，遠遠地觀察那個男人的神態。他與那個站在櫃檯後的女子言談甚歡。丫丫認識那個女售貨員，二十出頭，是剛剛回城的知青，很有幾分姿色，所以常常吸引一些男人圍著她的櫃檯轉。此時，兩人有說有笑，顯得很熱絡，完全不在意街頭過往的人。

暮晚時分，街頭行人稀落，店舖大都打烊，只有這國營副食品公司的小店仍撐著門面，但也到了關店的時候。那個男人幫女店員收拾著舖面，上著門板，看來他們會一塊離去。

丫丫裝著甚麼也沒看見，側身從昏暗的街道一邊走過，頭也不回……

日子漸漸過去，湮滅了人間的很多是是非非。同樣，阿椒的醫療失誤也解決了，她被調到一個更偏遠的山旮旯做鄉村醫生。雖然她受到沉重而深刻的教訓，而且失去了很多的機會，但那不幸的事畢竟隨著時間的推移被人淡忘了。

從那以後，丫丫幾乎再也沒有見到表姐了。但偶爾還是會聽到一點關於她的信息。人們說，她大肚了，說她生孩子了，說她捱男人打了……但最讓丫丫感到心裡難受的是，人們說，阿椒的男人跟副食品店的那個女售貨員姘上了，那個禿頂的男人要跟阿椒離婚。

丫丫不知道表姐的日子過很怎麼樣，心中又是怎樣想的，但總覺得她總是逆來順受的樣子，好像任何事情都與她無關，或者說，那是發生在別人身上的事。是的，阿椒就是這樣的人，對生活的喜與樂、悲與苦總是一副無動於衷的樣子。

但是，丫丫的心卻很難受，好像那個男人傷的不是表姐的心，而是他的心。他的心為她而痛。

阿夏

很多年了，我一直忘不了那個晚上發生的事，而且有一種深深的內疚之感，甚至有一種犯罪的感覺。

想到這點，我開始有點猶豫，要不要將這件事寫下來。我顧慮的不是該不該寫，而是我有沒有足夠的認知反思能力來寫這件事。我雖然是這件事的參與者，但我還是沒有足夠的把握寫好這件事。

世界上的事就是這樣弔詭，明明你是參與者，對事情知道得一清二楚，但不代表你有足夠的表述權，不代表你真能準確說出真相。這就像那些寫歷史的人，明明都是參與者、見證人，但都沒辦法寫出一部真正客觀而真實的歷史，就好像我們的國家迄今沒有一部可信的當代史、文革史一樣，就好像我們迄今不可能知道當年「六四事件」的真相一樣，雖然我們眼睜睜地看著事情發生。

你懂得我要說的話了吧？縱使你是知情人，也不代表你講的就是事實的全部，不代表你講的就是真相。不管你是否明白我的意思，我都要把話說在前面，好讓你知道，我在敘說這件事時，所要言表的思想只是我現階段的想法，也許隨著時間的推移、年歲的增長、閱歷的豐富，又會有不一樣的理解，就像我當年做這件事時，並沒有今天的罪疚之感一樣。

好了，我們可以回到那個年代了。

那天，我的好朋友阿夏來找我，他說，他的女朋友有了。

我問：「甚麼有了？」

我其實有些裝傻，我知道他想說什麼，但故意表現得不是太明白。朋友，死黨，有時也需要一點小小的詭計，不要讓彼此都將對方看透。

他說：「她有了，兩個月沒有來那個了。」

「那個是什麼呀？」

阿夏有些惱了，說：「你是真傻還是裝瘋？別裝瘋賣傻了，我要你幫我想想辦法！」

我說：「有了？怎麼辦？我有什麼辦法？」

那一年，我們都二十出頭吧。而那個年代，社會還不像今天這樣，在性方面來得那麼赤裸裸，好多事都不被社會所接受和容忍。阿夏因為一時的快樂、一時的衝動，陷入了惶恐、不安之中。

我是他最好的哥們，這種時候，他不找我找誰呢？但是，我既不是婦產科醫生，不會幫他女朋友做人流，又不是有甚麼特異功能的奇人，可以幫他化解困厄。他一籌莫展的事，我一樣愛莫能助。

邊城是個小地方，社會封閉、民風保守，這種事被人知道了，男女雙方都要承受巨大的輿論壓力，被人釘在恥辱柱上。所以，女方一直在他面前哭哭啼啼，好像世界末日似的。原本一場歡樂的男歡女愛，變成了一顆苦果。

一陣靜默後，他終於開口了。他說：「你跟阿梅不是認識嗎，找找她吧。」

阿梅是我女朋友阿秀的死黨，也跟我做過一年的同學。我們平時常在一起玩。但是阿梅只是衞校畢業的小護士，雖然在婦產科做助護，但從來沒有正式做過人流手術，怎麼可能找她呢？這可是人命關天的事，當然要找正式的醫生來做。我感到為難了。

阿夏說：「無論如何都要找一找她，不然我死定了。」

我知道他的處境，也理解他的心情。

阿夏平時可不是這樣的，意氣風發，也風流生性。你不知道，早一陣子，他向我講起新交了一個女朋友時，那副神情是如何的自得。那天，我們在一起溜冰，他帶來了一個女子，是他們廠裡的。我問他認識多久了，他說三天，而且，他們已經那個了。

你明白我的意思嗎？

當時我有些傻了，三天？太不可思議了，三天，就可以搞定一個女孩子，太快了吧？對於今天的年輕人來說，這可能不算甚麼，但對於我們那個年代的人來說，這確實是個難以想像的事。「唉，阿夏，阿夏，你也未免太急色了。」我雖然這樣想，卻也非常羨慕他的艷福。因為我沒有這個本事。由此也可以想像我當年是個多麼差勁的男人。阿夏太厲害了。

可是，這個從來不懂得「愁」字怎麼寫的男人，今天終於坐困愁城了。

我說：「好吧，叫阿秀去跟阿梅講一講，看看她能不能幫你想想辦法。」

等待答覆的時間總是漫長而難熬的。

但不管怎樣焦灼，飯總是要吃，日子總是要過。那天，阿夏又約我下館子，藉酒消愁。那個時候，我們倆都是單身漢，沒有甚麼經濟負擔，一個人吃飽，全家都不餓，所以常到館子裡吃吃喝喝。通常，我們一發工資就到館子裡打牙祭，上半月基本上不到單位的食堂吃飯；到了月中手頭緊了，才會回到食堂用餐；而到了月尾，就是我們最拮据的時候，常常要賒賬度日。年輕，總是可以大手大腳一點，過了這段歲月，就不可以這麼任性了。

說起來，我和阿夏並不是太志趣相投，相對來說，他比較花心，有一點屌兒郎當。我們能走在一起，與家庭變故多少有一點關係。他的父親是百貨公司的頭頭，母親則在門市部當售貨員。有一年冬天，阿夏的母親用電熨斗忘了拔掉插頭，結果釀成一場大火，燒掉了整座百貨大樓。他的母親啷噹入獄，不久在獄中自縊身亡。阿夏的父親則被免了職，沒兩年因鬱結而患癌去世。從那以後，阿夏和他的哥哥與弟弟失去了家庭的照顧，變得野起來，也成了人們議論的一個話題。我和阿夏成為朋友，說來也與我的家庭處境有關。同是社會的邊緣人，自然容易走在一起。

阿夏為人豪爽，也講義氣，找女孩子也有一手。正所謂「有多少風流，就有多少折墮」，阿夏終於遇到了他苦惱、擔憂的時候。

我們正在館子裡喝著啤酒，阿梅來了，她說事情不好辦，在醫院裡做人流要單位開證明。

阿夏急了，問私下通融一下不行嗎？

阿梅肯定地回答，說不行。

阿夏說：「無論如何，你一定要幫幫這個忙。」

阿梅是個挺愛幫忙的人，她沉吟片刻，終於應承替他解這個難。她願私下幫他解決。

我們都鬆了一口氣。

就這樣，大家約了一個時間，定好到阿夏家私下進行。這是一個冬夜，屋裡燒上了火盆，裡外兩間屋都暖烘烘的，我也在阿夏家。阿梅帶上手術用的器械上門了，她叫燒上一大壺水。手術就在裡屋進行，阿夏和我則坐在外間的火盆邊，靜靜地等待。也不知過了多久，阿梅出來了，她說行了，並端出一個盆子，要阿夏端到外面處理掉。

冬夜的小城靜悄悄，大街小巷都沒有人跡。我陪著阿夏，沿著僻靜的夜巷，走向河邊。我們都沒有言語，不像平時那樣吵吵嚷嚷。

阿夏放下了心頭大石，但卻沒有心情說話。我想，他的心仍然不輕鬆。

事情就這樣解決了。

很奇怪，從那以後，我和阿夏好像變得生份起來，漸漸的竟不再來往了。而我也漸漸淡忘了這件事，或者說，將它當著一件普普通通的事，從記憶中抹去了。

可是，很多年後，我突然想起這件事，而且隱隱地感到不安。我做了一件什麼事呀？人不到一定的年齡，似乎不會醒悟當年的荒唐。但是，當你醒悟的時候，錯誤已經鑄就了，無法塗改。

那是一個生命呀，雖然只是一個只有幾個月的胎兒，算不得嚴格意義上的生命，但我還是感到愧疚。我固執地覺得，那是一個生命，一個可以健康成長的生命，卻被扼殺了，而我是參與這場「謀殺」的共謀之一，怎能不受良心的責備和譴責呢。

我不明白自己現在的感覺，與當年的認知為甚麼會有如此之大的反差。當年，我確實不是太將這件事放在心上。你想，那不就是墮胎嗎？很普通的一件事。然而，時間，時間真是一座公正的天平，一個無所不能的智者，它悄悄改變了我的人生天秤，而且將整件事的認知比重掉轉過來，讓我突然驚覺，那其實是一次「謀殺」行動。這裡，我要澄清一下，我不是天主教徒，並不受羅馬教廷立場的影響；同時，我也不是嚴格意義上的佛教徒，不太相信生死輪迴、報應的觀念，然而，時光、生活的經驗、人生的感悟，悄悄改變了我對生命的理解，以前不太珍惜的人和事，突然變得重要了。所以，一想到那個被扼殺於胎兒階段的「生命」，我的靈魂就會一陣發悚，一陣寒意就會從骨頭裡滲出來。我們做了一件不該做的事。現在，罪孽已經犯下了，我們該如何救贖自己？

記憶像一條帶血的臍帶，我好像聽到了一聲嬰兒的啼哭，從那冬夜的深處傳來，迴蕩在寒冷的空氣中，我甚至聽到了一個詛咒。

兄弟

荒涼的山崗上，就兄弟倆迎風而行。他們向山崗的腹地走去，像在用雙腳丈量一個看不到盡頭的荒野。

「哥！你在想啥？」弟弟問。

「沒想啥。」

「沒想啥，為啥不說話？」

哥哥依然不說話。一步一步往前趕。地上的枯草都鋪上了一層白霜，遠遠看去，山崗上白茫茫一片，像覆蓋著一層薄雪。

「你在生氣？」

「沒有。」

「有。」弟弟說，「你還在為昨天的事生氣。」

「我沒生氣。」哥哥說。

弟弟緊跟著哥哥，走得氣喘吁吁。「哥，你能不能慢點？我真想歇歇。我們能不能歇一天？」

哥哥說：「不行。」

這個冬天，他們都在這個荒涼的山崗上挖蘋果窩，掙學費。家裡沒錢，就母親一個人做事，但一個月只有十八塊錢。十八塊錢能做甚麼呢，就夠買米，和一些最基本的生活用品。別人一個普通工人一個月起碼也有三十塊錢。他們家卻要用十八塊錢養四口人，簡直陷入了赤貧境地。

「為啥小冬他們不用來挖蘋果窩？」

「因為他爸爸是局長。他們家有錢。」

兄弟倆都不再說話。他們的爸爸以前也是局長，現在不是了。他們已經很久沒見到爸爸了。現在要見到他很難，要申請，時間還受限制，而且有人看守著。那叫探監。以前，他們也像小冬一樣，不用做工，整個假期都在玩。

「你說，小冬他們現在會做啥？」

「他們今天到山上打野戰，捉山雞，可好玩呢。」哥哥說，「以前我也去過。」

「哥，你說，咱們啥時候才能挖到山那邊去？現在這山上只剩下我們倆，萬一有狼，誰來救我們？」

「別說傻話了。狼看見你，轉身就走了。」

「為甚麼？」

「牠吃了你這個膽小鬼的肉，身上沒力氣，怎麼去獵食，連老鼠都捉不到。」

「難道狼吃了你，就有力氣，你的肉是唐僧肉不成，可以長生不老？」弟弟說。

「狼也不敢吃我，我手上有這個。」哥哥晃晃手上的十字鎬。

「你不怕，我也不怕。」

兄弟倆迎著初升的太陽往前走，身後拖著長長的影子。早晨的山野，寒風料峭，吹在人面上，如刀子在割，不好受。弟弟不停用厚厚的手套捂著嘴和耳朵，哥哥解下圍巾，將他整個的頭包得只露出一雙眼睛，像伊斯蘭女孩子。弟弟個子矮小，但人長得白淨、秀氣，確有幾分女孩子氣。哥哥說，明天要帶上圍巾，凍病了，哪有錢看醫生？哥哥的話音沒完，打了一個噴嚏。

弟弟說：「還是你用吧。」

哥哥說：「我沒事，一會幹起活來，身上就熱烘烘的了。」

「哥。」

「說話吧！」

弟弟遲疑地問：「你真的沒為昨天的事生氣？」

「你再提我就會生氣了。」

「好，我不說了。我不說了。」弟弟沉默片刻，還是問：「哥，你真的不生氣？」

「……」

弟弟看哥哥一聲不吭，知道他心裡梗著。

「哥，其實昨天的事不是你的錯，是我怕捱打，沒跟媽說實話，累你被狠狠打了一頓。」

「都叫你別提了，怎麼像個老娘們囉囉嗦嗦的？」

「好，我不說。」弟弟搶先幾步，走到前面去了。

哥哥今天確實跟平時不一樣。今天早晨醒來，屁股上的傷痕還在隱隱作痛，幾條傷痕像火焰的一樣又紅又深，那是阿媽用雞毛帚打的。昨天，他們在這山崗上闖了一個大禍。弟弟在山坡上休息的時候，點了一把火，想看看草地起火的景況。誰知，天乾氣燥，加上山上颳起一陣強風，那火一發不可收拾，迅速向山頭蔓延，火勢越來越旺。弟弟的頭髮燒焦了，嚇得手足無措。哥哥迅速脫下棉襖，使勁撲打，撲救了好一陣，才將那大火撲滅。明火熄滅了，哥哥不放心，又叫弟弟一塊仔細察看，有沒有會復燃的死灰，兩人對著還冒著煙的地方撒了一泡尿，才放心地離開。山崗上留下了一塊有半個籃球場大的焦土。哥哥的棉襖也報銷了。回到家，阿媽看見兄弟倆的狼狽相，追問起緣由，弟弟不敢說實話，責任自然是哥哥的。哥哥認了，但也招來一頓痛打。哥哥不吭一聲，也不求饒，阿媽打得更狠；阿媽打得越狠，他就越倔強。最後母親打不下去，伏在牀上痛哭。他沒哭，站在屋角，望著父親的相。自從父親被關進大牢後，阿媽的脾氣越來越壞了，打人也越來越狠。

兄弟倆又來到那塊焦土邊，他們看著這塊黑土，猶有餘悸。弟弟看了一眼就站到一邊去了，哥哥則站立了好一陣，若有所思地呆立著。

哥哥說：「幹活吧。」

冬天的凍土像冰一樣硬。哥哥揮起十字鎬，每一下都震得雙手發麻。好在經過一段日子的勞作，他的臂膀已明顯變得結實有力，手掌也結了厚厚一層的老繭，經得起震盪。

哥哥先掘出一個直徑一米的圓圈，然後挖開中間的泥土，換到下個位置挖掘第二個坑，弟弟則負責把挖鬆的泥土掘起，堆積在周圍。兄弟倆一天挖兩個蘋果窩，每個五毛錢，每天就能掙一塊錢。這對他們一家來說，實在是很大的一筆收入。這些日子裡挖蘋果窩的收入，已足夠兄弟倆加上家中老三來年的學雜費。

「哥，咱們已經挖了五十八個窩子了。到開學前，我們可以挖一百個，那時就有五十塊錢，阿媽一定很開心。我們又可以多打幾次牙祭囉！」弟弟說。

「看把你開心得那個樣子，口水都流下來。」哥哥說。
「我們好久都沒吃肉了，我好想大吃一頓，專門吃大塊大塊的大肥肉。」弟弟說。
「以前爸爸在家的時候，你這樣不吃那樣不吃，現在饞嘴了吧，為甚麼那時不吃一個夠？」哥哥一說到肥肉，自個也一個勁吞口水。
「我好想吃紅燒肉。」弟弟說。
「你想得真美。」哥哥掄起十字鎬，重重地挖下去，一下又一下。
「爸爸弄的紅燒肉真好吃。」
「那是世界上最好吃的紅燒肉。」哥哥也附和。
「還有東坡肉、燒白，都好吃。」
兄弟倆好像忘了身處荒涼山崗，正在為五毛錢一個的蘋果窩而面朝黃土背朝天。在鎮上的「人民食堂」，一份紅燒肉，也正好是五毛錢。現在，他們要付出半天的勞力，才可能吃到紅燒肉。但縱使他們有五毛錢，也斷然捨不得去買一份紅燒肉來吃。因為這五毛錢需要用在比紅燒肉更有價值的地方。
「如果發了錢，你最想買的東西是甚麼？」哥哥問。
「我想要一個收音機。」
「你說啥？收音機？」這個願望遠超出哥哥的想像。他沒想到弟弟有一個如此奢侈的念頭。買來幹啥？
「我想學英文，收音機可聽到英語節目。」

弟弟是個讀書的好料子，一直想當科學家。哥哥早知道他的理想，但不知道他想學英文。他問：「買一個收音機要多少錢？」

「要三十塊錢一個。」弟弟說。

「你看過了？」

「我到百貨公司看過。」弟弟說。

「三十多塊一個，太貴了，阿媽肯定不捨得買，算了吧！死了這條心。現在家裡連吃飯都顧不過來，怎麼可能買一個這麼貴的東西？」

「我知道，我就是想想吧。想想不行嗎？」

弟弟掘盡坑裡的鬆土，與哥哥調換位置。

哥哥說：「歇歇吧。」

弟弟跑到旁邊別人的行列數了一番，說：「小冬的表哥都挖了一百多個了，已經快到山腳了；右邊這一行那個也挖了六七十個了，他們真快。」

小冬的表哥已經十八、九歲了，是鄉下來的，做慣了體力活，一天可以挖四個蘋果窩。他挖起土來像個小豹子，一陣旋風式的挖掘就有一個手掌深，所以，三幾天工夫就把兄弟倆拋下。他們起初還拚命挖掘，想追上這鄉下來的小豹子，但一兩天時間已認輸了。體力活，他們不是他的對手。

這時候，山崗那邊傳來一陣嚷嚷聲。原來是小冬帶著一群野孩子來山崗上打野鷄、捉野兔，順便來探望他們的表哥。兄弟倆興奮地向他們揮手，大聲地叫喊：「喂……小冬」

小冬他們看見兄弟倆，也跑過來。小冬是個孩子王，整天身上都帶著一個用橡皮筋和Y字形木杈做的彈弓，打鳥很有一手。小冬說：「別挖這個蘋果窩了，今天和我們一塊捉野兔吧？」

「不行呀，這才剛開始呢，我們一天只能挖兩個，再玩就完不成定額了。」

「唉！你們真是命苦。」小冬展示手的上的戰利品，說：「你看，我們打了一隻野兔，還有一隻受傷的跑到這邊來了。我們要到山崗那邊野餐，你們也一起來吧。」

哥哥說：「我們帶了飯盒。」

小冬說：「隨便吧，你們如果發現野兔，就把牠捉來，我們一塊享受。」說完，帶著一群野孩子一陣風地跑了。

「享受？」哥哥心裡老想著這兩個字，總覺得聽起來不順耳，他們現在的日子離享受的生活太遠太遠。

「為甚麼小冬可以打野鷄、捉野兔，可以野餐『享受』，我們就只能在這裡挖蘋果窩？」弟弟望著他們遠去的背影，露出羨慕的神情。

「誰叫咱們沒有一個好爸爸。」哥哥想這樣說，但他終究沒說。他覺得不應該有這個想法。阿媽在阿爸被抓進大牢那天，對他們三兄弟說：「你們沒有誰可依傍，以後的路要靠你們自己。不要羨慕別人有一個好爸爸，不要羨慕別人有好吃的、好穿的；不要想不勞而獲，要靠自己的雙手。人，要窮得有志氣。」

阿媽講的話，他當時並沒怎麼再意，但是，每當遇到這樣的情景，他就會想起她的這番話。

哥哥看看自己的手，又看看弟弟的手，說：「你的手上也起繭了。」

弟弟說：「比比我們誰的更厚。」

哥哥不語，只是淺淺地笑。

「幹活吧！中午場部的人要來驗收。」哥哥說。

弟弟一邊掘泥，一邊說：「哥，我昨晚看見阿媽在為阿爸寫申訴書，你說，阿爸會被放出來嗎？」

哥哥說：「我也看見了，阿媽已經寫了無數封了，從縣裡到行署，再到省上，她都寫了，昨晚上，她是寫給中央的。她要為阿爸討回公道，她不相信鎮上的那些官員可以一手遮天，可以顛倒是非黑白。」

「阿媽瘦了。」弟弟說。

「咱們這次賺的錢，除了用來交學費，其他的全部交給阿媽。」哥哥說。

「我知道。」弟弟說。

自從阿爸坐牢以後，一家人的日子一天比一天緊迫，哥哥最先利用課餘時間做零工，後來老二也做小工，只有老三的弟弟因為只有六、七歲，不能跟他們一塊出來打零工。兄弟倆平時掙得十塊八塊，留下一點零頭，便都全數交給阿媽。鄰里常常為兄弟倆的勞役而慨嘆，不容易。

兄弟倆都愛讀書，所以，他們攢下的零錢也多數用來買書。

「昨天新華書店又進了一本連環畫，《三打白骨精》，可好呢，不管白骨精怎樣偽裝，總是逃不過孫悟空的金睛火眼。這次拿到錢就去把它買回來。」哥哥說。

「要是我們都能像孫悟空一樣，能七十二變該多好！到時候，就不用這麼辛苦了，一下子就可以變出滿山遍野的蘋果窩，又可以有大魚大肉吃。」弟弟說。

「孫悟空的本事可不是這樣用的，不是用來偷懶、用來享受的，他的本事是用來保護唐僧到西天取經，是用來為民除害的，如果他用七十二變的本事來享樂，就變成豬八戒了。」哥哥說。

「我不做豬八戒。」弟弟說。

「得了，得了，你整天老想著大魚大肉，已經是豬八戒了。」哥哥笑說。

弟弟抓起一把泥土，撒向哥哥，說：「你敢說我是豬八戒！」

兩人在山崗上你追我趕，扭抱一起，在草地上打滾，忘了身旁的飯盒，一不小心，把盒裡的飯給灑了一半。

太陽已經升得很高了，地上的枯草被太陽照得暖烘烘的，他們美美地躺在草地上，仰望藍天白雲。高原上的天空藍得澄澈，像一個高潔靈魂敞開的慈愛胸懷，而那雲朵則像仙人幻化，以萬千姿態演示奇觀妙景，一會兒是波濤洶湧，一會兒是飛龍騰躍，真是千變萬化，看得人如癡如醉。兄弟總喜歡在小休的時候靜靜地仰望天空，發揮他們的想像力，投射心中的願望。

「你看，那像不像美猴王？」

「像，像極了，孫悟空正揮起金箍棒，追打白骨精呢！」

「可能老天爺聽到我們說起《三打白骨精》，他老人家就馬了變了出來。所以在天底下不能說謊話，不然騙得了人，騙不了老天爺。」

「真有這麼神奇？」

「當然。天下的事都由老天爺主宰。」

「我不信這個。我信科學。」弟弟是個科學迷，最喜歡看的書是《十萬個為甚麼》。

「有些事是科學解釋不了的。總之，人的心要對得住天，不然會受到上天的懲罰。」哥哥本來也不太想這些道理，但自從阿爸出事後，他就開始對天有了一種新的理解。這一兩年的種種遭遇，將他引入了這種沉思。

就在兄弟倆忘情於天空的景象時，場部的人出現在他們的面前。哥哥認識場長，姓田，以前是阿爸的下屬，常到他們家，對父親特別的殷勤，每次見面都點頭哈腰，身子只差沒彎成九十度。哥哥正想像往常一樣叫他一聲「田叔叔」，但發現他以漠然的神情看著他們，好像完全不認識兄弟倆。

「這是你們挖的窩子嗎？」

哥哥聽到那聲音，感到冷颼颼的。他說：「是的，是我們挖的。」

「你們知道這蘋果窩的規格嗎？」

「知道，直徑一米，深度也一米。」哥哥知道這蘋果窩要呈圓筒狀，像汽油桶一樣，蘋果的根才伸展得開，吸收到充足的養份。

「那麼你們怎麼挖成這樣，像個鐵鍋，下面怎麼是個尖屁股？不合格，知道嗎，不合格！」場長不容兄弟倆解釋，帶著人轉身就往下一行列走去。隨從中一個叫歐陽的隊長，想替兄弟倆說句話，但被他制止。「你別替他們說話，我的話就是命令。」

兄弟倆看著他們遠去的背影，呆住了。他們從來沒想到自己挖的蘋果窩會不合格。他們再看看自己挖的窩子，確實底部不是絕對垂直，但也不是場長所說的鐵鍋。他們的窩子跟別人的窩子一樣。

過了一會，另外幾個同伴憤憤不平地走過來，他們的窩子也都驗收不合格。讓他們氣憤的是，只有小豹子的窩子合格了。眾人嚷嚷：「為甚麼就他一個人合格，我們的窩子跟他的有甚麼不一樣？」

有人說：「是不一樣，他的大伯是局長。你們有一個當局長的親戚嗎，如果沒有就別怪人家刁難你們。算了吧，怪咱們都屬於牛鬼蛇神『黑五類』，命不好，該被人欺壓！」

哥哥走到小豹子的窩子旁看了看，說：「小豹子的窩子確實挖得不賴。」

「你怎麼還幫那可惡的場長說話？真是怪人！」說完，幾個人散去。

「哥，我們怎麼辦？」

兄弟倆呆坐在窩子邊上，不說一句話。

弟弟狠狠地將鐵鍬擲到坑裡，說：「咱們白做了。」

「沒有白做。」哥哥說，「場長只是在刁難我們，利用他手上的權利撈取他個人的好處。我去年在道班上做事，也遇到這樣的事。他們這些人都一個樣，表面上好像公正嚴明、公事公辦，其實是要別人給他們好處，假公濟私。我們不吃他這一套，我們憑自己的雙手吃飯。這是阿媽說的，記住阿媽的話。」

「太不公平了。」弟弟說。

「這個世界是沒有絕對公平的。咱們吃飯吧。」哥哥說。

哥哥取來飯盒，裡面的飯早已冷了。弟弟找來一些枯草，用三塊石頭撐著軍用飯盒，升起一堆火，又扔了幾個馬鈴薯到火堆中燒烤。

今天的菜是鹹酸菜炒臘肉。其實這不是今天的菜式，這是他們一家的例菜，幾乎每天都吃這鹹酸菜。只是阿媽特別為他們在菜裡加了一些肥臘肉。他們在幹體力活，沒有一點肉不行。家裡買不起新鮮蔬菜，所以，母親在入冬前就買回一大車椰菜，將它洗淨、晾到半乾，然後加上鹽和一些其他的調料，醃在幾個大罎子裡，作為過冬的菜蔬。自從阿爸坐大牢後，他們就很少吃到新鮮菜和肉。

哥哥看著這道菜，胃裡就有在冒酸。太久沒吃過肉了。他真想一次過吃下一隻雞或啃一整隻羊腿。以前那種衣食無憂的日子再也沒有了，那暖閣紅爐、酒泛羊羔的家宴也不再有了。

哥哥對弟弟說：「你看著火，我去挖幾個野地瓜。」

他來到山崗的另一面，看到遠遠的地方有一群人在燒烤，心想一定是小冬他們。他站在原地一動不動，靜靜地看著他們。以前，他像他們一樣，整個假期都是樣度過的，打野鳥、燒烤，玩得樂不思蜀。現在，他已經不能像他們那樣有一個自由自在的寒假了，他已經失去了所有假期的自由權。他和小冬一樣都是十五歲，他比他大幾個月。小冬的身後總跟著一群小孩，就像他父親身邊總圍著一些人一樣。以前，他們家也是門庭若市，每天都有一些體面的人進出，但自從阿爸出事後，便再也沒有人來，縱使有官員到他們家，也是為了辦案，每個人的面孔都是繃著的。那些以前常到他們家的人，見到面都像不認識的一樣，躲得遠遠的，好像他們家的人身上有瘟病似的。他已經習慣了這種生活，也就不太往別人的圈子裡擠。人多的地方離他愈來愈遠了。

他俯下身，找到野生地瓜的根莖，掘出一大串地瓜。就在這時，他看到一隻野兔，伏在前方的草叢中，身上不停地顫抖，顯然這就是被小冬他們打傷的那隻野兔。他高興得幾乎叫起來，立即舉起手上的鐵鍬，但鐵鍬在半空中停住了；野兔望著他，並沒有逃走的意思，相反地，好像在祈求他的救援。他撕開地瓜皮，咬下一小塊地瓜放在野兔的嘴裡，牠毫不慌張地嚼起來，吃得很自在。

哥哥抱起野兔回到弟弟身邊。弟弟看見野兔，幾乎高興得蹦起來，大聲問：「你在哪裡捉到這野兔的？太好了，太好了，我們有兔子肉吃了。」

「不能吃。」哥哥說。

「為甚麼？」弟弟不解。這送來的野味，怎麼不能吃？

「牠剛才看見我，渾身打抖，受了傷，就像在等我救牠一樣，我怎麼能夠殺了牠？」哥哥說。

弟弟無語。

「我們帶的醫藥膠布呢，拿一塊出來，牠的腿受了傷。」

弟弟拿出膠布，兄弟倆小心地為牠包紮起來。哥哥說：「咱們先把牠抱回家，養好了傷，再把牠放了。」

「放了？」

「放了！」

哥哥將野兔安頓在一個蘋果窩裡。

兄弟倆坐在窩子邊，吃著他們的野餐。哥哥將菜裡的肉都給了弟弟。

弟弟說：「你也吃一些吧。咱們平分，一人一半。」

哥哥說：「你吃吧。」他怕弟弟吃不飽，把飯都給了他，自己則吃烤馬鈴薯。他想，與其兩個人都吃不飽，不如一個人吃飽。

哥哥看著弟弟狼吞虎咽，說：「餓了吧，還有地瓜呢，今天挖的地瓜又脆又多水，很甜，帶些回去給阿媽和阿三嚐嚐。」

弟弟還想著野兔，說：「放了牠，始終有點可惜。」

哥哥說：「如果吃了牠，我們也會變成田場長那樣的人。你不想變他那樣的人吧？」

弟弟點點頭，似有所悟。

吃過飯，兄弟倆又開始他們的勞作。

哥哥學著小豹子掄十字鎬的方法，斜挖下去，窩子就像用鏍旋轉出來的一樣，不會出現尖底。在一群挖蘋果窩的小工中，兄弟倆是最瘦小的，但他也是付出勞力最多的。他們已習慣了默默耕耘。

又是幾個時辰過去，他們終於挖成兩個窩子。待他們站起身來的時候，太陽已經偏西，其他的小工早已離去，山崗上就剩下兄弟倆。

站在山崗上展望四野，一派荒涼景象，恍若一個沒有人煙的世界。只有藍天白雲給這塊蒼茫的土地帶來生命的色彩。

哥哥仰望蒼天，展開雙臂，在山崗上奔跑，像翱翔的鷹一般感受沐風的舒心之感。他對弟弟說：「你也來吧。」

每一天迎著夕照、沐著晚風回家的時刻，於他們來說，總是特別輕快、特別舒暢。兄弟倆在山崗上飛奔，感受放飛的喜悅。生活過早的給他們加上一副重擔，令他們小小的身心承受了太多重負，只有這一刻讓他們重拾片刻少年時光的自在，忘記了人間世道的艱險。

他們將野兔放在竹背簍裡，以免被人看見。

哥哥說：「這隻野兔太可憐了，一條腿被打斷了，以後都會是跛腳的了。」

弟弟說：「放回山上牠也會被人捉去，或被狼吃掉。」

哥哥說：「不管怎麼樣，我們都不能殺牠。你沒看見牠望著我的眼神，像一個無助的小娃娃祈望大人的援手一樣。」

弟弟說：「小冬他們真不該殺生。」

「我以後再也不來打野兔了。」哥哥望著夕照，自言自語地說。

晚風輕輕吹拂，似乎要將他們細碎的訊息傳揚開去，天地間充盈著他們悠悠的話語。說話間，他們來到了城關的柵子口，遠遠看去，「人民食堂」的燈火輝煌，透過窗戶，兄弟倆看到一幕他們沒想像到的情景。

田場長和幾個挖蘋果窩的小工正在裡面大吃大喝。桌上擺滿大盤小碟的菜餚，紅燒肉、東坡肉、兔肉、鷄肉……眾人爭相舉杯，向場長敬酒，不無恭敬；場長面帶紅光，一派自得，顯然非常受落。

兄弟倆隔著玻璃靜靜地看著裡面。雖然飢腸轆轆，但哥哥面對那滿桌的酒肉，竟沒有像早上想起父親做的紅燒肉時那樣流口水，而是一陣反胃、噁心。

弟弟說：「吃的東西真多。」

哥哥說：「咱們走吧！阿媽在家等我們吃飯了。」

他們拖著疲憊的腳步，走在黃昏寥落的小街上，身後傳來一陣行酒令劃拳的吆喝：「一恭喜，二相好，三星高照，四喜，五金魁，六六順，七七巧……」

回到家，阿媽不在。只有阿三在家裡砸瓦片，那是準備賣到建築工地做三合土材料的。

「阿媽呢？」

阿三說：「阿媽要加班，還沒回來，叫咱們先吃飯，別等她。」

哥哥打開鍋蓋，見面蒸著飯，還有馬鈴薯，對兩個弟弟說：「你們先吃吧，我再到山上去。」

二弟說：「這麼晚，別去了。」

哥哥不語。他找出一盞馬燈，又揣上幾個馬鈴薯，帶上一點醃酸菜，對兩個弟弟說：「好好看著家。」

兩個弟弟看著他出門，消失在夜色中。

哥哥提著昏黃的馬燈，頂著夜風又向山崗走去。黑沉沉的山崗像一頭巨獸伏在小城外，約四、五里的路程。他揹著鐵鍬、十字鎬，還加了一支鋼釺。

夜晚的山崗一派靜謐，有幾許幽深，又有幾許神秘，星空高遠，天地間充盈著蔚藍的暗光。他佇立在山崗上，仰望那高遠的星空，像在默禱，又像在懷想，恍若一尊守望這山野的雕塑，凝鑄了無限的沉思。

他來到早前挖好的窩子前，那五十多個窩子一路排列開去，像一個個黑洞，讓人不寒而慄。他拿起鋼釺，沿著子的邊緣戳下，一下比一下有力，一下比一下狠，他就不信他挖不出一個像汽油桶形狀的窩，他要讓田場長和那些巴結場長的小工們都啞口無言，他要讓所有人都知道這就是他們兄弟倆挖的窩子，一點也沒有偷懶，每一個都經得起鐵尺的檢驗。

咚，咚，咚……一聲聲的挖掘聲在山崗上迴響，山崗好像也在為之顫動。

不一會，一個人影出現在遠處，歪歪倒倒的向他走來。

「喂，那是誰？夜麻麻，在這裡幹啥？」

他聽出那是場長的聲音，頭也不抬，只管一下又一下地挖掘。

場長走近，看見是他，哈哈大笑道：「傻子，傻子，做死你，做死你……」

哥哥聞到一陣酒味，呸，捂起鼻子。

場長掄起拳頭想撲過來，噗嗵，跌進旁人的窩子，像死屍一樣倒在裡面。

哥哥繼續挖著他的窩子，整個山崗迴響著沉雷似的聲音，咚，咚，咚……

靈兔

小雨是個傻子。

大家都說他傻，倒不是他生理上有甚麼缺陷，而實在是他呆頭呆腦，沒有別的孩子精靈、醒目。別人說他傻，也許不代表甚麼，但他的父母也說他傻、沒出息，這就讓他確信自己是個傻子了。大人總將他與弟弟小竹及鄰家的小冬比較，說他缺心眼。

他不知道心眼是甚麼，但想到大人們都這樣說，自然覺得這「心眼」，是個很靈性的東西。人有心眼，就是聰明人；沒有心眼，就會像他一樣傻傻乎乎。

小雨對心眼這東西倒是不太在乎，反正他自己能吃能睡，而且有手有腳，有鼻子有眼睛，甚麼也不缺，跟正常人沒有甚麼差別。能過著常人一樣的日子，傻就傻吧！

其實，也不是所有人都說他傻，有時一些大人會說，這孩子很乖。當他的母親說他是木頭腦袋的傻瓜時，別人會說，小時了了大未必佳，這孩子大器晚成。

小雨不知道這位大人說的是甚麼，但感覺他是在替自己說話。聽到這樣的話很舒服，像吃了一塊糖果一樣，心中甜滋滋的。這時，他又會相信自己並不傻，不像他媽媽說的那樣無可救藥。他想：「大器晚成，就是說我將來也會有出息，也會長出心眼吧？」他的心安樂了。

說不清小雨到底是不是傻子，但他一直很孤單，倒是真的。

他原本跟外婆生活在南方的鄉下，從出生到讀小學二年級，他都跟她在一起，婆孫倆相依為命。可是，在他九歲那年，母親回到鄉下將他帶到城裡來了。這是他懂事以後第一次見到爸爸、媽媽，還有自己的兩個弟弟。他面對著陌生的母親和父親，怎麼也叫不出「媽媽」、「爸爸」。他雖然知道他們是他曾經想念過的親人，但卻像面對陌生人一樣，不知道怎樣跟他們相處。在他們面前，在這個陌生的家中，他感到有些不知所措。

而最讓他感到失落的是，他陷入了語言不通的困境。他周圍的人說的話，都是他聽不懂的。小雨一下子像聾子和啞巴一樣，跟整個環境隔絕了。他不再是那個頑皮的野孩子，倒像是一隻被人捕獵到的野兔，既驚又無助，不知道會落入怎樣的絕境中。他想念外婆，想回到外婆身邊，但這是不容他選擇的，因為他是外婆的女兒的兒子，他必須跟著爸爸、媽媽，以及弟弟，一家人才會完整。

就這樣，他成了小城裡一個外來的孩子，失去了往日樂園般的鄉間生活，也失去了無憂無慮的童年。

小雨沒有朋友，也無處可去。但他還是很快找到了娛樂自己的方式，那就是逛街。對他來說，小城的一切都是新鮮的。這裡的建築、以及人的裝束，樣樣都是那麼奇特，讓他看不厭。所以，他總喜歡跑到街上溜達。

這是漢夷雜處的邊城，街道兩旁的建築大都是用木構築而成，跟南方那些磚石砌成的房子大不相同。當街的一排排木屋都用一塊塊的木板併成門面，屋頂也是木板蓋成的，上面還壓了一塊塊的石頭，防止被風吹跑。而邊民的衣著打扮更是讓他感到新奇，這裡的漢民大都穿著長衫大掛，男男女女的頭上都包上一圈厚厚的頭巾；夷人的衣著更是奇特，男的大都是一身黑色衣服，頭上留著一撮頭髮，人們說那叫天菩薩，是神聖不可褻瀆的神物，女的則穿得五彩繽紛，頭蓋、銀飾、百褶裙，煞是好看。

他來到小城最繁盛的街頭柵子口，穿行在熙來攘往的街頭，看各式各樣的貨物。今天正好是趕場的日子，從四方八面來的鄉民和山地上來的夷民，帶上各自的特產在市集上交易，人的吆喝與騾馬的嘶鳴此起彼伏，地攤上擺著農產品，如時蔬、水果、蘑菇、木耳、黃花菜，而柴薪、木炭之類的乾貨則是一車一車地交易，時不時會看到揹著獵槍的夷人在人群中穿梭，兜售熊掌、麝香之類的山珍，有時槍上還挑著剛捕獲的麂子、野兔甚麼的。小雨總是愛跟在獵人的身後，看他們獵獲的動物，以及他們背上的獵槍，和掛在腰間鑲銀的匕首，巴望著有機會摸摸那些真刀真槍，感受一下獵人的雄風。

看夠了市集上林林總總的貨物，他又會到舖頭前看各類工匠做事，欣賞他們的技藝，如磨刀、打鐵、紮花圈，而最讓他百看不厭的則是雕章。在柵子口擺檔雕章的一位中年人，姓古，大家都叫他「古雕章」，聽說他雕的圖章是這方圓幾百里的地方最出名的。小雨總喜歡伏在櫃檯前，看他擺弄那小小的印章，欣賞他一挑一鑿地在指甲大小的石頭上雕琢。在小雨看來，那實在是出神入化的手藝。古雕章很愛跟小雨說話，可是他並不是太聽得懂。小雨只能從他的表情感覺到對方的善意，並目不轉睛地專心看著。有好幾回，他回家後也在肥皂上擺弄起來，可是任憑他怎樣小心地雕琢，總是弄不出一個像樣的圖案。

小雨在觀看街頭各式衣著打扮的人，街上的人也在以奇異的目光打量著他。他穿的是一身有花圖案的衣服，那是南方人的衣著，看上去像個南洋小子，所以，他一出現在小城的街頭，便成了一道另類的風景，吸引著人們的目光，而且不時惹來街童的哄笑。最初他並沒有感到甚麼不妥，但受到幾番評頭品足的訕笑後，他感到難堪了。有一天，他不願意再穿那一套花衣服，結果惹來阿媽的一番訓斥，說他有好衣物都不穿，難道要像街上的窮小子那樣穿得破破爛爛不成。小雨實在不想穿那套惹來奇異目光的「好衣服」，他寧願穿得破破爛爛，與別的孩子一樣，滿身是補釘。你說，他傻不傻？

開學了，小雨到城關小學插班讀二年級。

老師將他帶到課室，他一出現就引起一陣嘰嘰喳喳的議論聲。他還是穿那件南洋風格的花衣服，儘管十分新淨，看上去卻非常的特別，在班上清一色的藍衣藍帽中，他的衣著像小醜的衣服那樣誇張，讓人忍不住要多看兩眼。老師向全班的同學介紹，這是剛從南方，有大海的地方轉學來的同學，要大家歡迎這位新同學，互助互愛、和睦相處。小雨聽到了一陣掌聲，卻不敢望著同學們，而是一直低著頭，望自已的腳尖，好像他的鞋尖有甚麼東西似的。他被安排在前排，與一位個頭矮小的男同學同一張書桌。同學叫小米，人長得像一個洋娃娃，一看就是醒目的孩子。小米對他笑笑，小雨也對他笑笑，兩人就算相識了。

開始上課了。由於是寒假後開學的第一天，首節課只是在安排座位、派發課本和作業簿，交代一些注意事項。小雨似明非明地聽著老師的話，大致也能估計到她在說甚麼。第一節課很快就在吵吵嚷嚷中結束了。

一聽到下課鈴聲，課室立即就變得像喧鬧的鳥籠，同學們都沉浸在開學重聚的興奮和喜悅中。小雨靜靜地坐在座位上，看著三五成群的男女同學追逐、打鬧、歡笑。他成了最孤單的一個。這時，小米主動與他招呼，並坐在他身邊，問他從甚麼地方來。小雨完全聽不懂小米的話，但估計他是在問自己的家鄉，他只能用自己的語言回答他的問題。不知道小米和周圍的同學聽懂了多少，他們從他的話語中分辯出了一個詞：「番芋」，這個詞不知道意謂著地點還是甚麼，總之，番芋，從此成了小雨的外號，他們都以「番芋」稱呼他。小雨的臉紅了。

同學們好像認定他是外國來的，又好像認定他說的是外國話，所以，又有人問他，吃飯的英語怎麼說。小雨茫然地搖頭，一則他沒有聽懂他們的話，二則他不想再讓他們用他的話編排出新的綽號。又有同學問，帽子的英文怎麼說，這時小米說：「我知道，叫『戴上不冷』。」小米的話引來同學們的一陣哄笑，他用四川話杜撰出了一個英語的詞，把大家都逗樂了。小雨也笑了，小米真是太有才了。

第一天上學，讓小雨既感緊張又感到新鮮，一切都是陌生的，但又是那麼的有趣。唯一讓小雨感到難堪的始終是他身上的那套花衣服，他走到哪裡，哪裡的人就將目光投射到他的身上，將他置於被審視和打量的位置，使他和同學們之間有了一段距離。他想找個地方躲起來，只怪地上沒有洞、上天又沒有路。

放學了，同學們呼拉拉往外跑，又是三五成群，好不親密。只有他還是一個人。沒有人與他結伴，也沒有人想和他走在一起。一離開學校，一些男同學就開始大聲唱起他們自編的順口溜：「番芋，番芋，像個童養媳，穿的是女人的花襯衣……」

小雨其實不明白順口溜的意思，但知道他們在羞辱他，便埋著頭從他們身旁走過。領頭的一個孩子王是小金，他帶著一班同學追著他。小雨拔腿奔跑，但他避得過一群，避不過第二伙。

這時，他停下來了，站在路旁怒目盯著他們。他看見小米也在這些人中間，便用他自己的話說：「你們別想欺負我，有種的我們就來打一架。」

這些人好像聽懂了小雨的話，便嚷嚷著要打一架，並把小米推到小雨面前。兩人在眾人的推攘、包圍下，進入了決鬥架勢，但兩人只是擺出了姿態，你一掌我一掌地虛晃，並沒有落到對方身上。兩人似乎都不想也缺乏勇氣先打出決定性的一掌。眾人在旁邊起哄，將他們推進埋身肉搏戰中。這下，兩人都較上勁了，雙方都抱住對方的手臂，拉開了架勢，努力想將對方摔倒。眾人齊聲高叫，摔倒他，摔倒他，但已說不清是在替誰打氣了，好像誰勝誰負已經不要緊，只要有一人倒下就行。兩人卯上了，勢均力敵，這時候已不能靠力氣，而是要靠智取，只要誰稍一鬆懈就隨時會被對方有機可乘。這時，小雨佯裝退後，再趁小米發力的時候，順勢猛力將他一扯，小米一個趔趄撲向地下，然而就在跌落地的一瞬間，他抱住小雨的腿一拉，兩人同時倒地，小米將小雨壓在身下，不過還沒等他騰出手來壓實小雨的身子，小雨一個翻滾反將小米壓在身下，兩人抱成一團在地下扭打，直到有人叫停，兩人才放開了對方，爬起身。小米的手臂留下一道血痕，而小雨的花衣服則被撕破一大塊。這是一次兩敗俱傷的決鬥，沒有贏家。

小米帶著傷回家去了，幾個同學也散去了。小雨看著撕破的衣服，不敢回家。這是他最好的一件衣服，是他離開家鄉前，省吃儉用的外婆托人到城裡買的。如果他就這樣回家，被阿媽看見，少不免是一頓「籐條炆豬肉」。阿媽是個嚴厲的人，他好像已看到她手持籐條的樣子。

小雨來到月亮塘邊。這月亮塘是一泓甘泉，水質清甜，邊城的家家戶戶都在這裡取用食水。水塘的外圍是一個果園，有蘋果樹，也有梨樹，春夏季節草木青青，金秋時節則花果飄香，是小城裡的一個風水地。小雨進到果園中，坐在一棵果樹下的草叢中。他懷想著南方家鄉的小夥伴：「阿盈、阿耀、阿庭……他們也開學了吧？和他們在一起的時候，是多麼的快樂呀。」

這樣的日子已經不再有了，他成了一個勢單力薄的外地人，無依無傍，誰都可以取笑他、欺辱他。在這裡，他沒有朋友，也沒有了快樂。阿盈他們在做甚麼呢，還有阿麗呢，阿麗現在跟誰一塊玩呢？阿麗是玉嬸的女兒，從小跟小雨在一起，他們是兩小無猜的玩伴。

這時，小雨看到一隻野兔就在幾步之外的草叢中，兔子也發現了坐在草叢中的小雨，並不驚慌也沒有離去的意思，相反用一種好奇的目光望著他。小雨看著這隻小兔子，竟也生出憐愛之情，情不自禁地輕喚了一聲「阿麗」，這趣緻而溫順的小動物竟豎起耳朵，好像聽到自己的名字，一跳一跳地撲進他的懷裡。也許，牠把他當成了自己的主人。小雨很喜歡兔子，他在南方的時候也養過好幾隻，時時和阿麗到山坡上割草餵兔子。小雨撫著牠的毛髮，對牠說：「你也是孤零零的一個嗎？我們做朋友吧，以後我就是你最好的朋友，知道嗎，阿麗？」

小雨摟著小兔子，倚著果樹閉上雙眼，好像陶醉在與玩伴一起的快樂時光中。他又聽到了一聲聲的歡笑。

小雨在外面磨蹭了很久才回到家裡。

阿媽沒有打他，但小雨已經感覺到自己闖下的禍，不是一頓「籐條炆豬肉」可以了結的。阿媽似乎早就發現他的衣服撕破了，而且知道他跟人打架了。顯然，阿媽很傷心，她的沉默，預示著更大的風暴。

他悄無聲息地溜進屋裡，又想悄無聲息地躲進自己的房間。阿媽將他叫住了，那聲音異乎尋常的低沉。小雨心頭一沉，知道這次是混不過去了。

阿媽問：「你是不是和小米打架了。」

小雨不語。

阿媽加重語氣說：「你回答我，怎麼回事？」

小雨用手按著撕破的衣角，似乎想將它復原，但那是徒勞的動作，衣角耷拉下來，像他低垂的頭。

原來，小米的媽媽已經來過他們家，她帶著小米，展示他手臂上劃破的皮，在小雨家門前擾攘了一陣。小雨的阿媽在家裡找出紅藥水，替他擦傷口，又找出紗布纏上，並一陣的道歉，才將母子倆打發走了。

阿媽說：「跟我到小米家去，向他們認錯道歉。」

小雨開口了，他說：「我不去！」

那語氣十分的堅決。

阿媽沒有像往常那樣發怒，她沉默了半晌，才說：「你不要再跟家裡添麻煩了，你要曉得，你沒有跟人打架的本錢，就算你有道理也不可以出手。」

小雨聽清了阿媽的每一句話，但不明白為甚麼別人可以出手，他就不以出手。他想不明白。

阿媽說：「你出去，站在門外，反省一下自己的行為，想清楚了，去向別人道歉後才能回來，不然不能吃飯。」

小雨站在家門外，望著天思過。路過的大人說：「這孩子怎麼站在這裡發呆，回家吧，小雨。」

他不言也不語，好像甚麼都沒聽到。

「真是一個傻孩子。」大人說。

小雨就這樣站在家門外，午後的陽光斜照下來，將他的身影投射在牆壁上，扭曲而怪異。

他從果園帶回來的小兔子一直陪伴著他。小兔子在屋外的草地上覓食，走路時，一拐一瘸。小雨將小兔子抱在懷中，好好察看了一番牠的四肢，才發現後腿有傷口，顯然是受到襲擊了。於是，他回到屋裡找出紅藥水，替牠擦傷，又包紮上一塊紗布。

阿媽從窗口看到了小雨的一舉一動，眼裡湧出兩行清淚，但她只是用衣角輕輕擦去，又無聲地嘆了一口氣。

小雨還太小了，不知道自己將面對的是一個多麼凶險的世界，命運對他將是不公的，但是有甚麼辦法呢，他必須學會承受，他不能跟別的孩子比，不能像其他的孩子一樣受到很多的蔭庇。因為，一場災難正在降臨這個家庭。

小雨一直站在家門外，太陽下山了，晚霞也收去了最後一抹紅暈，他還是不為所動。他不會到小米家去，向他道歉，縱使他錯了，他不該打架，也不該令小米受傷，但他不覺得小米是無辜的。

這個犟小子，從小就這德性，只要他認定的事，沒有人可以改變他的意志。他阿媽也拿他沒辦法。人家說好漢不吃眼前虧，可他總是自討苦吃。他那木頭腦袋，就是不開竅，有啥子辦法呢？三歲定八十，他這一輩子恐怕就這樣子了。

「唉，人蠢沒藥醫，由他去吧。」阿媽將一碗飯放在熱鍋裡，又在飯上放了兩塊回鍋肉。

遠遠的營房吹響了熄燈號。小雨的弟弟走出家門，叫哥哥回家去。

小雨這才帶著小兔子回到屋裡，剛一進到家門，就連打幾個噴嚏。家裡真暖和。

小雨為小兔子佈置了一個安樂窩，他對牠說，阿麗，這裡從此就是你的家了。小兔子好像聽得懂他的話，溫馴地伏在窩裡，靈動的眼睛古碌碌地望著小雨。

從此，小雨有了一個好朋友，一個不離不棄的小夥伴。他的心裡樂滋滋的，甚麼不快的事都忘記了，或者說，好像這一天甚麼事都沒發生過。

第二天，上學了。小雨帶著他的小兔子走進課室，他將牠安頓在課桌的抽屜裡。小米早已坐在座位上。小雨發現，課桌的中間劃了一條線，那是剛剛用刀刻上去，非常的清晰。顯然，這是小米向他發出的警示，楚河漢界，不可越雷池半步。小雨坐下來，拿出課本和文具，也不去理旁邊的小米。

上課鈴響了，老師進到課室，值日的同學叫了一聲起立，全班同學唏哩嘩啦站立起來，向老師敬禮，然後又乒乒乓乓坐下。小雨抽屜裡的小兔子受驚，一下子躥出來，三蹦兩跳，跳到講台上，同學們哄堂大笑。

上語文課的班主任習老師，頓時沉下臉。她的面孔本來就缺乏表情，這一下更顯得扭曲，好像可以擰出水來。女孩子還是不要沉下臉的好，不然再漂亮都會形象受損。

她問：「誰把兔子帶到課室來了？」

同學們的目光「刷」的一下子集中在小雨身上，像一支支穿心箭直射向他的後背。小雨的後背一下子涼颼颼的，頓時渾身冷冰冰的。

習老師用嚴厲的目光看了他一眼，說：「谷雨同學，站起來。」

小雨站起來，但好像矮了三分，站也站不直。

老師說：「這是課堂，不是家裡的廚房，怎麼可以隨便把小動物進來，成甚麼體統？快把兔子捉起來。」

小雨剛要把兔子捉起來，那小生靈卻一下子躥出了課室，一蹦一跳地逃到課室外的草地上。小雨進退兩難，出也不是退也不是，出盡了洋相。同學們更樂了。

習老師大聲說：「肅靜，肅靜，太沒有紀律了。谷雨，你還愣著幹啥，坐回去上課。」

課堂漸漸安靜下來。老師叫大家翻開課本，上第一課。小雨機械地打開了課本，心卻想著兔子，老往操場上望。

這一堂課，小雨如在雲霧之中，甚麼也沒聽入耳。他聽不懂老師的話，心裡又記掛著小兔子，好不容易才捱到下課鈴響。老師剛說一聲「下課」，他就衝出課室，找他的兔子去了。

老師望著他的背影說：「上課的時候磨皮擦癢，下課比誰都跑得快。」

小雨在操場邊的草叢中找到他的小兔子，抱回課室。小米看到小兔子也興奮起來，伸出手撫摸牠的毛髮，擺弄長長的耳朵，完全忘了跟小雨的不快。

小孩子真好，沒有隔夜仇。

小雨重新騰挪抽屜，想給小兔子讓出更大的空間。

小米拆下課桌抽屜中間的隔板，將整個空間都留給了小兔子。小米說：「拆開隔板，就寬敞了，這樣牠就不會再跑出來。」

小雨對小米報以一個微笑，並道了聲謝謝。他雖然不會講當地話，但還是努力用四川話的腔調道出一聲謝謝。這算是他學會的第一句四川話。

兩人成了朋友。

小兔子似乎特別開心，在抽屜裡來回走動。

小雨對小米說：「你知道嗎，小兔子聽得懂人話，牠甚麼都知道，聽到好事情，牠就會開心地翕動耳朵，不好的事情就會躲在一邊不理睬人。」

小米好奇地問：「真的？！他追問，那麼牠懂得做作業嗎？我們以後做功課就可以問牠了。」

小雨說：「我們試試吧。」

小米當即就試起來，問三加五等於多少。

小雨說：「牠不會說話怎麼回答呢？你給個答案，正確，牠的耳朵就會動，不正確，就會一動不動。」

小米似信非信地試起來：「三加五等於八，對不對？」

小兔子翕動耳朵。兩個孩子都拍起手掌，好不興奮。

小米再試：「五加二等於九。」

小兔子沒有一點反應，像甚麼也沒聽到一樣。

「五加四於九。」

兔子的耳朵又動了起來。

「神，真神。」兩人高興得手舞足蹈。

春寒時節，小城被一種隱隱的騷動打破了昔日的寧靜。

小雨走在街頭，發現木板房的牆壁上多了一些標語，不管是紅紙黑字，還是白紙黑字，都粗野而暴力，有的字上還打上大大的「×」，顯得殺氣騰騰。而街頭的遊行也多了，身穿綠軍服、臂上纏著紅袖套的人到處打打砸砸，將城裡很多古舊的東西都砸得稀巴爛。

大人說，打武鬥了。

小雨發覺，父親好些日子都沒有回家了。從阿媽的話語中，隱隱可以知道，父親是保皇派，躲藏起來了。

小雨不知道甚麼是保皇派，甚麼是造反派，他覺得那是大人的事。這天，他依然像往常一樣，帶著小兔子到處遊逛。他們又來到柵子口，看到很多人在圍觀批鬥保皇派。小雨也走進了人群中，他看到一些神情激昂的綠衣人，揮舞著手臂在揪鬥幾個頭戴紙高帽的人，上面寫著走資派、保皇派之類的字樣。小雨發現其中一個正是阿爸。平時器宇軒昂的阿爸，此時埋下了頭，顯得垂頭喪氣。

小雨手抱著小兔子，感覺到牠在渾身發抖。他知道小兔子受驚了，急急從人群中溜了出來。

「這就是大人在武鬥吧。大人為甚麼也要打架？」

小雨認得其中一個揮動拳頭的人，那是同學小金的阿爸，他們說他是造反派的頭頭，風頭可勁呢，還是甚麼革委會的主任，這一段時間常常都可以看到他帶著一群群的人，在城裡抓人鬥人，城裡的人都認識他。

小雨再也不敢帶小兔子到柵子口去了，那裡戾氣太重，小兔子會受驚。

回到家裡，小兔子依然驚魂未定，悶悶不樂。於是，他帶著牠到月亮塘去了。這是小城裡一個僻靜的地方。在果園中，他們可以無拘無束地嬉戲，歡歡喜喜地追逐。這才是他們的世界、他們的樂園。枯黃的土地上已經冒出青草的綠芽，處處飄著清新的草香。小雨深深地吸了一口氣，向果園深處跑去。

不久，小米也來了，三個小夥伴在果園裡盡情地耍樂，完全忘了外面的世界。在這裡，小兔子又回復了神氣，蹦蹦跳跳，不時停下來咀嚼青草。

小米告訴小雨，他們家要到鄉下躲武鬥了，他說：「你也跟我們一起去吧，我們把小兔子也帶上。」

小雨說：「我要留在城裡，等阿爸回家才能走。」

小米問：「你不怕嗎？」

小雨說：「我不怕，有小兔子和我在一起。有牠在，就甚麼都不用怕。」

小米說：「我也好想有一隻小兔子。」

小雨說：「你也會有的，等牠長大了，生下小兔子，就送給你。」

小米問：「真的？」

小雨說：「真的。」

說話間，他們發現小兔子不見了蹤影。小兔子哪裡去了呢？小雨輕輕地喚：「阿麗，阿麗……」可是還是不見牠的蹤跡。

小米說：「我們分頭找吧。」

他們在果園裡到處尋找。果園與城關小學一牆之隔。牆邊的草叢特別的茂盛，小雨估計小兔子跑到深草中去了，便沿著牆根尋覓。果然，小兔子就在一叢綠草中。

「阿麗，阿麗……」小兔子聽到小雨的呼喚聲，三蹦兩跳，回到了小雨的抱懷。

小雨找到了小兔子，卻又不見了小米。他又來到牆邊，向校園內張望。他看到小金在不遠處的壁報板上畫公仔、寫字，小米也向他走去。小米遠遠地問小金：「你在這裡做甚麼？」小金見小米走來，慌張起來，想擦去黑板上的字，但已來不及，只好用身體擋著。小米問：「你在上面寫甚麼？」小金說：「甚麼也沒寫。」小米不信，推開小金，看見上面幾個字，「打倒×××」，他讀了出來，但話一出口便立即自己捂著嘴巴。

小雨將一切都看在眼中了。他聽到小米讀出來的那句口號了。「×××」是偉大領袖呀，小金怎麼寫出這樣的字出來了？

小米說：「你反動，我要向老師說。」

小金丟掉手上的粉筆說：「不是我寫的，不是我寫的。」

小米說：「我看見了，是你寫的。」

小金說：「我說是你寫的。」

爭執的時候，習老師走過來了，他看到壁報板上的字，臉色變得蒼白，嘴上顫抖著說：「你們瘋了，誰幹的？」

小米和小雨稀裡糊塗地捲入了一場可怕的政治風波中。小米是被懷疑的對象，小雨則成了關鍵證人。

小雨抱著小兔子忐忑不安地來到校長室，習老師也在裡面，她一看到小雨便厲聲問：「你怎麼又把兔子帶來了？兔子不能進來，趕快把牠放了。」

小雨死死抱著小兔子。他不願意自己進去。沒有小兔子在身邊，他會沒有安全感。

校長見到他的模樣，招招手，說：「進來吧。」

小雨躡手躡腳地走進校長室。

習老師說：「把你看到的都如實給校長說。」

小雨看看校長，不知道該怎麼說。事實上，他沒有用當地話清楚表述全部事情經過的能力。

校長說：「我知道你是誠實的孩子，你只要說出看到的事情就行了。」

小雨的心安定下來。他結結巴巴地述說著。

但是，他所說的話顯然是校長不願意聽到的。校長說：「谷雨同學，你要想好了再說，可不能說謊，這件事可不是鬧著玩的。」

小雨不解，他說：「我講的是真話，我親眼看見的。」

校長轉了一個話題，他以緩和的語氣說：「小雨，你想爸爸回家嗎？」

小雨說：「想。」

他真的很想爸爸回家，像小米的爸爸一樣，帶著全家到鄉下躲武鬥。他也要把小兔子帶上，離開這個鬧哄哄的小城。

校長說：「這就對了，如果你說對了，你的爸爸就可以回家了。」

小雨犯糊塗了。他剛才所講的都是真話，為甚麼校長會說不對呢？

「甚麼是對，甚麼是不對？莫非，要說那是小米寫的字，而不是小金幹的，這才是正確的答案？校長不是要我講出真相嗎，不是說要我講真話嗎，不是說我是一個誠實的孩子嗎？為甚麼我講的是真話，他卻認為不對？」

空氣凝滯了，小雨有一種快要窒息的感覺。牆上的老式掛鐘「滴達、滴達」，時間一秒一秒地過去，屋子裡靜得出奇。

小雨緊緊摟著小兔子。這小精靈睜著滴溜溜的眼睛看著他。

小雨明白校長的意思了。校長其實不是要真話，而是要聽假話，但又要把假話當成是真話。小雨懂得了，只要他說那件事是小米做的，就可以救出爸爸。他平時甚麼事都犯傻，但這一次他終於清醒了一回，這只是一道選擇題，而不是甚麼真相。

小雨望著小兔子，用他的南方鄉下話問：「阿麗，你說哪個答案才是正確的？是小米嗎？」小兔子一動不動，而且露出驚恐的眼神。「那麼應該是小金，對嗎？」小兔子翕動著耳朵，肯定了小雨的答案。

小雨又一次對著校長說：「是小金做的。」他的語氣十分的肯定。

校長和習老師面面相覷。他知道這個傻孩子道出了真相，但卻不是一個他需要的正確答案。這孩子真得很傻。他說：「好了，你走吧。」

小雨帶著小兔子離開了學校。

隨後的日子，學校停課了，那件事好像也不了了之了。小米真的跟他爸爸到鄉下躲武鬥去了，而小金好像也沒受到任何處罰，依舊帶著一群孩子在街頭東搖西蕩，像他爸爸一樣好不威風。

小雨一直沒有見到阿爸，在悠長的假期中，他每天就帶著小兔子到月亮塘邊的果園中，消磨時間。

過了一段日子，學校復課了，同學們都回來了，唯獨小米沒有回來。同學告訴他，小米在鄉下的時候，到水塘裡游泳，淹死了。

小雨第一次認知到死亡。小米再也不會回來了，他永遠消失了。他就這樣離開了人間，一個告別都沒有。小雨的心口像被一塊棉花球堵住似的，難以呼吸。這天回到家裡，他對阿媽說，他想穿那件花衣服。

阿媽問：「你不是不想穿花衣服嗎？」

小雨一定要穿。阿媽替他找出花衣服，他穿在身上。摸著跟小米打架時撕破的一角，好像又感覺到小米的存在。衣服早已補好了，但痕跡卻還在。小雨抱著小兔子走出家門，向果園走去。他的耳畔又迴響著小米的話音：「拆開隔板，就寬敞了……」

可惜，小米再也見不到小兔子了。

小雨已經不能再回城關小學讀書了，學校說他不守課堂紀律。所以，他只能到處遊蕩。大人都說，小雨真傻，真是個傻子。

阿媽站在窗後，望著小雨的背影，暗自嘆了一聲，這個傻子。

她想，傻了也好，傻了也好，這樣人可以真實地活著。這個世道，還是不要有太多的心眼，不然機關算盡，反被聰明誤。

磨房晚歌

小雨和爸爸離開了小城，來到離城十里的大河。

小雨很快就喜歡上了這個地方。雖然這裡沒有街市，沒有城裡的繁囂，但卻有一種城裡所沒有的寧靜和悠閒。這裡的日頭特別長，長得讓你覺得時間是凝滯不動的，好像大河緩緩而流的水一樣。小雨再也不用趕功課，不用擔心時間不夠用了，反正這裡的時間像流淌不息的水，怎樣浪費都用不完。

他在這裡呼吸到了清新的空氣，也享受著一種不受管束的自由。遠離了小城，似乎也遠離了城裡喧囂的風暴。雖然，他知道爸爸和那些與他在一起的人，享受不到他的愜意。

大家都將大河邊的一個農場叫著「牛棚」，但這個牛棚裡關的並不是牛，而是像小雨的爸爸那樣失去自由的大人們，人們都將他們叫著牛鬼蛇神。他們白天到地裡幹農活，晚上則要參加集體學習。住在這牛棚裡的人，似乎都失去了快樂的權利，沒有人笑得出來，樣子都顯得蒼老，面有菜色，目光無神，也不知撞了甚麼邪。

小雨不太想知道大人的事，也不願意知道。在城裡的時候，他見到了太多鬥爭的場面，城裡都處亂哄哄的，讓他心煩。他在大河邊的鄉村學校寄讀，時時都可以見到爸爸，但他幾乎忘了大人們的處境，也不在意他們到底是「人」還是「鬼」。他只管到處玩耍，消磨大好時光。在這裡，好像連讀書也是次要的事情，或者說那只是一個例行的節目而已。

大河，因河而得名。這裡是兩條大河的交滙處，有寬闊的河洲、一望無際的田野。兩條蜿蜒的河流平緩地流淌，遠遠看去像兩條飄逸的白練落在大地上，引人無限的遐思。

小雨很喜歡坐在河堤上，看大河的風光。而這河流好像也在無聲地展示著甚麼，讓他陷於沉思之中。這平緩的河水表面很平靜，底下的水流卻非常的湍急，從水面上的樹枝、落葉漂浮升沉，就可以感覺到水面下的暗流奔湧。

暮晚時刻，夕陽西下，大河倒映著滿天紅霞，天上地下好像合奏著一曲悲壯而激越的歌，色彩濃烈又奇詭，變化多端、盪人心魄。小雨聽到了一道悠悠的歌聲。那是泣血的幽鳴、也是深摯的哀思，像來自河水中，又好像來自天邊外。他細細地聆聽，終於分辨出歌聲來自何處。

在河堤不遠處，是一座獨自矗立河邊的磨房。這座年久失修的磨房，在晚霞映襯下，顯得孤單而寥落。小雨循著歌聲向磨房走去。有人曾給他說，這磨房住著一個瘋女，莫非那真是她的歌聲？

磨房的外圍有一道歪歪斜斜的木柵欄，小雨只能站在外面向裡張望。從外面看去，磨房的木柱已經傾斜了，木板拼接的牆身也因日曬雨淋而呈現灰白的色澤，不過，屋旁的瓜棚長出的滕蔓卻伸向了木屋，並沿著牆壁向屋頂攀延，令這殘舊的屋子增添了幾許生機，讓人覺得這是一個有人氣的家居。小雨試圖看清楚裡面的人，在木柵欄外一蹦一跳，又爬在木柵上透過空隙向裡面瞅。

這時，一個聲音在身後響起：「你在這裡幹甚麼？」

小雨回頭，站在面前的是年齡與他相差無幾的小女孩。他含糊地說：「我聽到有人在裡面唱歌。」

小女孩說：「她是我媽媽，常常都會唱歌。」
小雨好像偷了人家的瓜果一樣，有些不自在，急著想走開。
小女孩問：「你是新來的小雨嗎？」
「你怎麼知道我的名字？」小雨想不到別人會知道他，感到有些驚訝。
「我叫杏子，我們家就住在這裡。到我們家坐坐吧。」
小雨很想到磨房裡看看，但又有些猶豫。他有點擔心，怕見到那個唱歌的瘋女人。他說：「我要回去了。」
杏子伸出手，遞給他一串葡萄，說：「給你，我剛摘下來的。改天，我帶你去摘葡萄。」
小雨接過葡萄，轉身走了。
杏子看著他離去，對著他的背影說：「再來我們家玩。」
小雨好像沒聽到，頭也不回地走上河堤，向石橋那邊的居所走去。走到橋頭，他放了一顆葡萄在嘴裡。真酸，他打了一個冷顫。
杏子。人長得漂亮，名字也好聽。他喜滋滋地回到牛棚，心裡一直想著那個女孩。
原來，杏子和小雨都在大河邊的學校讀書，而且是同一個年級。
第二天，小雨背著書包上學，經過磨房，杏子已經站在那裡等他。
小雨見到杏子，好像沒看到一樣，既沒想到要跟她打招呼，更沒有想到要跟她一塊走。倒是杏子歡歡喜喜地向他問好，而且拿出兩塊苞谷粑，分給他吃。小雨不要。杏子說：「可好吃呢，這是我外公做的，你拿著吧。」小雨接過了苞谷粑，並不說謝謝。這孩子好像不習慣跟人道謝，鄉下的大人都叫他啞瘟。杏子咬了一口苞谷粑，也示意他吃。小雨咬了一口，苞谷粑確實甜甜香香的，十分可口。杏子問：「好吃嗎？」小雨點頭。

兩人一道來到學校。

鄉間的學校十分的簡陋，兩排破舊的平房，幾間玻璃窗無一完整的教室，裡面的桌椅更是殘缺破爛，幾乎找不出一張完好的。桌面上滿布刀痕筆劃的線條或歪歪扭扭的文字，看上去像一道道傷痕，紙放在桌面上寫字只會被鑿破，完全沒法順順暢暢寫好一個字。

鄉下的孩子對小雨都表現得很友善，畢竟他是城裡來的，衣著打扮都有一種城裡人的派頭，加上他長得白白淨淨，總讓人對他另眼相看，有羡慕也有憐愛。所以，小雨很快就跟鄉下的同學玩在一塊了。

他不是成績最好的學生，但也不會是最差的，讀書對於他來說，是一件很容易應付的事。所以，小雨把學校當著了一個樂園，一下課就跟著同學到河邊玩耍去了。河邊並沒有甚麼特別的東西，但卻是孩子們留連的好地方。他們在這裡玩水漂、捉魚、打水仗，好像大河彎就是他們的領地，可以給他們無窮無盡的樂趣。

今天，跟小雨一塊到河邊玩的男孩子叫阿狗。杏子也想跟他們一塊到河邊玩，阿狗不讓她跟著。他們來到河堤上，阿狗對小雨說：「你知道嗎，杏子是個私生女，可野呢，像她媽媽一樣是個狐狸精，你要小心她。她媽媽瘋了，就是因為跟人亂搞，害得那個男人投河死在這裡了。」

小雨問：「這是真的嗎？」

阿狗說：「是真的，大人都這樣說，騙你是小狗。所以，大家都不跟杏子玩。」

小雨心想：「你不騙人也是狗。」但是，他實在看不出杏子有甚麼不好。不管阿狗和其他的同學怎麼說，小雨還是時時和杏子在一起，他無法拒絕她的邀請。男同學們都笑他想吃天鵝肉。他不是想吃她的東西，就只是覺得跟她在一起舒心。他不相信她會是個壞女孩。他心中暗想，縱使她真是壞女孩，他也願意跟她在一起。

雖然他還沒有見過杏子的媽媽，但也好像感覺到她不是別人講的那樣淫賤。小雨見過杏子的外公。他負責看守管理磨房，所以他們一家三代都以磨房為家。老人家是個沉默寡言的人，不怎麼跟村裡的人來往，閒時會到山林裡打獵，村裡的人知道他的脾性，都說他是個怪人，平時都叫他汪老頭。村裡的小孩子都怕他，不敢怎樣接近磨房，小雨卻不怕他，相反很想接近他，窺探一個磨房獵人的秘密。老人打理著磨房，也照顧著杏子和她的媽媽。

杏子的媽媽則一個人住在磨房旁的雕樓裡，那是一座有閣樓的石屋。人們都說，她是這大河邊上最美的女人，當年鄉長的兒子看上了她，千方百計接近她，可是她不為所動，偏偏愛上了一個破落地主的兒子，而且委身於他。她和那個男人的愛注定是要受詛咒的，所以，他因她而死，而她則因他而瘋癲。如今，她自困於石屋，終年都不見人。小雨很想見到她的真貌，他總覺得能唱出那麼哀怨低婉曲調的人，只能是一個美麗的人。

小雨怎也想不清楚，這一家人遭了甚麼孽，為甚麼會成為大河邊被唾棄的人。

周末的暮晚，小雨和爸爸漫步在河堤上。這是父子倆一周裡能夠相聚的時刻。河堤上清風習習，夕陽和煦。

小雨傻傻地問爸爸：「為甚麼人家會說杏子家的壞話。」

阿爸反問他：「你覺得杏子家的人怎麼樣？」

小雨說：「我不覺得他們是壞人。」

阿爸說：「只要你想成為一個人的朋友，就可以跟他交往，而不要理會別人怎麼說。」

小雨想了好一陣，說：「別人說杏子是壞女孩。」

阿爸說：「一個人在一些眼裡是壞人，在另一些人眼中卻可能是好人，這是因為大家的眼光不一樣，價值觀不一樣，判斷的準則不一樣。天下並有絕對的好人和壞人，人的好壞都不是天生的，如果一個人一生下來就決定了是好是壞，那就容易分辨了。人，其實都不好不壞，有優點有缺點，好與壞要看他的行為。一個人只做好事，而不做傷天害理的事，就是好人。但他今天是好人，不等於明天也是好人，如果他明天做了一件壞事，就可能又成了壞人。所以，好人壞人不是絕對的，也不是一成不變的……現在跟你講這些你未必能理解，等你長大了，自然就會明白。總之，一個人成為一個好人不難，常常做好事也很容易，難的是一輩子都要經得起考驗，要始終成為一個堂堂正正的人，這可是不容易的。人啊人，很難做。好人，壞人，有時是不由你自己評說的。你說，爸爸是個好人還人是壞人？」

小雨不假思索地說：「是好人。」

阿爸說：「但是，在一些人眼中，爸爸是壞人，所以才會到這裡來，接受改造。」

小雨對阿爸所講的話似懂非懂。他總是以為世界上的人，好與壞像黑與白一樣，是很分明的，事實上卻不是這樣。以前，阿爸從來沒有和小雨講過這樣的話，甚至可以說從來沒有跟他說過這種玄而又玄的話。小雨望著阿爸，有些迷惑，也有些費解。

父子倆坐在河堤上，沐著暮晚的清風和夕輝，講著零零碎碎的話語。在夕照的霞光下，一對父子的身影，好像成了大河暮晚的一道風景。從橋上經過的人望著這對父子，有的會發出會心的微笑，遠遠的跟他們打一個招呼；有的則會搖頭暗嘆一聲，悄然走過。

這時候，磨房那邊又傳來了那幽怨的歌聲。歌聲在夕輝與晚霞的襯托下，尤顯得深摯、哀傷。在這個夏天的暮晚，瘋女的歌聲與一對父子的剪影，似乎為大河灣增添了幾分難以言說的悲愴。

阿爸說：「還是瘋了好。瘋了就可以說自己想說的話，做自己想做的事，而不用在乎別人的看法，也不用顧慮後果，更不用為自己是好人還是壞人而自尋煩惱。」

夕陽收去最後一抹霞光，父子倆也回到牛棚。

小雨美美的睡了一覺，等他醒來的時候，窗口已經明晃晃的。他今天要回城裡去，所以要起一個大早。但他賴在床上，還不想起床。遠處傳來一聲公雞的啼鳴：「嗚嗚喔——」長長的聲音像一道刀鋒劃開了黎明的天色，也在催促著人們開始新的一天。

小雨還沉浸在昨晚的夢中，他想延續夢境中的美快之感，但是，睜開眼再一閉上，便再也想不起夢見了甚麼，他只是依稀感到與杏子在大河邊玩樂。

如果夢是真的，那該多好！如果，夢永遠不會結束，那又該是多麼美妙！

小雨帶著夢的餘韻起床了，又沐著晨光走出家門。

大河的晨早，空氣清甜得讓人喘不過氣來。小雨深深地吸了一口氣，讓那一股清新之氣直沁心脾，長留肺腑。

早起的村民已經踏過石橋，走向田野。一座座村屋安謐地臥在薄霧中，如繾綣於夢境之中。

小雨走過石橋，經過磨房，在木柵欄外停留了片刻。門扉緊閉，杏子還沒起床呢。他想告訴杏子，他要進城去，想問她要不要一塊去。鄉下的孩子都想進城。

由大河到城裡，要穿過一片森林。白日裡林間的小路人來人往，但晨早時分的林間人影稀疏。愈往深處走去愈寂靜，茂密的樹葉遮擋了陽光，小雨走在林間小路上，褲管和布鞋很快就被露水打濕了。葳蕤的野草有半個人高，整個森林顯得陰森可怖。小雨第一次單獨走在這片森林中，他有些膽怯了，甚至想退回去，等進城的人多起來時，才跟著別人一起走。但是，他放棄了這個念頭，退縮不是男孩子的所為。他壯著膽子往森林深處走去。

他走著走著，突然看見兩隻綠幽幽的眼睛在幾丈遠的地方閃現。狼！小雨倒抽了一口冷氣，雙腳也開始發軟。他已經不是第一次遇見狼，但卻是第一次單獨遇到豺狼。那頭像他一樣形隻影單的豺狼，已經跟上他了，一直與他保持距離並排而行，伺機發起攻擊。小雨聽大人講過怎樣對付狼，首先不能跑，狼的速度快得像風，從後追上來一下就可以騎在人身上，咬著人的頸子。他知道狼的後背是最弱的地方，只要用棍子襲向牠的腰部便可擊中牠的要害。小雨保持鎮定，盯著牠繼續往前走，又暗暗觀察地形，防範牠突然撲上來。

就在這時，一個人的身影出現在小雨的眼前——汪老頭。

小雨像遇到救星一樣，大聲呼叫：「大爺，大爺，有狼！」

汪老頭手握火槍，從林間走出來。狼見到汪老頭，像箭一般竄進森林深處。小雨跑到汪老頭身邊，抓住他的衣襟。老人笑著，摸摸他的頭：「說，好樣的。」

小雨聽到老人的讚賞，心中喜滋滋的。

老人說：「狼也像人一樣，牠也怕你，只要你不怕牠，牠也會畏你三分。你這麼早到城裡做甚麼？」

小雨要回去看媽媽，也順便給爸爸帶些衣物。

老人說：「你還是不要一個人走，這段路危險。」

他們在林中小憩，進城趕集的鄉民也漸漸多起來了。老人截住了一輛牛車，給趕車的鄉民打了個招呼，讓小雨上了車。小雨坐上慢悠悠的牛車，搖搖晃晃地向城裡去了。他向老人揮手。老人說：「回來後跟著我去打獵！」

小雨高興地答應了。他期待著跟老人打獵的一天。

小雨在城裡住了兩天，才又告別媽媽和弟弟回到大河。

他走了兩個時辰才回到大河。天一直下著雨，一路泥濘。鄉下的黃土路崛崎不平，晴朗的日子走起來倒沒啥，但一下雨便處處水洼。走在這樣的路上，只能左閃右避，但不一會還是搞得滿腳泥漿。他索性脫去布鞋，光著腳涉水而行。他在水洼間蹦蹦跳跳，時不時用腳板將水拍向路邊，看水浪翻捲，自得其樂。在快到大河時，有一段路是斜坡，路面的黃泥被人踩成了泥漿，留下深深的車轍和腳印。小雨試圖跳過到一塊光滑的石頭上，卻沒能站穩腳跟，整個人摔進了爛泥潭。等他爬起來的時候，整個人成了泥人，一副狼狽模樣。他不再蹦跳了，一邊整理沾滿泥漿的衣服，一邊悻悻地往住所走去。

當小雨快走到磨房時，杏子從屋裡跑出來了。她已經在家裡向大路上張望了好幾回，所以，一看到小雨遠遠走來，便急忙放下手中的活，向小雨奔來。她一看到小雨像個落湯雞的模樣，嗤嗤笑起來。杏子笑起來特別的燦爛，一排白淨的牙，一對明亮的眼睛，像陽光一樣和暖。小雨頗有些難為情，倘是第二個人這樣笑他，他一定會轉身而去，但面對杏子的笑，他感覺到的不是奚落的笑，而是兩個玩伴之間互相欣賞惡作劇的笑。

杏子說：「到我們家清洗一下吧。」

小雨跟著她進了磨房。這是他第一次走進磨房。杏子的阿公也在家裡，他一看見小雨的模樣，也露出了笑顏，說：「看你搞得這一身泥，杏子，快去給小雨找一套乾衣服出來。」

磨房裡收拾得井井有條，如果不是有一個大石磨在屋裡，簡直就是一個住家。屋裡的陳設都很粗糙、簡單，除了幾件炊具、寢具之外，幾乎別無他物。老人的火槍和一柄長劍掛在木板牆上。簡陋的家居，屋裡卻暖洋洋的，火塘裡燃著紅紅的柴火。老人在火塘邊給小雨騰出一個位子，說：「快坐下來烤烤火。」

杏子從床舖旁的小櫃裡出一套衣服，交給小雨。

小雨不肯接，他說：「在火塘邊烤烤衣服就乾了。」

老人知道他怕羞，說：「杏子去外面把米淘淘。」杏子端著米出去了。老人叫小雨把衣服換上。小雨難為情地脫下了一身濕衣服。老人取過一個竹筒，拿出酥油、鹽、芝麻、茶具，打起酥油茶來。不一會功夫，一碗熱騰騰的酥油茶擺在小雨面前。

老人說：「趁熱喝吧，暖暖身子。」

小雨端起茶碗，吹吹熱氣，一口喝下肚，一股暖流傳遍全身。好喝。小雨幾口喝光一碗酥油茶，咧嘴而笑，露出兩顆虎牙。老人也笑著，說：「暖和吧，再喝一碗。」

杏子淘米回來，又拿著小雨換下的衣服到河邊去洗。小雨不讓她洗，但她已拿著衣服出去了。老人說：「今晚就在我們這裡吃飯。」

小雨在磨房裡轉悠。磨房的裝置，像車輪一樣大的石滾和磨槽，連接石磨與水槽的機關，樣樣都讓他覺得稀奇。他好像看到了石磨在槽裡周而復始地滾動的情景。他暗暗佩服先人靈巧的頭腦和雙手。想想，只要一打開水閘，嘩嘩流淌的水流就會推動磨房下面的水車葉，轉動的軸又會帶動石磨滾動，將稻穀之類碾去糠粕，省去很多的人力。在小雨看來，那轉動的軸心和沿著一個圓槽轉動的石磨，像日月的運行一樣，有一種延續不息的動力，讓他感到既難解又吸引人。

杏子洗好衣服回來了，她在火塘邊放上一個竹背簍，將衣服放在上面，說等吃完飯，衣服就烘乾了。

架在火塘上的鐵鑊飄著飯香。小雨從書包裡拿出一塊橡皮擦，送給杏子。杏子接過去，放在鼻前一嗅，好香，開心地說謝謝。開飯了，杏子端上一碗飯，送到石屋去。她問小雨要不要看看她媽媽。小雨一直很想見見那個唱歌的女人。他點點頭，跟著杏子到石屋去。

她並不像小雨想像的瘋子模樣，沒有披頭散髮，相反梳洗得十分整潔，完全不像一個鄉下女子。她穿著一件紅花衣服，看上去既貼身又耀眼。

杏子說：「媽媽，你猜是誰來了。」

女人將小雨看了又看，說：「是小雨吧，早就聽杏子說到你了。」

想不到這裡的人一看見他都知道他是誰，連杏子的媽媽也一樣。

女人摸摸小雨的頭說：「這孩子真乖，白白淨淨，討人喜歡。」

杏子拿出橡皮擦，在媽媽的眼前一晃說：「你看，是小雨送給我的。」媽媽說好。

小雨也很喜歡眼前這個阿姨，她是他見過的女子中最漂亮的，大家說的話一點不假。小雨環顧屋裡，陳設也一樣簡單，但他的視線卻被一個玻璃球吸引住了。那個放在床頭的玻璃球，該是這屋裡最奢華的一件擺設了。玻璃球裡面是一朵盛開的花，擺放在這屋裡，格外引人注目。

杏子說：「那是爸爸送給媽媽的禮物，是最珍貴的東西。」

杏子媽媽問小雨：「漂亮嗎？」他點頭。她又問：「你喜歡我們杏子嗎？」小雨又點頭。她說：「你要好好照顧她，不要欺負她喲。」小雨又點頭。

「媽媽，小雨對我可好呢，她從來不欺負我。」

「這就好。」杏子媽媽說。

「媽媽，你吃飯吧。」

杏子和小雨出來了。他回頭望了望，杏子媽媽對他微笑著。

飯菜都很普通，但小雨這一餐飯吃得很香。

吃完飯後，杏子對外公說：「阿公，今晚我跟小雨一起睡好嗎？」

外公說不行。

小雨也說他要送衣物給爸爸，還得回到大河那邊去。

老人點上一支火把，遞給小雨。杏子和阿公倚在門邊，目送小雨踏上石橋，走進夜幕。

大河的寧靜很快就被一陣喧囂的鑼鼓聲打破了。

像一件完好的古董被打破了一樣，縱使復原也無復珍貴的價值。大河失去了往日的寧謐、超然，便再也不會回復純淨的本色。從城裡來的一隊人馬，揮舞著紅旗，臂纏紅袖套，浩浩蕩蕩地開進了鄉間。他們經過磨房，踏過石橋，住進了革委會的駐地。這群革命闖將每到一處，都會掀起一番波瀾。牛棚裡的人，啊，說錯了，應該是牛鬼蛇神，又要受罪了……又說錯話了，「受罪」這個詞可有點政治不正確，站在牛鬼蛇神一邊了，應該說他們又要面對一次觸及靈魂的再教育了；用今天的話來說，應該是一次靈魂的拷問吧？

這群人的領隊正是當年癡纏過杏子阿媽的那個男人，鄉長的兒子，正是他和他的老子利用群眾的力量逼死了她所愛的男人。這個男人離開大河很多年了，但是他沒有忘記磨房裡的這個女子。回到大河的第一天，他就找上門來了。

這個穿一身綠色軍裝的男人跨進門時，小雨正在火塘邊，與杏子一起做功課，汪老頭則抽著旱煙，喝著他的老酒，三人都毫無搭理那個革命闖將的意思。

那人神氣十足地說：「汪老頭，還記得我嗎？皮蛋。幾年不見，你一點沒變呀。他手上拎著一瓶好酒，一條『大前門』香煙，送到老人的面前。」

汪老頭既不招呼他坐，也不接他手上的禮物，說：「你倒是變得出息了，我可受不起你這份禮物，你還是拿走吧。」

那個叫皮蛋的男人將東西往火塘邊一放，說：「你還是那脾性呀！好！好！不過，我不跟你一般見識。我今天來，可不是為了你，我還想見你的女兒。」

汪老頭將煙槍往火塘的爐架上一磕，又將煙嘴放在口中，「噗」一聲，似在吐唾味，然後不緊不慢地說：「她瘋了，你就死了這條心吧！」

皮蛋「哼」一聲，說：「只怕是裝瘋賣傻吧！我告訴你，在革命洪流面前，任何與民為敵的人都是注定要失敗的。敬酒不吃，吃罰酒，好！你等著瞧！」

這個男人在轉身離去前，看到了小雨，丟下一句話：「哪裡又來了一個私娃子？」

汪老頭大聲地對杏子說：「杏子，把那些臭東西扔進河裡去！」

杏子還沒來得及起身，小雨已站起來，提著酒和煙，走到石磨旁的窗口前，用盡力氣猛力一拋，隨著一個漂亮的弧線，「咚」一聲，河水濺起一朵水花。

杏子拍手叫好，老人則不言不語，眼裡人閃過一絲幽憤之光。

老人舉起酒杯，遞給小雨，說：「來，為我們的小夥子喝一杯！」

小雨第一次聽人叫他小夥子，也是第一次喝酒。他感到自己真的成了一個小夥子，長大了。他接過酒杯，猛喝一口，禁不住咳起來。好苦，好澀，那灼人的液體燒他的舌頭，也燒著他的喉嚨。

這一老一小在火塘邊對酌，好像忘記了剛才的事。

醉意朦朧的時候，歌聲又響起來。那悠悠的歌聲像倒映在大河中的夕陽，流溢著無限的深情和惆悵，就好像一河清流都因滿懷愁緒而傾醉，那河裡流的似乎不是水，而是濃得化不開的思情與愛戀。

離開磨房的時候，小雨已經腳步輕飄。他循著歌聲走上河堤，倒臥在草叢中。微風和煦，歌聲縈繞，小雨昏昏睡去。

當小雨醒來的時候，發現自己在磨房裡。

他每天上學放學都會經過磨房外的木柵欄，所以，時不時都會到磨房裡玩一陣，有時又會留下來吃飯。但在磨房留宿卻是第一次。昨天，他第一次喝酒，也第一次醉。

汪老頭每天一大早都會打上一壺酥油茶，時不時叫杏子在門口等小雨，讓他喝上一碗才上學去。老人說，酥油茶有營養，早上喝上一碗，一整天都有精神，而且不怕冷。

老人總是獨來獨往，幾乎不跟河對岸的人家來往，所以，大家都說他是怪人。老人似乎也樂得清靜。但是，他對小雨這個從城裡來的孩子，卻有表現得很不一樣，像對待自己的孫子般，別有一種態度。小雨對老人也懷有一種特別的親近感，他不像其他人那樣對老人有一種成見，也不覺得他是怪人，相反感到他有一種獵人的威儀，又有一種別人沒有的深沉。這一老一少好像成了忘年的伙伴。經過昨天發生的事後，他們的心似乎貼得更近了。

老人遞給他一碗酥油茶，問：「睡足了吧？」

今天，他們要到林中去打獵。這是小雨渴盼的日子。

他們喝下酥油茶，又帶上苞谷粑和幾個煮熟的雞蛋當乾糧。老人揹上老火槍，腰間別上短刀；小雨揹上草綠色的小書包，手撐木棍，跟在老人的身後，出門了。

一老一小走上河堤沿著大河向森林進發。對岸一陣喧嘩。那些革命闖將聚集鄉民，跳完忠字舞，又振臂高呼口號。老人對小雨說：「一群瘋狗。」

小雨細細地咀嚼著老人的這句話。自從在城裡的柵子口看到批鬥的場面後，他每看到這樣的集會便不寒而慄，想不到那些人把大河這寧靜的地方，也攪得不得安寧。一群瘋狗，這話講得真好！

走過河堤，喧囂聲漸漸遠去。他們走過田野，經過一座座村莊，沿途遇到一條條看家狗，聽到一聲聲汪汪的犬吠，並不理會。與大爺在一起，小雨的心踏實又安然，看到惡狗也不慌張。他們到了寂靜的森林。

小雨一直在想著杏子的媽媽，他總覺得她不是瘋子，她是那樣的漂亮，對人又是那樣溫和，怎麼會是瘋子呢？但她又從來不走出石屋，不跟人來往，每天傍晚都會對著晚霞唱歌，顯然又不是正常的人，莫非真的是神經病？他想不明白。

大爺問：「在想甚麼呢，小夥子？」

小雨說：「沒想甚麼。」

其實，他很想問問大爺，杏子的媽媽為甚麼不走出石屋。

大爺說：「你在想昨天那個人，對吧？」

小雨想著杏子的媽媽，確實也是因為那個人的一番話。他問：「你為甚麼不讓他見杏子的媽媽？」

「你說他是好人還是壞人？」老人問。

「他不是好人，是瘋子。」小雨說。

「是呀，他是不是好人，是瘋子。」老人重覆著小雨的話，不再言語。

兩人繼續往黑森林中走去。愈往森林深處走，裡面便愈陰森，好像裡面隱伏著一隻怪獸，正暗中睜著一雙綠眼睛，在注視著他們。小雨一直緊跟著大爺，怕那頭隱伏的怪獸突然撲出。老人手持獵槍，小心而不動聲色地觀察著四周。森林一片死寂，好像甚麼動靜都沒有。老人用眼色示意小雨停下來，他悄聲地說，有山雞。小雨屏住呼喚，順著老人手指的方向看，果然在數丈開外的地方，有一隻羽毛七彩斑爛的野雞在草叢中覓食。牠的頭和頸部呈暗色，微帶藍色金屬光澤，頸上有一白色的環帶，像一串項鏈佩戴在牠高貴的身軀上。望著這拖著長長深褐色尾巴的雌雉，小雨又想起了杏子媽媽，覺得眼前這豔麗的山雞，就像是她的化身，是美麗的精靈。他驚嘆一聲：「好漂亮！」

老人放下了他手上槍。他問：「你喜歡？」

小雨說：「牠太漂亮了，還是不要打牠吧？」

老人微笑著說：「你是牠的救命恩人。」

小雨對老人說：「我們把這隻山雞捉回去吧。」

老人似乎明白了他的意思，說：「好，我們就把牠捉回去。」

大爺拿出一個網，輕手輕腳地走到一棵粗大的松樹後，慢慢接近雌雉，突然張開網，準確地將那七彩的山雞套住了。小雨一陣雀躍，不住拍手。老人敏捷的身手令他折服，山雞的豔麗則令他驚嘆。他說：「把牠送給杏子和她媽媽吧。」

老人說：「你知道嗎，杏子媽媽也很喜歡山雞，以前曾養過一隻，不過那是很多年前的事了。」

兩人在林中坐下來。老人說：「山雞是山中的精靈，通人性，寧死也不能受辱，所以，你要好好地照看好牠。」

小雨記住了老人的話，一直小心翼翼地守著他們的獵物。他想好了，要把牠送給杏子媽媽，讓她在那幽閉的閣樓上有一個美麗的生靈陪伴。

太陽偏西了，這一老一小打獵歸來。小雨一離開森林便搶著跑回大河，直奔磨房。他恨不得馬上就把山雞送給杏子。老人望著他遠去的背影，搖頭笑著。

小雨提著山雞，跑進柵欄，連聲叫：「杏子，杏子……」

沒有回音，杏子並沒有像他預想的那樣從磨房裡跑出來。磨房裡寂然無聲。他跑進磨房，這一眼就可以看遍的屋子，空無一人。他環顧四周，好像想從哪一個角落看到一個人影。他一路上的興奮勁一下子洩了一半。杏子到哪裡去了呢？平時的這個時辰，她已經在火塘邊燒火做飯，而且會燒好一壺水，等阿公回來泡茶。

小雨提著山雞走出磨房，來到石屋前，聽到裡面好像有人說話的聲音，心想是杏子在阿媽的屋裡。他興沖沖地推門進去，呆立了片刻，又退了出來。他的心「砰砰」直跳。他看到了他不該看到的一幕。

不一會，皮蛋從裡面出來，他望了小雨一眼問：「小私娃子，你看到甚麼了？」

小雨只是盯著他，不語，像傻子一樣。

皮蛋說：「你甚麼也沒看見，知道嗎！」他在說最後三個字的時候，用的不是低婉的口胳，而是命令的語氣。

小雨最近正在學甚麼是祈使句，甚麼是疑問句。他聽清楚了那個人的話。

那個人披著綠軍裝，走出了柵欄，大搖大擺地走過橋去。

「小雨，小雨……」石屋裡傳來杏子媽媽的呼喚。

小雨走進石屋，手裡提著山雞。杏子媽媽的衣衫不整，頭髮也非常凌亂。這一次，她真的像個瘋子了。但她還是那麼漂亮，半裸的胸部、凌亂的頭髮，益發顯出她的妖嬈、嫵媚。杏子媽媽將小雨拉到身邊，眼裡盈滿淚水，她撫摸著他的臉龐，一行清淚滴在小雨的臉上。

小雨將手上的山雞遞給她，說：「這是我和阿公從山上捉來給你的。」

她接過山雞，幽幽地說：「好漂亮的山雞。」

杏子媽媽解下身上的一塊佩玉，將它掛在小雨的頸上，又俯下身，在他臉上親了一下，說：「這塊玉送給你。」

小雨摸摸玉，溫潤圓柔，像一顆透明的心。

她問：「喜歡嗎？」

小雨點頭。

這時，杏子出現在門口，她走到媽媽身前，說：「媽媽，我回來遲了，他們將我留在學校，不讓我回來。」

杏子媽媽說：「是呀，你回來遲了。」她說，「現在太晚了，已經太晚了。你們出去吧，讓我一個人坐一會。」

兩個孩子離開了石屋。

小雨沒有留在磨房，他走上了河堤。

天色已晚，阿爸又在河堤上等他。

依舊是一個紅霞滿天的傍晚，夕陽的倒影在大河的水波裡留下一道長長的金光，像金色的水蛇在灩瀲微波中游曳。父子倆默坐在河堤上。小雨很想向阿爸講他在磨房看到的事，但是最終甚麼也沒講。他將所有的心事都藏在心底，就像大河的水一樣，靜靜地流，甚麼事也沒有發生似的。

隨著一聲哀怨的長嘆，磨房裡又傳出一聲聲幽咽的歌聲。今天的歌聲比往常又多了一重哀切，讓人感到那是一顆心在流血，而那殷紅的血都化著了滿天的紅霞在天地間流溢濡染，好像一個靈魂在向人世間作最後的告別，直到夕陽收去了最後了一抹紅暈。

夜幕徹底籠罩了大河。

火！火！一團火從磨房裡躍出，倏然吞噬了整座石屋，火舌像晚霞一樣又照亮了大河。汪老頭和他的孫女倉皇跑出磨房。大河那邊的人奔走呼叫，向橋這邊奔來，鄉民們提著水桶，紛紛在河裡取水撲救。

小雨看到一隻五彩斑爛的飛鳥，像鳳凰一樣從火中勝空而起，直飛向天際。鄉民們都為這個景象而驚嘆。他們說，閣樓中的瘋女人化成了飛鳥升天了。

火，一直不停地燃燒。石屋坍塌了，磨房也只剩下幾條燒焦的木柱。杏子一直在高喊媽媽。老人則木然地望著大火。

月亮升起來了。月光下的磨房廢墟像鬼怪般猙獰。

第二天，汪老頭和杏子都離開了大河，再也沒有人見到他們。

小雨依舊常常到河堤上，但總是孤獨地面對磨房的廢墟，遙望夕照和滿天的紅霞，好像在細細聆聽天地間的一首悲歌。

鄉民們說：「孩子啞了。」

喋血黃昏

大盜胡吉‧安在寂寞的山道上走了一天一夜。

嘍囉們都散去了，只剩下他一人。三十年來，他從來沒有這般孤單過。

他自來很少說話，像山崖上冷峻的怪石一樣靜默，今天就更加沉默了。

整個橫斷山脈都傳揚著他的美名，人人都知道他——大鬍子胡吉‧安、神槍手胡吉‧安、騎烏騅馬的胡吉‧安……他的名字就是一個神話，一部傳奇。但是，今天的結局卻是對他三十年輝煌生涯的一個悲哀的否定。他不知道自己要到哪裡去。他走不出橫斷山，絕路就在前面。

也許一枝槍已經瞄準了他，每一秒鐘，他都有可能在「砰」的一聲槍響中倒下去，從此葬身這窮山惡嶺。這對於他來說，並算不了甚麼。從他手上的刀沾上了人的鮮血那一刻起，他就知道有人頭落地的這一天。他本來就是這大山中的一塊怪石，生命的了結，對於一個山之子來說無非就是化著泥土，重投大山的懷抱；那三十年的功名，亦不過是塵與土。

今天的山道格外寂寥，全無人的蹤影，只有一隻孤鷹在他的上空盤旋，伴他走在這天涯路上。山鷹是這橫斷山中永恆的生靈，是茫茫群山中不滅的精神。牠看著無數英雄豪傑誕生，又看著他們滅亡。莽莽群山中的好漢身上都流著牠的血，所有的梟雄都秉承了牠孤高冷傲的血性。牠跟隨著他，不，應該說牠守護著他。大山裡每一個英雄走上末路的那一天，牠總是在他們的上空盤旋，一圈又一圈，好像是為了超度他們的英魂。待他們化為泥土，它會在那堆新土上灑下鮮血，於是另一個英雄就在那裡轉世、誕生。

日暮西天，遠方殷紅的霞光像一首悲壯的頌歌，天地萬物都沉浸在那豪邁激越的旋律中，山山水水草草木木都在緬懷著它們心中的英雄。胡吉•安仰望那火紅的夕陽，眼裡流出了兩行熱淚。他是從來不流淚的血性鐵漢。此時，他流下熱淚，並非因窮途末路而傷懷，而是感動於這晚霞的濃烈、輝煌，感動於夕陽為他奏出一首激越的凱旋曲。他怎會不流下英雄淚？

此時的他，騎著烏騅馬走在山道上，像最後一次巡行在自己的領地，胸懷坦蕩，並沒有臨死的淒惶。他在靜默中，悄悄告別養育了他幾十年的山山水水。他想大吼一聲，讓群山迴響著他的聲音，但他怕群山為他傷心流淚。他知道所有的山巒都在為他送行。它們把所有的眷戀都抑制在心中了。他稍一觸動，都會令那沉默了千萬年的靈魂破碎。悄悄離去，這是大山亙古不移的規矩。

當然，他不會等死，他必須不停地走下去，聽憑天地神靈最後的裁決。

烏騅馬驀然顫慄了一下，他知道附近有人，倏地拔出腰間的槍，警惕地觀察著四周的動靜。

四面都是幽深莫測的原始森林，一棵棵參天古樹像遠古的武士列隊站立，身上披滿苔蘚，鬍鬚的木流蘇更如時光的長髮，展示千年凜凜的風範。不一會，一個夷人少婦揹著沉沉的柴薪，從陰森的老林中走出來。那女人約模三十歲，臉上佈滿風霜之色，顯現出勞作的艱辛，但身子卻壯碩得如同一匹好生養的母馬，那對被衣衫包裡著的奶子，漲爆爆的，說不清像騰騰欲躍的驕陽，還是中秋的滿月，掩不住那撩人情懷的豔光。這年頭大山裡很少有如此碩實的女人，女人們往往三十出頭，便已皮乾骨瘦，胸部扁平。山裡的女人，苦呀！更何況在兵荒馬亂的年頭，女人們都被當作牲畜使喚，胸脯早早就被嗷嗷待哺的娃子吮吸得只剩一個皮囊了。

那女人早已看見他，站在原地，定定地望著他，眼裡有幾分惶惑。

大鬍子的胡吉・安也看著她。小山般的柴薪壓在她的背上，她像感覺不到重量一般，動也不動，穩穩地立在道旁。

胡吉・安問：「阿依，你是石樓寨的媳婦吧？」

女人的臉上綻開一朵花，露出一口整潔的白牙，她用手捂著嘴，點頭應道：「是呀。」接著又問：「你是要到寨子嗎？」她的臉上浮上紅暉，顯出幾分山野女人的羞澀。

胡吉・安看著她的神情，也不由得展露笑容。這是他這些日子裡第一次如此會心的一笑。雖然，他對任何人都保持著一種戒心，但此時他對這個女子卻完全拋卻了疑心。他相信她。他問：「你知不知道依合家？」

「他是我丈夫，」女人頗為驚訝：「你認識他嗎？」

「他跟了我十三年。」胡吉・安說。

女人上下打量了他一番，大胡子，雙槍，還有烏騅馬。天那，他是胡吉・安？她不敢相信眼前的這個男人就是那像鷹一樣勇猛的男人，但他的威儀又令她相信這個矯健的男人就是大盜胡吉・安。她隱隱感覺到不安，問：「他在哪裡？」

「死了。」胡吉・安低沉地說，「他是個真正的男人。」

女人一下子癱軟在地上，半躺在柴薪上，淚水如泉湧。

胡吉・安下馬，從懷裡取出一把小刀，默默地遞給她。

女人認得這把小刀。這是她爺爺傳下來的。爺爺傳給她的阿爸，阿爸傳給她，她將它交給她心愛的男人。

女人沉默良久，道：「恩人，這麼晚了，到我家歇一宿吧？」

胡吉・安勒住馬繮，問道：「你不怕受連累嗎？」

女人不說一句話，揹起地上的柴薪，用袖口抹抹眼中的淚，便埋頭往前走。

胡吉・安知道山裡人的脾性。牽著馬跟在後面。天色已晚，山道寂寥，只有馬蹄聲嘚嗒嘚嗒。

女人領著胡吉・安向石樓寨走去。

寨子因一座依山而建的石樓古堡而得名。遠遠望去，石樓古堡像頭伏臥在山前的巨獸，顯出一種凜然不可侵犯的神秘之感。胡吉・安的心為之一震，暗嘆多麼堅固的堡壘呀！

突然，「噼」的一聲槍響，打破了山野的寂靜，一顆子彈從女子的頭頂擦過。胡吉・安一個箭步搶上前，扯下她上的柴薪，將她拉進一道狹窄的溝壑，官兵的子彈隨即像驟雨般傾瀉而下。他和女人藏身在石罅裡，無力還擊。本來，官兵可以扔下一顆手榴彈，將他們送上西天，但他們卻按兵不動。顯然，他們要捉活的。既然如此，他也就不怕沒有機會逃脫了。女人緊緊倚在他的懷裡，一個勁顫抖。胡吉・安以他堅實的手臂摟著她，拍著她的肩說：「不用怕，等天黑盡了，我們就有辦法擺脫他們。」

女人聽他這麼一說，恢復了靜定，也意識到自己的張皇失措，帶著些許歉意離開胡吉・安的懷抱，但又感到幾許難以自察的快意，身子又不由自主地靠近他。她說：「這條溝叫獅子溝，全是亂石崗，只要出得這石罅，我們就可以走脫，回到石樓就不怕了。」

官兵在他們的頭頂跑來跑去，而且不停嚷嚷著：「胡吉・安，投降吧！你跑不了啦！棄暗投明吧！」

石罅上面正好有一塊岩石，形成一個天然的保護屏障。

胡吉・安觀察了一下地形，發現離石罅約一丈遠的地方有一個山洞，於是問：「這個山洞有多深？」

女人說：「這是一個狼窩，依合小時候曾來這裡掏過狼崽，聽說裡面很深。」

胡吉・安說：「我們到裡面去！」說完，倏然間護著女人弓身直往山洞裡鑽。一排子彈從他們身旁橫掃過去，濺起枯木碎石，好不驚險。他們躲進山洞，官兵一時也奈何他們不得，只好守在洞外，不停喊話。

女人問：「他們會攻進來嗎？」

胡吉・安晃晃手中的槍，說：「它可是不好惹的。」

女人安心一笑。忽然，她面露驚慌之色，驚叫：「你受傷了……」

胡吉・安捂著他的嘴，說：「小聲點，只是掛掛彩。」他的左邊胸口滲出鮮血，將衣襟都染紅了。

女人說：「我給你包包。」於是掀起百褶裙，撕下一大截布，小心地替他纏繞胸臂。

他問：「你叫甚麼名字？」

「馬海子。」

「好聽！好名字。」他說：「依合很愛你，閉上眼睛前還念著你。」

馬海子點頭，默然，半晌才說：「我一直在等他。我曉得他不會回來了，但還是一直在等。」

「為甚麼呢，天下好男人多的是。」胡吉・安問。

「依合是為我殺人出走的，我要等她回來找我。」馬海子低著頭說。

「我給你帶來了不幸的消息，你很悲傷吧？」

「其實，我早就認為他不在人世了，只是一直忘不了他，心想，幸許有一天他會出現在他出走的山路上。我遇到了一個又一個的男人，雖然沒有見到他，但總像是和他在一起。」馬海子久久地望著殷紅色的遠天，完全忘記了身處險境。胡吉・安帶來的消息使她的心一下子空蕩蕩的。這之前，她的心中至少有個活著的戀人，雖然不能見面，卻可以將心中的他託付在陌生男人的肉體，在幻想中將心底的激情奉獻給遠方的他。如今，心中的人不在了，她感覺自己真正成了山野裡一朵寂寞無主的野花，耀眼奪目，卻只能與刺相伴，變成一朵有刺的野玫瑰。

倆人都不言語，陷於沉思之中。

胡吉・安看著馬海子，想起了他的姐姐。一想起冰清玉潔的姐姐，他的眼前總浮現出她赤身露體的一幕。那是他生命中的一個烙印、一個傷痛，已深深地烙進了他的靈魂底處。這靈魂的傷患總是像風濕痛一樣時不時地發作，咬噬他的靈魂。也正是這一幕，赤裸裸、赤裸裸的一幕，決定了他的命運，令他走上了與官匪為敵的不歸之路。三十年了，他一直忘不了姐姐遭官匪蹂躪的屈辱一幕，也正是這一幕誘發了他的復仇之心，也激發了他的鬥志。

洞外的官匪還在聲嘶力竭地大呼大叫——

「魔怪胡吉・安，快出來受死吧，你的末日到了！」

「魔頭，這次死定了，快投降吧！」

「胡吉‧安，你是個縮頭烏龜，是個躲在女人裙底的大淫蟲……」

每一次的喊叫，總會伴隨著一陣陰陽怪氣的哄笑。顯然，這些膽怯無能的官兵很為他們的下流謾罵而自鳴得意。

馬海子實在聽不下去了，說：「射死他們一個，給他們一點厲害看看吧！」

胡吉‧安神情泰然，好像聽不出官匪是在罵他。他平靜地問：「你曉得狗和狼有啥區別嗎？」他似乎在自問自答，所以不等馬海子回答，又繼續說：「只有狗才會狂吠，牠們靠吠叫來壯膽，來嚇唬人。你聽過狼吠叫嗎，沒有吧？狼只會嗥叫，牠們為死去的同伴哀嗥，或為飢餓仰天長嗥，連天地都膽戰心驚。狼才是大山裡真正的王者。做人就要像狼，不要像狗！」山裡的夷人面對的是險惡的自然環境，常常陷於你死我活的絕境，所以，總是信奉狼的生存法則，總帶有一種狼性。胡吉‧安歷經三十年的草莽生涯，不知經受了多少磨難，早已被險惡的世道淬礪出一身鐵骨，演化成一匹野狼。所以，他根本不把這些窩囊的漢民官兵當一回事，早看透了他們懦弱的本性，他們不過都是一群只會虛張聲勢的狗！他胡吉‧安的領地是打出來的，是用鮮血換回來的，可不是靠運氣承襲回來，或者是忍氣吞聲搖尾乞憐乞討回來的。殺出血路，這就是胡吉‧安。

馬海子看著眼前這個男人剛毅的神情，打心眼裡敬佩他，並相信他能夠帶她脫離險境，能夠給她保護。她愈益信任他，不由得深情地凝望著他，似乎忘記了身陷險境。

像這樣的處境，胡吉‧安經歷得實在太多太多。他從來不會輕易放棄任何求生的機會。殘酷的人生已把他打造成了一個不認輸的鐵血硬漢，寧死也不會投降。他相信命運，也認命，只要是命運的安排，不管是好是壞，他都會坦然接受，但他不會自動繳械，更不會向那些狗雜種「求饒」，不，不要用這個字眼，這群烏合之眾算甚麼？他們不配受「求饒」這個字眼。他躲進山洞，並不是偷生怕死，並非為了苟延殘喘，而是在敵人氣焰囂張的時候，暫避鋒芒。他閃進山洞，正是為了衝出山洞，這就是他的生存法則，每一次身陷險境的時候，他都有這樣的信念：擺脫困境，殺出重圍。打不死，這就是胡吉・安。

他相信自己，進得來，就出得去。胡吉・安雖然神情鎮定，卻保持著靈敏的警覺性，對洞外一草一木的任何動靜都不會放過。手中的槍一刻也沒有放下。

暮晚的山風吹沐著他們。那是他們嗅慣了的山野氣息，有泥土和草木的清香。他們都深深地吸了一口氣，似乎要把胸中的濁氣都吐出來。突然，他嗅到一股硫磺味，隨即又聞到一縷帶著熱氣的柴草味。官匪放火了，顯然想用煙把他們逼出山洞。這些狗雜種！濃煙直往山洞裡湧。那群狗雜種點燃了馬海子剛才從山上揹回來的柴薪，那都是一些仍未乾枯的青棡木，所以點燃後並不見火焰，只有濃煙，山裡人往往會用它來燒成木炭，然後馱到鎮上賣錢換鹽。

馬海子嗆了一口煙，直罵：「這些狠毒的狗雜種，想把我們烤成煙肉。」

胡吉・安看著濃煙直往山洞內翻滾，對馬海子說：「快找一塊布，再想辦法把它打濕，捂住口鼻。」

馬海子問：「我到哪裡找布和水？」

「想想辦法吧，」胡吉・安說：「辦法是人想出來的。」

馬海子聽他這麼一說，不再問甚麼。她知道這狼洞裡，不會有布，也不會有水，除非……

想到這裡，她忽然想到自己剛才為胡吉•安包紮傷口的布。百褶裙，這不是布嗎？夷人婦女的百褶裙可能是世上用布最多的裙子吧？用那麼多布，實在沒甚麼用，這時倒派上用場了。她毫不猶豫，掀起裙子，「嘶，嘶」兩下扯下兩條布。有了布，哪裡找水？她沒再問胡吉•安，她想像得到他會怎麼回答。馬海子往山洞深處摸去，忽然看見前面兩團綠色的光點，狼！她差點叫出聲來。但她畢竟是山裡的女人，看見狼像看見野狗一樣，終究不是甚麼恐怖的事。她一直盯視著牠。狹路相逢，這時候，誰膽怯，誰就會被對方吃掉。馬海子知道胡吉•安要守住洞口，不想讓他分心，只好自己來面對這頭餓狼。她從懷裡掏出那把祖傳的小刀，與狼對峙。黑暗中，誰也看不清誰，只有兩對眼睛互相逼視著。狼看見馬海子的白色眼睛，大概也像人看見狼的綠色眼睛一樣不寒而慄吧。狼也被馬海子的目光鎮住了。濃煙不斷湧進洞裡，馬海子暗忖，要趕快解決這條餓狼，不然一會兒被煙燻得睜不開眼，可就麻煩了。她一寸一寸小心翼翼地向狼挨近，試探著往前緩緩移動，狼似乎也察覺到那雙眼睛的威脅，也緩緩地向後移動著身子，準備發起攻擊。狹路相逢，勇者勝，馬海子突然像豹子一樣敏捷地躍起，手中的利刃在她飛身撲向狼身的一刻直刺牠的咽喉，她的這個動作快如閃電，一向行動迅捷的狼都還沒反應過來，便「嗚」的一聲倒下了。胡吉•安聽到那聲音，心中暗暗讚佩「真是好樣的娘們」，但眉頭微皺，略過一縷幽隱的感覺。

稍頃，馬海子遞給他一塊濕布，那布帶著一股狼血的溫熱腥味。

血腥、野蠻、殘忍？是的！這就是荒山野嶺的生存之道，山裡人就是這樣存活下來的。道德？別那麼自欺欺人了，那是山下「文明人」的準則，在山裡不管用，如果讓山下白鹽井鎮上的漢人置身山野，他們要麼被狼吃掉，要麼很快拋棄他們的「道德」外衣，讓自己重新變成赤裸裸的野蠻人。

蠻荒山野的生存之道再殘酷，也不及世道的險惡。恰恰就是在山下那個講「文明」、講「道德」的白鹽井鎮，那些官吏、鹽商比財狼還要兇殘，他們所幹下的勾當比野獸的行徑更令人齒冷。野獸沒有思想，牠們的殘殺只是受天性驅使，沒有甚麼「罪」與「惡」可言；人，把自己視為有思想的萬物之靈，有所謂的道德、所謂的惻隱之心，卻每每在「正義」、「真理」等等冠冕堂皇的旗號下，犯下最不仁義、最無恥的罪行。最諷刺的是，每每正是這些最無恥的人在急急忙忙搶佔道德的高地，以掩藏他們卑劣的私心，掩飾他們私底下所幹的見不得光的事；他們急於高舉「道德」的旗號，是因為他們本身就是最不道德的人，他們的靈魂深處私藏險惡用心；這些「偽道德」的信奉者，靈魂總是經不起真正人性的拷問，所以，打壓異己、巧取豪奪、男盜女娼者，往往正是「正人君子」之流。在胡吉・安看來，這個人的世界，人其實比野獸還殘忍、血腥；在這個人的世界，好人是沒辦法生存的，相反要活得比狼還狼，才能夠存活。這是胡吉・安這幾十年來在江湖上闖蕩悟出來的生存之道。

在他看來，退守山洞，就是人生的寫照，他的一生就是由一次又一次這樣的處境連綴而成的。這在他的流亡生涯中，已不知遭遇了多少次這樣的處境，前有敵人封鎖，後無退路，每一次都處於山窮水盡的境地，而每一次絕處逢生，靠的都是一種意志，存活的意志，像狼一樣強悍的意志和忍耐力。

但是，他並非生來就是一匹狼，是環境、社會、世道將他變成了一個人狼。他出生於山下白鹽井鎮的一個漢夷通婚的殷實人家。也許是混血的緣由，這胡家的兩姊弟長得格外標緻，女的天生一個美人胚子，冰清玉潔；男的高大俊朗，一表人才。那時的他頗有幾分書生氣，是眾人眼裡的可造之材。然而，姐姐遭官匪蹂躪的事件改變了他的人生道路，命途因那一次流血事件而拐彎，令到他走上流亡的不歸路。

馬海子藉著外面的火光，注視著胡吉•安，他的臉在火光的映照下，顯得格外威嚴。她不懂，為甚麼外面的官匪都把他當作妖魔，她不相信他會是妖魔，她相信依合跟隨的人不會是壞人，就像她相信依合是好人一樣，雖然依合曾經為她而殺人。她問：「為啥子外面的人總是在追捕你，不放過你？」

胡吉•安淡然地說：「因為他們怕我。」

「為甚麼他們怕你？」

胡吉•安像面對一個喜歡問這問那的孩子一樣，不無好氣地說：「因為我的雙眼可以看穿他們的心，可以令他們的醜行敗露，所以令到白鹽井鎮上的那些貪官污吏不安，令到他們不敢為所欲為……」

「甚麼是為所欲為？」

「就是他們想幹啥就幹啥。」胡吉•安說。

馬海子說：「這些官匪沒一個是好東西，就知道欺壓我們山裡人，拉走我們的牛羊，搶走我們的麝香、瑪瑙。他們才是真正的土匪。」

「是呀！他們才是真正的土匪。」胡吉•安打心底裡喜歡上了這個思想單純的山地女子，他說：「他們只是為自己的利益著想，可是卻把自己裝扮成清官，擺出一副道貌岸然的樣子，他們所犯的罪行，可以騙過許許多多的人，卻騙不過我的眼睛，我就是一塊照妖鏡，不管他們的私慾包藏得有多深，在我的面前總是會現形，所以，他們怕我壞了他們的好事，讓我把他們的酒席給搞砸了，所以急著要把我趕出這方圓五百里的領地。他們都是一些偽善的人。」

「啥是偽善？」馬海子問。山裡人沒有「偽善」的概念，不懂得虛假，只懂得真實，所以，常在白鹽井鎮上被狡猾的漢人奸商欺騙。

「就是假惺惺，比如說，他在你的面前講你的好話，讚你漂亮；後面又說你的壞話，把你說得一錢不值。」

「怎麼可以這樣呢，這是會爛舌根的。」馬海子不解。她確實不懂山下的世道，完全想像不到人怎麼可以活得這樣虛假。像她這樣的人，在「文明」世界是沒辦法生存下去的。

胡吉‧安知道馬海子這一世也不會懂得山下人是怎樣存活的，他倒希望她一世都活得這樣真實，不要像白鹽井鎮上的人那樣勢利、那樣貪婪、那樣狡詐。他看著她。她那被狼血染紅的臉像塗上了一層胭脂，看上去又增添幾分原始的嬌艷，令他有一種想親她一下的衝動，但他很快將目光投向洞外。胡吉‧安說：「他們隨時都會動手，別分神。」

山洞外的火越來越旺，熱度也越來越高，他們的額上開始冒汗，洞裡的新鮮空氣也越來越少。轉眼間，一股火焰已在洞口延燒。胡吉‧安問：「馬海子，想吃燒肉嗎？」

「別說笑，我快急死！」馬海子真的有些急了。

胡吉‧安笑說：「不吃一點肉，怎有力氣跟這些官匪打仗，快去把狼腿割下來吧。」

馬海子會意一笑，說：「我怎麼沒想到呢？」

「你看這些官匪對咱們多好，知道咱們沒吃飯，又怕我們捱凍，他們想得真周到。說來咱們還真得感謝他們。」胡吉・安就是這樣，他有一個習慣，就是感謝他的敵人，因為，他明白沒有官匪的追捕，就不會有今天的胡吉・安；沒有敵人的打擊，他不會成長，也不會令他認識到自己的力量。

他又在想：來吧，再來一次，讓我在這生死關頭，人生的轉折關頭，如孫悟空承受烈火的煎熬，讓我的靈魂再掙扎一次，讓我更成熟、更超拔，就讓我在烈火中淬礪這靈魂吧。

洞口烈火熊熊，濃煙、烈焰直往洞裡翻滾，霎時間，洞裡的老鼠、蝙蝠、蟲蟻亂竄；胡吉・安和馬海子直往山洞深處退，但裡面像蒸籠一樣翳焗，兩人不停地咳嗽。胡吉・安因劇烈咳嗽扯動傷口，感到一陣劇痛，額上滲出的汗水如大豆般滾落。他意識到傷勢不輕，而且一定是彈頭留在傷口裡了。馬海子也被煙燻得睜不開眼睛，口裡直罵「這些狗日的雜種，想把我們燒成灰。這些狗雜種不得好死，會遭雷劈死。」

「沒事，他們不敢把我們燒死，把我們燒成了灰，他們到哪裡去領賞？」胡吉・安鎮定地說：「來，讓我們先烤狼腿來吃，等我們吃飽了，他們也該動手了。」

馬海子不再嚷嚷，她割下狼腿，並用祖傳的鋒利小刀削成若干小塊，挑起，放在火舌上燒烤。胡吉・安也伸手去掏腰間的小刀，胸臂卻一陣劇痛，幾乎不能動彈，但他強忍著痛楚，極力不表現出來。他問：「馬海子，你會用槍嗎？」

馬海子搖頭，說：「不會。」

胡吉・安說：「來，我教你。」他把手槍遞給她，教她怎樣打開扳機，怎樣對準星，又怎樣發射。他擔心傷口惡化，手臂不能動彈，所以必須教會馬海子用槍。野性未馴的馬海子對槍械似不陌生，一講就明。胡吉・安已看出她是做殺手的料，只要馴服得了她身上的狼性，一定可以成為女中豪傑。

狼肉在烈火炙烤下，「嗞嗞」作響，山洞裡頓時充斥一股肉香。胡吉・安說：「好香！咱們來喝上幾口。」他取出一個軍用水壺，將裡面的酒倒進水壺蓋，用手指連醮三下，將酒彈射進火裡，以表示敬天地、父母，還有他的敵人。然後，他將第一杯酒遞給馬海子，說：「馬海子，乾了它。」

馬海子接過，仰首一飲而盡，說：「謝謝！」

胡吉・安欣賞她的爽快，連聲說「好」。

馬海子將酒斟滿，遞給胡吉・安，說，我也敬你一杯。胡吉・安接過，也一飲而盡。

馬海子問：「大俠，為啥你要敬你的敵人？」

對胡吉・安來說，每經歷一次戰鬥、一次劫難，抵禦力和「免疫力」也都會得到增強，他不怕生死較量，相反，總是大膽地面對一切險境。不管對手如何的強悍，他都會一無反顧地面對；同樣，不管前面的路如何艱難，他都會一無反顧地走下去，這就是大山教給的生存意志和信念。所以，在他的心中沒有敵人。他說：「其實，他們不算真正的敵人。敵人，像一個格鬥的對手，他可以令你學會搏鬥，訓練你的戰鬥力，說到底他是在幫你、成全你，使你成為一個真正的鬥士。一個人的真正敵人是自己，是自己的墮性、自己的私心、自己的貪婪，如果他能戰勝這些，他就會成為一個光明磊落的人，就沒有甚麼可懼怕的，因為他無愧於人、無愧於天，他有甚麼可怕的呢？」說到這裡，他想到山下哪些整天要追捕他的狗官。說來，做官如做賊，那些整天擔心別人揭他們的底、說他們的壞話、搶他們的財產、奪他們的權的狗官，哪一個活得像個人樣，就因為他們整天自囚於他們陰暗的心獄，整天疑神疑鬼，被自己陰暗的內心所製造出來的敵人所纏擾，整天在跟自己的鬼影作對，把別人想像成妖魔，然後將所有的怨懟都投射到這個假想敵身上，討伐之、攻訐之，為此，他們製造一個又一個的謊言，當一個謊言敗露又製造另一個謊言來掩飾，所以他們的內心總是沒一刻安寧的，他們不知道真正的敵人潛伏在他們內心深處。這就是他們整天不得安寧、這五百里山川的生靈不得安生的真正原因。他不想對馬海子說這些，因為他知道這個山中女子不會懂得這些人的陰暗心理，她的心像山中的泉水一樣是澄澈的，不會懂得渾水是怎樣的污濁。他對馬海子說：「我講一個故事給你聽吧。」

馬海子一聽講故事，就來勁了，連聲說，「好，好，快講快講。」山裡人思想單純，不太懂得思辨，最擅長講故事，祖祖輩輩就是通過故事來傳授他們的生存智慧。

胡吉・安喝了一口酒，又嚼下一塊肉，然後不緊不慢地講：「從前有一個人，他得罪了一個天神，天神就罰他把一塊大石頭推上山頂，可是，石頭推上山頂後又會滾下來，這個人就要永無休止地將這塊石頭推上山，天神以為這是對他的一個懲罰，心想他終於受到懲罰了，但是天神不知，這個受懲罰的人在推石頭上山的過程中，發現了自己的力量，他為自己的力量而欣喜，他沒有被這個懲罰所打敗，就等於是對天神的嘲諷。」

馬海子聽完這個故事，說：「我就是這個受懲罰的人。」

胡吉・安說：「我們都是這個受懲罰的人。」

兩人嚼著狼肉，相對而飲，好像全然忘了身陷困境，好不暢快。這是胡吉・安這段日子裡過得最暢快的時刻。而一臉紅潤的馬海子，看上去像一個江湖殺手，已看不到剛才初見胡吉・安時略帶羞赧的村姑神態。胡吉・安從她的身上看到了姐姐的影子，對她更添幾分愛意。

烈焰的炙烤，令胡吉・安和馬海子都汗流浹背。他欲脫去身上的衣服，但因胸臂劇痛，抬不起手來。馬海子又給他倒了一杯酒，胡吉・安舉杯欲飲時卻將酒給灑了。馬海子見狀，關切地問：「你的傷怎麼樣了？」

胡吉・安看著馬海子，稍作思索，說：「你來幫我一下忙，把彈頭取出來。」

馬海子有些猶豫，連連擺手說：「我做不來這個。」

胡吉・安說：「我們要趁官匪還不會闖進來的時候，把彈頭拿出來，不然就沒時間了。」他把閃著寒光的小刀拿到火上燒了一陣，之後，又從腰包中摸出一塊呈褐色的鴉片，一併遞給馬海子，說：「你做得來。」

馬海子接過刀子，又替他解開被血浸透的紅布，胸口上紅腫的傷口赫然呈現眼前，她的頭皮一陣發麻。對於她來，用刀子往這個男人的身上割，實在比她剛才將刀子刺進狼的咽喉更難，甚至比割自己的肉更難。她看著胡吉・安的眼睛，似乎想從他的眼睛中得到一個答案。胡吉・安表現得全無畏懼，他以堅定的眼神看著她，顯然是要給她信心。她遲疑地拿起刀子，又用暗褐色的鴉片替他麻醉，但手一直不太靈活，尤其是在她準備用刀去割開傷口取彈頭時，手一直顫抖個不停，試了幾次都沒能下手。

胡吉・安見馬海子不忍動手，說：「把刀給我，讓我自己來。」

馬海子經不起他這一激，握緊手中的小刀，說：「我行！」

她將刀尖放在傷口位置，手不再發抖，深深呼吸一口氣，微閉雙眼，張開眼的時候，刀尖已刺進血肉模糊的傷口，血沿著刀口往胸口流……此時的她，已不再感到恐懼，相反被一種母性的關愛、呵護之情所代替，她像早前替兒子拔出背上的芒刺一樣，小心奕奕，又不無憐愛之感，動作緩慢而輕微。她找到了深陷肉中的彈頭，割開一道口，又用刀尖輕輕將它剔了出來，血肉間露出森森白骨。胡吉•安緊咬牙關，額上、臉上、身上滲出大顆大顆的汗珠，面色因劇痛而顯得白而青，他的身子在微微發抖，那是因劇烈的疼痛而產生的抽搐，但是臉上看不出一絲痛苦的表情。馬海子打心底裡敬佩這鐵漢的忍耐力。他真是一匹狼，一匹不吭聲的狼。

胡吉•安陷入迷迷糊糊的狀態。他似乎回到三十年前的那個晚上，這是他生命中一段無法抹去的記憶。

在姐姐被蹂躪的那個晚上，他潛進那個淫官的家，了結了那個狗官的性命。他沒有一點猶豫，手起刀落，那狗官的人頭便落地了。從那狗官的家裡出來後，他才意識到自己殺了人。殺人是要填命的，這是山裡人堅信不疑的想法。這時，他的內心產生了從未有過的劇烈翻騰，他不敢相信自己殺了人，他極力否認自己殺了人，因為在他的意識中，殺人是十惡不赦的壞人才會幹的事情，好人是不會殺人的。他的內心極度混亂，在他的自我意識中，他是一個光明正大的人，他有理想，要成為一個頂天立地的漢子，像夷人的先祖支呷阿魯一樣，做一個為民除害的英雄。他不要成為一個殺人犯，但是，他確實殺了人。為甚麼會這樣呢，為甚麼殺人的那個人是我？他問自己，為甚麼會殺人，他想找到一個足以為自己的行為作辯解的理由，證明自己的所作所為是正當的。那個狗官蹂躪了他的姐姐，他利用徵稅的權力強搶民產，又姦淫婦女，他該死，他有罪……但這個狗官的罪行卻不足以殺頭呀，而且縱使那個狗官犯下殺頭之罪，也應該是由國法來制裁，而不是由他胡吉•安來下手，那個狗官的血不僅玷污了他的手，而且玷污了他的人格、他的尊嚴，毀了他的前程。那一個夜晚，也是這樣的時節，他跑進山裡，瑟縮在一個山洞裡，目光呆滯，內心翻江倒海，他為自己手上的鮮血而感到嘔心，他想嘔吐，想把內心的一切污穢都吐出來，但甚麼都嘔不出來，他嘔出來的只是苦膽汁。說不清在那洞裡呆坐了多久，他迷迷糊糊地睡去。後來一陣涼風將他凍醒，他睜開眼睛，看見滿天星斗，遠遠近近，像高懸在頭頂的大小燈盞；天，蔚藍蔚藍，深邃而誘人。天還是他從小仰望的那個天，但這一夜看到的卻不一樣，他深深地感動於這夜空的高潔深遠，而且產生敬畏之感，神秘莫測的天宇好像在召喚著他的靈魂。他問自己，我是人還是鬼，我為甚麼在這裡，我該到哪裡去？這時，他聽到一個老人的聲音，阿彌陀佛，罪孽終須要自己去承擔，只有你自己才能夠洗去自己的罪孽。認識你自己吧，孩子！

認識你自己！這成了一個一直纏繞在他心頭的一個符咒。

也正是從那一刻起，他敬畏天，敬畏那冥冥之中的主宰，而且他知道自己要做一個甚麼樣的人。剜出傷口裡的彈頭，露出森森白骨，需要承受的是昏死的劇痛；但要拔出心中的刺，則要將靈魂中的愛恨情仇都連根拔起，所承受的則是脫胎換骨的巨痛，這種痛苦更持久更劇烈，但卻可以令人死而復活。馬海子望著昏迷在她懷中的男人，聽著他喃喃的囈語「我沒罪、我沒罪」，知道他的靈魂正在同鬼魂搏鬥，她懂得，他的心裡苦。

她靜靜地注視著他，將他摟在自己的懷中，以讓他躺得舒適一點。他像一塊沉默不語的山石，黝黑中透出剛毅的本色，臉上的輪廓像風雨雕琢出來的，有棱有角。她看著那雙像嵌在山石上的眼睛，回想他看著她時的情景，這是一雙深邃得不表露一點心跡的眼睛，目光中流露的是絕不可侵犯的尊嚴和山一般凜然的意志。可她從他的目光中又看出，他的心底被一塊石頭壓著，那石頭壓得太久太久，已經跟他的血肉混成一體了，要取出這塊石頭，一定會扯出他整個的心，令他死過一次，才能徹底復活。在她的生命中，她不是沒有承受過靈魂掙扎的痛苦。就在今年之中，她連番遭受喪親之痛。雖然她不知道英雄的靈魂之痛是甚麼，但她懂得失去父母的痛，懂得喪夫之痛，懂得失去愛子之痛，尤其是這些創痛接踵而至，給她予徹底打擊時帶來的巨大傷痛，她的靈魂幾乎崩潰，她幾乎變成一具行屍走肉，感受不到生的樂趣，感受不得自己的存在，那是一種徹底的迷失，不知道走到哪裡、去到何處。而眼前這個鐵骨錚錚的漢子，一定也陷入了一個靈魂的黑洞，走不出來。她撫著他的臉龐，拭去他臉上、身上的汗，又用手梳理著他的一頭亂髮，不無愛憐地將臉貼著他的臉，又親吻他的眼、他的額、他的唇。她已經認定了這個漢子作她託付餘生的男人。

她相信這個男人就是她的未來。雖然，她是第一次見到他的真貌，卻對他不乏了解，這五百里山川到處都在傳揚他的故事，誰不知道他就是那個打土豪劫貪官的大俠。他的隊伍只打劫貪官污吏，從不拿百姓的東西。在官匪封山圍剿他們時，他也不曾搶過山民的財物，縱使山民自發送粮食給他們，他們也會付出高於市價的錢幣。這樣的隊伍怎會是土匪呢？這樣的人怎會是大賊、是魔鬼？她知道官府為甚麼那麼痛恨他，因為他令他們沒有好日子過。十三年前，石頭寨遭逢雪災，饑民沒有得到官府一丁點救濟，反倒被追收賦稅。官兵強行拖走了山民的牛羊，或拉走年輕女子，說是去服勞役，實際上是供他們淫辱。那一次她也被官兵拉去，但她誓死不從，便被關了起來。山裡人雖然不像山下白鹽井鎮的漢人那樣講貞潔，卻比那些整天把「三從四德」掛在口上，背地裡又幹盡偷雞摸狗勾當的市井之人，更懂得甚麼是貞操，山裡的女子一生可以有許多的性伴，卻不會為她不愛的人出賣肉體，她們為愛而奉獻也因愛而守節，而不像山下的女人為一塊貞節牌坊。她的男人依合闖進官兵的營地，把她救了出來，卻殺死了一個士兵，只好逃進山裡投奔胡吉・安的隊伍。胡吉・安帶著隊伍打走了官兵，為山民們搶回了牛羊和女人。至今，石頭寨的山民還忘不了他們的恩人胡吉・安，在每年秋收的時候，都會圍著篝火、跳起鍋莊（夷人的一種土風舞），歌頌他們的保護神。

可就是這個英武的男人，受傷了，像折了翼的鷹倒在她的懷裡。她將他看了又看，好像看著一個受傷的孩子一樣，既憐愛又焦急。他呼吸急促，嘴唇乾裂，處於虛脫的狀態。如果這個時候官匪殺進來，他只能束手就擒，毫無還手之力。

要是有一點水該多好！馬海子看著他，又想起他剛才的話「想想辦法吧，辦法是人想出來的」，這句話真靈驗，她一下子想到奶水。一想到這裡，她毫不猶豫地解開衣衫，袒露豐腴的乳房，將奶水擠入這個嬰兒般躺在她懷中的男人口中。

漸漸地，他恢復了知覺，矇矓中，他感覺自己回到了襁褓中，那是自從離開母親懷抱後再也回不去的溫馨之所。多少年的流亡，多少年的顛沛流離，承受了多少風雨，經歷了多少腥風血雨的戰鬥，他從來沒有一刻享受到這樣安寧的撫慰，又無時無刻不想有一刻這樣的寧謐安靜舒坦。三十年的流徙，他已經很累很累，不知多少次，他想變成一塊永遠沉默的石頭，靜靜地躺在山的懷抱，聽大山的呼吸，感受大地的脈跳，這就是他最後的幻想和期望。而此時他不正躺在一個博大而安寧的胸懷裡？這是一個實實在在的胸懷，讓他的心又感到了一種被愛的溫暖，血液在變暖、心在復甦、愛在滋生，他整個的人在回復童年的天性。他睜開眼睛，看著那裸露的女體，像看到一尊聖潔的觀音像，感受到生命中又一次的震盪，好像又看到了一個母性的天宇，高遠而誘人。他又聽到了一聲呼喚、愛的呼喚。

馬海子看到他醒過來，開心地說：「你醒了，醒了！」

胡吉‧安坐起來，他望著她，很久很久才說：「你救了我。」他伸出手，為她拉好衣襟。

他們都明白，從此，他們再也不會分開。

短短幾個時辰的困守，命運似乎已將他們變成了生命的共同體，彼此關照、守望。命運就是這樣，一個偶然的事故可以令一對相交數十載的兄弟頃刻反目，一個偶然的機緣卻可以成就一段一生一世的情。這就是人生。官兵終於動手了。他們縮小了包圍圈，將洞口圍得密密實實，然後挑選了兩個精壯的夷人士兵打頭陣，摸進洞內。胡吉‧安和馬海子緊緊依偎在一起，躲在一塊突兀的石壁後，屏息觀察動靜。外面的官兵敲打鐵器，製造噪音，以掩飾兩個尖兵的行動。胡吉‧安早已習慣了山洞裡的黑暗，所以，憑著他銳利的目光已看清兩個移動的人影。他從地上摸起一塊石頭，扔向打頭的一個，只聽得「唉喲」一聲，那人捂著前額「依呀」怪叫；後面的一個還沒回過神來，身上已被一個套索纏住，而且隨著套索的拉力，撲倒在地。那被石頭擊中前額的官兵趁亂跑出洞去，嘴裡直讓「有鬼」，外面的官兵一看那模樣，不敢造次，靜待另一人的行動。且說胡吉‧安用套索拉倒那個士兵後，馬海子一個餓虎搶食的飛撲，將那士兵壓在身下，用膝頂著他的臀部，將他的雙手反剪起來，並綁上繩索，令他完全失去反抗能力。馬海子的動作乾淨俐落，像捕捉一頭野豬一樣迅捷，胡吉‧安暗嘆「真不愧是山裡的女人」。山中女人打柴、狩獵，人人有一手，但像馬海子這樣身手敏捷的女人，倒實在少見。

士兵在地上不斷掙扎，馬海子在他背上狠狠踩了一腳，似乎仍未不解恨，拿起地上的石頭就想砸下。

「馬海子，放下石頭。」胡吉‧安制止了她。

馬海子忿忿地說：「這些狗雜種差點把我們焗死在這裡，為啥不打死他？」

胡吉‧安說：「他沒有罪，他也是一個像我們一樣的人。」

那被制伏的士兵原本想反抗，聽到胡吉‧安這麼一說，反倒不再掙扎。他沒想到胡吉‧安會這樣對待他，但並不打算向他求饒，山裡的夷人漢子都是寧死不屈的硬漢。他說：「胡吉‧安，你走不脫了，這次，你插翅難飛！」

馬海子聽他這麼一說，狠狠的打了他一巴掌。

胡吉‧安的傷口經過剛才的劇烈動作，又被撕裂一般產生錐心之痛。他強忍著痛楚，拉開馬海子，說：「兄弟，我要取你的命，易如反掌，但我不殺你。殺一個沒有反抗能力的人，不是好漢所為。」他取出刀，一刀割斷反綁他雙手的套索，說：「你可以回去，也可以拿起刀，跟我決鬥。」

馬海子看著胡吉‧安為士兵鬆綁，大為不解，說：「咋能相信這種人？」

士兵又一次沒想到，他沒想到胡吉‧安真會放了他。夷人漢子敬佩真正的勇士，從來不殺手無寸鐵的人。士兵「噗通」一聲，單膝脆地，向胡吉‧安敬了一個大禮，道：「大俠，我感激你的不殺之恩。」說完，一個轉身，退出洞外。

馬海子眼睜睜地看著那士兵離去，不由得責怪起來：「大俠！你咋能放走他？他們要把我們困死在這裡，我們起碼也要殺他們一個來填命吧！」

胡吉‧安笑一笑，說：「馬海子，殺人是解決不了仇怨的。」三十年的流徙，於他來說，如同一次自我流放，一段贖罪的生命之旅。而這三十年的浪跡，已令他深深感悟到，不要心存仇恨。如果一個人覺得自己與別人心存芥蒂，有問題沒解決，那麼，就說明他心裡有一個鈎子，這個鈎子不僅不能消弭仇恨，反而會將雙方緊緊地拉在一起，無法解脫，令雙方都遭受折磨，互相敵視。所以，他現在最大的體會是，放下仇怨，放下屠刀，放下。

馬海子覺得他說得有道理，但是，還是覺得胡吉‧安不該放走那個士兵，她想，只有壞人才會跟著官匪，幫他們欺壓山民。馬海子畢竟是山裡人，耿直、單純，頭腦簡單。在山裡人的意識中，人和事，非黑即白，非好即壞，沒有中間地帶。所以，他們不像城裡的人說話轉彎抹角，不會說甚麼「不過」、「但是」、「然而」，他們認為一個人好，就對他忠心耿耿，恨不得把心都掏給他；認為一個人壞，就拒之千里，不留一點情面。

外面暫時放棄進攻，洞裡洞外處於對峙、膠著的狀態，雙方都沒法發圍。官匪又是一陣的叫嚷，這次，連馬海子也不再在意外面的叫囂了。她索性拿出口弦琴，為胡吉‧安彈起夷人的山歌。琴聲悠揚而綿長，如一個女子在向情郎盡訴心曲。胡吉‧安好像又聽到了小時候姐姐為他唱的夜曲。那是多麼美好的夜晚，他和姐姐同坐在家中的閣樓上，望著天上的明月和滿天星宿，訴說著各自的心願，倆人都沉醉於對未來的憧憬中……這一切早已成為一個夢境，想不到在這樣的夜晚、這樣的時刻，馬海子又將夢境變成了現實。他仰頭看著洞外的星空，又一次感受到那夜空深沉的撫慰，那是心靈受過重創的人才能深深體會到的撫慰。呵，上蒼，感謝你，感謝你又給了我一個重生的姐姐。

突然，一陣騷動將胡吉・安和馬海子從幻境中拉回現實，官匪的後方大火熊熊，火焰隨風勢向官匪撲來。胡吉・安已測想到發生甚麼事了，他對馬海子說：「快，趁他們亂成一團的時候殺出去。」他湊近馬海子的耳邊，向她講解了一番。馬海子不愧是山裡人，連連點頭，並對胡吉・安投以欣賞的目光。她移近洞口，胡吉・安對著她的背影叮囑道「你可要小心」，她也回頭道了一聲「曉得，你也要小心」。稍作觀察，她衝出洞口，縱身躍下獅子溝。待官匪發現馬海子，連開幾槍，她已消失在亂石之中。官匪自顧不暇，況且要捕捉的人物是胡吉・安，所以也不再對馬海子窮追不捨。

胡吉・安看準時機，也殺出洞口，但他卻以反方向奔跑，直迎向火龍，躍過火線。官匪都是無膽之輩，眼睜睜看著他消失在火龍中，不敢正面追去，只能慌忙射擊，亂放一排子彈。就這樣，胡吉・安和馬海子都突出重圍。

胡吉・安攀上一處高地，長嘯一聲，不一會，一陣馬蹄聲傳來。不用說，那是他的烏騅馬，他的忠實侶伴，他的心頭一熱，眼裡頓時盈滿淚花。這隻神駒總是對他不離不棄，而且總是在他最危難的時刻出現在他的面前。烏騅馬終於出現在眼前，他興奮地迎上去，撫著牠的頸，梳梳牠的長鬃，親切而不無讚賞地摟著牠。神駒感受到主人的盛意，一聲長嘶，似在表達對主人的感激與掛念。動物尚且通人性，何況皆為父母所生的人。人啊，人，本該是一種仁慈的動物，但是為甚麼往往比動物還殘忍？

他跨上神駒，躍馬飛馳。他與馬海子約定在石樓寨口會合。官兵在後面窮追不捨，神駒似乎懂得主人的心情，勇往直前，全然不懼追兵。子彈呼嘯著從他的身前身後掠過，如飛沙走石般密集。

不一會，胡吉・安來到石樓寨口，卻看不到馬海子的身影。月光為山野染上一層銀輝，四野顯得寂靜肅殺。他的心頭略過一絲不詳的預感，料想馬海子遇到危險。

確實，馬海子逃出獅子溝後，卻遭一個頭纏繃帶的官兵攔截。她被眾士兵綁起，吊在一棵樹上。官兵不再窮追胡吉・安，他們等著他回來救他的美人。馬海子身上的衣衫已被撕毀，她白皙的玉體在月光下籠罩著一層光暈，更顯出一種聖潔的美。

胡吉・安勒著馬繮一步步地迎著官兵走去。

馬海子見到胡吉・安走近官兵，又驚又喜。她盼著他來救她，但又擔心他遭官匪捉住。她大聲地對胡吉・安喊叫：「大俠，你快走呀，快走呀……」她的話音沒完，捱了那頭纏繃帶的傢伙一馬鞭，身上頓現一道血紅的印痕。

胡吉・安厲聲吼道：「住手！打女人，算甚麼好漢！」

頭纏繃帶的傢伙舉槍對著胡吉・安，叫道：「胡吉・安，別嘴硬了，投降吧，放下武器，就保你的美娘子免於一死。」

胡吉・安鄙夷地望著這個狐假虎威的傢伙，斷定他就是剛才在洞裡捱了一塊石頭的窩囊廢。於是說道：「看來你頭上的傷口還不夠深，那塊石頭還沒砸醒你的腦袋瓜子。」

那傢伙氣得直說不出話，舉起槍作狀射擊，道：「我，我，斃了你、斃了你……」

官兵中領頭的士官發話：「胡吉・安，你已經沒出路了，快投降吧！反抗只有死路一條！」

胡吉・安以冷峻的神情掃視著持槍對著他的官兵。他清癯的臉像一塊刀劈斧削的山石，簡直就是天地自然的造化；而那風霜雕琢出來的臉上，每一條紋路都是那般剛毅，那是不屈的標誌。他是山的兒子，豈能向一群貪生怕死的廢物屈膝？他以鷹眼一般銳利的目光盯著那士官，發出震人肺腑的笑聲。那笑聲如發自地底，令山川搖撼、天地震盪，久久迴響。他很久都沒這樣笑過了，這是一聲源於他三十年出生入死的磨礪，練就的丹田之氣，怎能沒有驚天地、震鬼神的威力？

他一字一句地說：「放了她！」

士官遲疑，他第一次遇到如此凜凜不可侵犯的「土匪」，他膽怯了。那一群持槍的士官也膽怯了。士官無奈地跟著他說：「放了她。」

一個士兵解開繩索，讓馬海子回到胡吉・安身邊，突然，馬海子大叫「大俠，小心」，並衝到他的前面，隨著她的叫聲，一顆子彈射進她的胸膛，那白皙的胸脯流出鮮紅的血……

馬海子倒在胡吉・安的懷中。他摟著她，大聲呼號「馬海子，馬海子！」

馬海子再也沒有睜開眼睛，也再聽不到他的呼喚。

胡吉・安抱著馬海子一步一步地走向山崗，烏騅馬陪伴著他，牠的眼裡流出一道淚水。

這時，一陣槍聲震裂夜空，東邊的天際露出晨光。那是士兵開的槍，他們的槍口都向著天宇。那槍聲久久不散，好像是在表達對英雄和死者的無限敬意。

「啪」，又一聲單調的槍聲，那頭纏綳帶的傢伙癱倒在地，胡吉・安回頭一瞥，看見剛才那個闖進山洞的夷人士兵，他手上的槍還在冒著輕煙。

胡吉・安扔掉手中的槍，抱著馬海子迎著朝霞走去。如果說，當年那個官匪的血令他走上自我流放之路，令他由人變成江洋大盜；那麼，馬海子的血則令他走上生命回歸的路，令他由冷血的大盜變回一個人。

太陽冉冉升起，殷紅的朝霞染紅了一個血色的早晨，朝霞像那殞歿的生命遺下的血污，慘烈壯觀，群山如一具巨大的屍骸臥在那血泊裡，或許做著一個比死亡更絢爛的夢。

釀文學51　PG0671

裸舞
——蔡益懷小說選

作　　者　蔡益懷
責任編輯　林泰宏
圖文排版　王思敏
封面設計　陳佩蓉

出版策劃　釀出版
製作發行　秀威資訊科技股份有限公司
114 台北市內湖區瑞光路76巷65號1樓
電話：+886-2-2796-3638　傳真：+886-2-2796-1377
服務信箱：service@showwe.com.tw
http://www.showwe.com.tw
郵政劃撥　19563868　戶名：秀威資訊科技股份有限公司
展售門市　國家書店【松江門市】
104 台北市中山區松江路209號1樓
電話：+886-2-2518-0207　傳真：+886-2-2518-0778
網路訂購　秀威網路書店：http://www.bodbooks.com.tw
國家網路書店：http://www.govbooks.com.tw
法律顧問　毛國樑　律師
總 經 銷　聯合發行股份有限公司
231新北市新店區寶橋路235巷6弄6號4F
電話：+886-2-2917-8022　傳真：+886-2-2915-6275

出版日期　2011年12月　BOD一版
定　　價　340元

國家圖書館出版品預行編目

裸舞：蔡益懷小說選 / 蔡益懷著 -- 一版. -- 臺北市：
釀出版, 2011.12
面； 公分. --（釀文學51 ; PG0671）
BOD版
ISBN 978-986-6095-67-2（平裝）

857.63 100023735

讀者回函卡

感謝您購買本書，為提升服務品質，請填妥以下資料，將讀者回函卡直接寄回或傳真本公司，收到您的寶貴意見後，我們會收藏記錄及檢討，謝謝！如您需要了解本公司最新出版書目、購書優惠或企劃活動，歡迎您上網查詢或下載相關資料：http:// www.showwe.com.tw

您購買的書名：______________________________

出生日期：________年________月________日

學歷：□高中（含）以下　□大專　□研究所（含）以上

職業：□製造業　□金融業　□資訊業　□軍警　□傳播業　□自由業

□服務業　□公務員　□教職　□學生　□家管　□其它_____

購書地點：□網路書店　□實體書店　□書展　□郵購　□贈閱　□其他

您從何得知本書的消息？

□網路書店　□實體書店　□網路搜尋　□電子報　□書訊　□雜誌

□傳播媒體　□親友推薦　□網站推薦　□部落格　□其他__________

您對本書的評價：（請填代號　1.非常滿意　2.滿意　3.尚可　4.再改進）

封面設計____　版面編排____　內容____　文／譯筆____　價格____

讀完書後您覺得：

□很有收穫　□有收穫　□收穫不多　□沒收穫

對我們的建議：______________________________

請貼
郵票

11466
台北市內湖區瑞光路 76 巷 65 號 1 樓
秀威資訊科技股份有限公司 收
BOD 數位出版事業部

....
（請沿線對折寄回，謝謝！）

姓　　名：__________ 年齡：______ 性別：□女　□男

郵遞區號：□□□□□

地　　址：____________________

聯絡電話：（日）__________（夜）__________

E-mail：____________________